BEATE KLEPPER

Büchners Braut

atb aufbau taschenbuch

Beate Klepper, geboren 1965 in Coburg, lebt in München.

Neben Erzählungen veröffentlichte sie die Romanbiographie »Tumult der Seele – Lichtenberg und Maria Dorothea Stechard« sowie »Spiel hinter den Masken«, einen Roman über die Theaterwelt des 18. Jahrhunderts.

Im November 1831 bezog Georg Büchner in Straßburg Logis im Haus von Pfarrer Jaeglé. Die Tochter Wilhelmine, genannt Minna, verliebte sich in diesen seltsamen Medizinstudenten, der tolles Zeug sprach und umstürzlerische Ideen hatte, und da auch er an der verständigen, beherzten Frau Gefallen fand, verlobten sie sich 1832 heimlich. An Heirat war noch lange nicht zu denken. Während der kommenden Jahre, in denen Büchner ein unstetes Leben führen musste, standen sie in vertraulichem Briefwechsel. Dass er revolutionäre Schriften und erstaunliche Stücke verfasste, polizeilich verfolgt wurde und schließlich nach Zürich ging, veränderte auch ihr Leben. Als er Anfang Februar 1837 an Typhus erkrankte, eilte Minna trotz aller Widerstände zu ihm. Sie war es, die seine Manuskripte rettete und später deren Veröffentlichung zu überwachen suchte.

Aus Erinnerungen und Briefen speist sich diese Romanbiographie einer unabhängigen Frau, die die »ewige Braut« blieb. Gleichzeitig sehen wir einen der bedeutendsten Dichter deutscher Sprache mit ihren Augen.

BEATE KLEPPER

Büchners Braut

ROMAN

atb aufbau taschenbuch

Die Zitierung aus dem Quellenmaterial wurde frei gehandhabt, Briefe sind gekürzt, diese und weitere Zitate wurden weitgehend der heutigen Rechtschreibung angepasst.

MIX
Papier aus verantwortungsvollen Quellen
FSC www.fsc.org
FSC® C083411

ISBN 978-3-7466-2948-3

Aufbau Taschenbuch ist eine Marke
der Aufbau Verlag GmbH & Co. KG

1. Auflage 2013

Umschlaggestaltung Nele Schütz Design
unter Verwendung eines Gemäldeausschnitts aus »Die Stickerin«
von Georg Friedrich Kersting, akg-images
Satz LVD GmbH, Berlin
Druck und Binden CPI – Clausen & Bosse, Leck
Printed in Germany

www.aufbau-verlag.de

Für W. W.,
meinen Liebsten und
Wortheiligen

Inhalt

1837, Straßburg und Zürich

Am Sonntag, dem 12. Februar 1837, erhielt Minna den letzten Brief von ihrem Verlobten. Aus Zürich. Die Adresse war von fremder Hand geschrieben wie auch der Brief selbst. Nur die letzten Worte »Adieu, mein Kind« und seinen Namen hatte er daruntergesetzt. Dies in gewohnter flüssiger Feder.

Minna las den Brief dreimal. Dann setzte sie sich. Eine Locke Georgs, die dem Brief beigelegen hatte, hielt sie in ihrer Faust gepresst. Sie öffnete die Finger, und das Haar gab sacht nach, eine Bewegung wie Atem, ein Stück Lebenszeichen.

Der Brief kam von den Schulzens, den Freunden, bei denen er Quartier gefunden hatte, Minna kannte sie. Nun ersetzte Caroline Schulz seine Hand, die nicht einmal mehr eine Feder übers Papier führen konnte.

Die Uhr an der Wand tickte in ihre abwesenden Gedanken hinein, erinnerte daran, dass sie hier war, in Straßburg. Sie wusste es doch! Er habe sich verkältet, schrieb er vor drei Wochen, dann ging es wieder.

»Ich gehe fast so richtig wie eine Schwarzwälder Uhr«, scherzte er. Er scherzte Tag für Tag, um alles und jeden, und doch klang im Grunde vieles dabei bitter und verzerrt. Minna wusste nie, wie ernst seine Rede zu nehmen war.

Alles meine ich ernst, lieb Kind, hatte er einmal gesagt. Die Welt kann so böse sein, piccola mia, aber wir sind gut zueinander.

Da lebte er noch in Straßburg, und jetzt hielt er Vorlesungen in Zürich, war weit weg, und nun lag er krank. Sie hatte es gewusst!

»Du bist voll zärtlicher Besorgnis und willst krank werden vor Angst«, so er, wieder in diesem Schelmenstil, am 27. Januar. »Ich glaube gar, Du stirbst – aber *ich* habe keine Lust zum Sterben und bin gesund wie je. Ich glaube, die Furcht vor der Pflege hier hat mich gesund gemacht.«

Und nun musste er sich doch pflegen lassen, von Caroline, die für ihn kochte, ihm das Bett richtete und ihn fragte, was er brauche, den Arzt bestellte. Ein gastrisches Fieber sei es. Sie las es wieder und stand auf. Er sei in guten Händen, die Ärzte täglich bei ihm.

Sie ging hinaus in den Flur und dachte an den vorherigen Brief. Darin noch alles heiter, unbefangen.

»Du kommst bald? Mit dem Jugendmut ist's fort, ich bekomme sonst graue Haare; ich muss mich bald wieder an Deiner inneren Glückseligkeit stärken und Deiner göttlichen Unbefangenheit und Deinem lieben Leichtsinn und all Deinen bösen Eigenschaften, böses Mädchen. Addio, piccola mia!«

Du kommst bald? – Wie sollte sie ihm die Frage beantworten? Wann sollte sie kommen? Nach Zürich? Jetzt blieb keine Zeit, um zu antworten. Sie hielt sich am Geländer fest, ging zum Studierzimmer ihres Vaters.

Ihr Vater sah von seiner Arbeit auf, sobald die Türklinke knarrte. Auf dem Schreibtisch vor ihm lagen vier Bücher gleichzeitig geöffnet. Minna, was ist? Du bist blass.

Vater! Vater, ich muss jetzt reisen!

Schmerzlich verzog Jaeglé die Mundwinkel, schloss

langsam die Augen, öffnete sie wieder, sagte: Nun, was stand in dem Brief? Dann wollen wir sehen. Eines nach dem anderen.

Der hartnäckige Ton seiner Tochter drückte ihm aufs Herz. Sie hielt ihm den Brief hin, schnell und fordernd.

Lest bitte selbst, Vater.

Die Haarlocke Georgs hielt sie auf ihrer flachen Linken, betrachtete den blonden Ring, den sie doch nicht streicheln mochte, der ihr in den Handteller brannte, einen Stich den Arm hinaufschickte.

Vater, George hat den Brief nicht selbst geschrieben! Es muss ihm fürchterlich gehen. Ich muss reisen, ohne Aufschub, oder ich werde irrsinnig!

Sich schwer auf die Armlehnen stützend, stand Pfarrer Jaeglé auf, ließ den Brief auf den Schreibtisch gleiten.

Lass uns überlegen, Minna. George ist gut aufgehoben, und es kann reine Vorsicht oder die Laune der Stunde gewesen sein, dass er den Brief schreiben ließ.

Er legte seine Hände auf die blauen Samtrevers seines alten Hausrocks, in dem er die Vormittage verbrachte. Als wollte er die Hände vom Schweiß befreien, ließ er sie hinunter über den Bauch gleiten.

Nie, Vater! George arbeitet selbst in höchster Erschöpfung. Er fand stets Zeit zum Schreiben, für seine Dramen und allemal für einen Brief!

Sie schluckte, senkte den Blick und nahm den Brief vom Schreibtisch, faltete ihn zusammen.

Du weißt, Minna, ich kann dich nicht begleiten.

Aber Louis-Théodore! Es wird in dieser Notlage hinreichend sein, wenn er mich als Bruder nach Zürich begleitet.

Notlage! Minna, ich bitte dich!

Sie sah, als der Vater sich abwandte, dass es Zeit war, zu gehen.

Mit einem Knicks, wie sie es schon als kleines Kind getan hatte, verabschiedete Minna sich, bevor sie den Raum verließ, obwohl er gerade mit dem Rücken zu ihr stand.

Danke, Papa.

Den Vorsatz, sofort ihren Bruder von dem Vorhaben zu überzeugen, ließ sie fallen. Als Louis-Théodore sie nach dem Mittagessen bat, mit ihm zur Zerstreuung spazieren zu gehen, hakte sie sich schweigend bei ihm unter. Im fahlen Februarlicht gingen sie von der Wilhelmerbrücke aus ein Stück an den Schiffsleutstaden längs der Ill entlang. Es lag kein Schnee, es war still. Ihr Bruder wollte nicht anfangen, von Georg zu reden, sah sie aber hin und wieder unbeholfen von der Seite an. Weiter bis zum Jüdentor und dann hinaus zu den Contades wollte Minna nicht gehen. Nach kaum einer Viertelstunde kehrten sie um.

Auch beim Abendessen schwieg sie. Vater und Bruder ließen sie in Ruhe. Bevor sie aufstand, sagte sie mit leiser Stimme: Wenn er stirbt, soll der Herrgott die Sonne ausblasen.

Darauf schlug Jaeglé mit der flachen Hand auf den Tisch. Minna!

Sie sprang ohne Gruß von ihrem Platz auf und ging zu Bett.

Am Montag war bis zum frühen Nachmittag keine weitere Nachricht aus Zürich eingetroffen. Jaeglé deutete dies als gutes Zeichen. Minna nicht. Sie passte ihren Bruder im Treppenhaus ab.

Du könntest dich freimachen, um mich zu begleiten, Louis? Ich fürchte das Schlimmste, weißt du.

Nach einem tiefen Einatmen legte er Überzeugung in seine Stimme und sagte: Aber ja, Minna!

Er hatte noch so knabenhafte braune Augen und wollte doch so gerne dem Bannkreis des alten, würdigen Vaters entkommen.

Wir werden Papa überzeugen, sagte er.

Doch Jaeglés Gesicht vergrub sich in Sorgenfalten, als sein Sohn vor ihm stand und für die Schwester sprach. Er hob seine Hände bis über den fast kahlen Schädel.

Kinder! Ich weiß nicht. Eine Reise nach Zürich mitten im Winter. Die lange Fahrt, die unsicheren Straßen, die frühe Dunkelheit!

Minna hielt ihre Tränen nicht zurück. Louis war verunsichert und beleidigt.

Vater, seht Minna doch an! Ich kann sie gut begleiten. Wie soll sie besser aufgehoben sein?

Ein entschiedenes Nein war die Antwort.

Vater, hörte sich Louis sagen. Vater, das ist … das ist unmenschlich!

Hier zog Minna den Bruder aus dem Zimmer hinaus.

Am Dienstag schickte man das Dienstmädchen nach einigen Verwandten mit je einem Billett, das über die Lage informierte. Es sollte eine angemessene Begleiterin gefunden werden. Minna bestand darauf, dass geschrieben wurde: Es ist das Schlimmste für Büchners Leben zu befürchten.

Am Abend erklärte sie, dass sie sich jetzt nicht mehr halten ließe. Sie begann zu packen.

Jaeglé konnte dem nicht zusehen. Er hatte sich mittlerweile von der Todesahnung Minnas anstecken lassen. Aber die Angst um seine Tochter war größer.

Minna schimpfte auf die armseligen Rücksichten, diese verschrobene sittliche Bedenklichkeit, in der ihr Bruder zur Reisebegleitung als nicht hinreichend betrachtet wurde.

Jaeglé drückte ihre Hände in den seinen, entschuldigend und tröstend, nickte stumm und ging langsam zu seiner Schlafkammer hinauf.

In dieser Nacht schlief Minna besser. Es war ein Entschluss gefasst, und würde sich sonst niemand als Begleitung finden, reiste sie eben mit Louis-Théodore oder allein!

Am Mittwoch kam morgens ein Bote mit einer Nachricht von Margareta Schmidt. Sie war eine Verwandte von Minnas Mutter, erst Anfang vierzig, jedoch bereits die Witwe eines Pfarrers. Tante Greta, wie sie genannt wurde, führte Minna das Bild ihrer eigenen Mutter vor. Die Falten um die tiefliegenden dunklen Augen, die grauen Strähnen und überhaupt dieser ewige Ausdruck des Aushaltens im Blick. Das Leben muss ausgehalten werden, sagte Minnas Mutter oft. Dazu noch die gleichen Vornamen wie die ihrer Mutter. Margaretha Salome. Aber es war kaum eine Bessere zu finden, die mit nach Zürich reisen konnte.

Wer soll es denn sonst tun? Die alten verwitweten Tanten sind für solche Dinge zuständig, sagte Greta, als sie das Haus betrat. Hinter ihr wurden ein schwerer Koffer und eine bestickte Reisetasche hereingetragen und neben Minnas Gepäck abgestellt.

Minna fiel der Tante um den Hals, vor Erleichterung und Schwäche, mit feuchten Augen.

Sie fasste sich und sagte: Der Wagen nach Kehl fährt nach dem Essen ab.

Der dunkelgrüne Mantel umhüllte vollständig Minnas Kleid. Der Pelzkragen kitzelte sie am Kinn. Dazu noch eine kurze Pelerine mit Kapuze, der Pelzmuff in den Händen. Um ihre Füße hatte sie Sorge. Ihre Stiefel waren für eine Winterreise in die Schweiz zu dünn, aber sie fühlte am ganzen Körper keine Kälte.

Es war bereits Abenddämmerung, als sie in Kehl den Eilwagen nach Zürich bestiegen. Eine halbe Stunde hinter Kehl waren die Gespräche im Wagen verstummt. Zwei Studenten reisten mit und ein dicker Kaufmann, der seinen Schal um den Kopf legte, um nicht zu frieren. Er schlief ein und schnarchte still. Neben ihm die Tante, gegenüber Minna. Ihr Blick auf die Reisetasche im Schoß der Tante gerichtet, auf die ein matter Lichtschimmer der Laternen fiel, die rechts und links neben dem Kutscher baumelten. Ein Bukett von Rosen war auf die Tasche gestickt, auf blauem Grund. Minna versuchte zu schlafen. Wenn sie doch ihren Bruder bei sich hätte. Besonders wenn alles zu spät sein sollte. Dann stünde sie allein unter all den Fremden dort, und die Tante wäre keine wirkliche Vertraute. Und wenn alles nur Ahnung war und Georg sie mit einem Lachen begrüßte: Mein Dummchen, ich schrieb doch, dass ich keine Lust zum Sterben habe!

Mit diesem Gedanken schlief sie für eine Weile ein.

Die Nacht verging erstaunlich schnell. Nach einem kurzen und unbequemen nächtlichen Aufenthalt ging die

Reise in den dämmernden Morgenstunden weiter. Aber sie waren dem Ziel noch so wenig näher gekommen. Ob durch nebelige Täler, ob über besonnte Anhöhen, das Knirschen der Räder auf den Chausseen nahm kein Ende. Den ganzen Donnerstag. Ettenheim, Freiburg, Müllheim. Dann gegen Abend die Schweizer Grenze. Ein kurzes beschwerliches Stück begann. Lörrach, Basel. Neue Mitreisende. Unverständliche Schweizer Laute, französische Sätze dazwischen.

Madame und Mademoiselle reisen bis nach Zürich?

Oui, Monsieur. Bis nach Zürich.

In dringender Angelegenheit, fügte die Tante an, und als sie von Georg Büchner, dem Docteur en philosophie, dem Professeur à l'Université de Zurich sprach, dem Verlobten von Mademoiselle, senkte Minna den Blick.

***

In der Steingasse in Zürich sah man am Dienstag einer unruhigen Nacht entgegen. Georg musste in Schulzens Wohnung bleiben, obwohl sein Zimmer auf dem gleichen Flur des Hauses lag. In seinem Krankenzimmer hielt sich außer Caroline oder Wilhelm Schulz noch mindestens ein Freund auf.

Der Arzt Dr. Zehnder, der Hausherr, hatte ihn bisher versorgt. Trotzdem waren die Schulzens erleichtert gewesen, als Büchner am Sonntag endlich zugestimmt hatte, einen zweiten Arzt hinzuzuziehen, nämlich Dr. Schönlein, den besten Arzt der Stadt und weit über Zürich hinaus bekannt. Der billigte völlig Dr. Zehnders bisherige Behandlung, und Büchner sprach noch an diesem Morgen sehr vernünftig mit Schönlein.

»Gegen Abend bekam er einen heftigen Anfall von Zittern, wobei er ganz irre sprach«, notierte Caroline in ihren Aufzeichnungen. Schon zuvor war zu merken, dass sein Geist oft nicht klar war. Mittags hatte er Caroline mit dem Namen des Freundes Schmid angeredet und lächelte ihr zu, als sie ihn berichtigte.

»Auch glaubte er zuweilen, es stände jemand in der Ecke.«

Die Delirien nahmen zu, und die Schulzens wunderten sich, »dass er oft über seine Phantasien sprach, sie selbst beurteilte, wenn man sie ihm ausgeredet hatte. Eine Phantasie, die oft wiederkehrte, war die, dass er wähnte, ausgeliefert zu werden. Er sprach viel Französisch und redete mehrere Male seine Braut an.«

Das Seltsame war, dass er schwerfällig sprach, wenn er bei sich war, im Delirium jedoch klar und flüssig. So erzählte er Caroline »eine lange zusammenhängende Geschichte; wie man ihn gestern schon vor die Stadt gebracht habe, wie er zuvor eine Rede auf dem Markte gehalten usw.«

Caroline sagte ihm, er läge ja hier in seinem Bett und habe alles geträumt. Da antwortete er völlig sicher, hob den Zeigefinger, lächelte in alter vertrauter Weise: Ja, Sie wissen, dass Professor Escher sich für mich verbürgt hat, und deshalb bin ich wieder zurückgebracht worden.

Sein Gesicht hatte sich unter dem Fieber von Tag zu Tag verändert. Die Lippen waren geschwollen, die Mimik verzerrt. Er legte die Hand wieder auf die Decke und fügte mit hochgezogenen Brauen an: Es war wegen der Schulden, wissen Sie.

Niemand wusste etwas von Schulden Büchners, und Caroline redete ihm dies zum wiederholten Mal aus.

Das war nicht schwer, seine klaren Momente waren häufig, doch schnell verfiel er in andere Phantasien.

Am Mittwoch gegen zwölf Uhr kam Dr. Schönlein, und Büchner erkannte ihn nicht. Schon beim Eintreten ins Zimmer sagte Schönlein: »Welch ein Geruch!« Er untersuchte Büchner und ließ sich den Stuhl zeigen, der schwarz und dick-blutig war. »Alles passt zusammen«, war die Diagnose des Arztes. »Es ist das Faulfieber, und die Gefahr ist sehr groß.«

Beide Ärzte gaben dem Kranken noch 24 Stunden zu leben. Und das zu einem Zeitpunkt, zu dem Minna noch nicht einmal den Kehler Eilwagen bestiegen hatte.

Die nächste Nacht war wieder sehr unruhig. »Der Kranke wollte mehrere Male fort, weil er wähnte, in Gefangenschaft zu geraten, oder schon darin zu sein glaubte und sich ihr entziehen wollte. Den Nachmittag vibrierte der Puls nur, und das Herz schlug 160-mal in der Minute. Die Ärzte gaben die Hoffnung auf.«

Alle Zeiten seines Lebens stürmten in heftigen Bildern auf ihn ein. Einmal endete er mit ruhiger, feierlicher Stimme einen Anfall: »Wir haben der Schmerzen nicht zu viel, wir haben ihrer zu wenig, denn durch den Schmerz gehen wir zu Gott ein! – Wir sind Tod, Staub, Asche, wie dürfen wir klagen?«

In der Nacht zum Freitag sprach Büchner fast ununterbrochen, hauptsächlich von seinen Eltern und Geschwistern. Wilhelm Schulz und die anderen Freunde, die abwechselnd bei ihm wachten, konnten ihre Rührung darüber nicht verbergen und erwarteten jeden Augenblick das Ende der Agonie.

Caroline notierte am Freitag: »Schönlein wunderte sich, ihn am Morgen noch lebend zu finden.«

***

In diesen Stunden war Minna in Zürich eingetroffen. Wie betäubt stieg sie aus dem Reisewagen. Sie war angekommen! Jetzt würde sich alle Unruhe legen – so oder so. Sie blieb stehen und schaute. Ein großer weißer Hund kam schwerfällig und schnüffelnd auf sie zu. Sie wollte es als gutes Zeichen sehen, war er doch das Gegenteil einer schwarzen Katze.

Sie suchten einen Gasthof auf, in der Nähe der Poststation, und Minna überließ der Tante das Reden mit dem Wirt. Währenddessen hatte Minna sich an das äußerste Ende einer Eckbank gesetzt, darum herum hoch getäfelte dunkle Wände. Zwei Gäste am anderen Tischende grüßten das junge Fräulein. Minna nickte. Sie hatte bisher kein Bild von Zürich gehabt. Dabei hatte sie sich in den letzten Monaten so oft hier leben sehen. Zusammen mit George. Eine kleine Wohnung, so wie sie es von Schulzens wusste, wie es einem jungen Professor hier möglich und angemessen wäre, mit seiner Frau zu leben. Eine Wohnküche, eine Stube und eine Schlafkammer.

Die Stadt war ihr auch in Georges Erzählungen fremd geblieben. Damals, kurz vor seiner Abreise nach Zürich, ging es beständig um die politischen Gründe, das Abwägen, nun zu fahren oder nicht. Ums Asylrecht, das in der Schweiz gefährdet schien, seit man annahm, dass die deutschen Studenten, die sich als Flüchtige dort aufhielten, einen Einfall in Baden planten. Es gab Verhaftungen und Abschiebungen, und George hatte im Sommer geirrt, als er angenommen hatte, dass in zwei, drei Monaten alles vergessen sei. Erst im November konnte er sein Kolleg an der Universität ankündigen.

So erschien Minna diese Stadt als notwendiger Fluchtpunkt, weniger als künftige Heimat. Aber dann, als seine Vorlesungen bei den Professoren so große Beachtung fanden, war ihr Bild vom Leben in Zürich da. Wo Arbeit und Freunde waren, konnte man leben! O ja, die Nachrichten aus Zürich klangen gut. Zwar war sein Kolleg schlecht besucht, weil es so spät erst angekündigt werden konnte, aber man plante schon für ihn. Dr. Zehnder versprach, sich im Erziehungsrat für ihn einzusetzen. Eine außerordentliche Professur konnte durchaus ins Auge gefasst werden. 800 Franken brächte diese, versicherte ihr Vater. Dazu die Kolleggelder. Das reichte, denn was brauchte man schon? Zwei Zimmer und ein Bett und etwas Glück und Küsse, gute Unterhaltungen, gute Lektüre und den Liebsten um sich. Sie war Landmädchen und Pfarrerstochter. Viel Putz hatte sie noch nie gehabt. Er sagte, ihre Schönheit läge in ihrer Stimme, in ihrem Summen und Singen, in ihren Gedanken, in ihrer »inneren Glückseligkeit« und ihrer »göttlichen Unbefangenheit«. George, wenn du wüsstest, wie schlecht es oft darum stand. Nichts außer einem gemeinsamen Leben konnte ihre Glückseligkeit erhalten. Sie hatte es ihn wissen lassen.

Hier in Zürich konnte er sich in Ruhe seinen Dramen und wissenschaftlichen Schriften widmen und würde darüber womöglich auch diese politischen Kümmernisse vergessen. Vielleicht sogar das!

Dreimal die Woche las er sein Privatissimum, donnerstags, freitags und samstags, je zwischen zwei und drei

Uhr am Nachmittag. Freilich auf seinem Zimmer, wie es auch noch lange bleiben würde, und seine Präparationen bereitete er auch dort vor, diese Fischköpfe und Fischkörper. Davon hatte er geschrieben: »... meine Phantasie ist tätig, und die mechanische Beschäftigung des Präparierens lässt ihr Raum. Ich sehe Dich immer so halb durch zwischen Fischschwänzen, Froschzehen etc. Ist das nicht rührender als die Geschichte von Abälard, wie sich ihm Héloïse immer zwischen die Lippen und das Gebet drängt? O, ich werde jeden Tag poetischer, alle meine Gedanken schwimmen in Spiritus.«

Minna!

Die Tante stand plötzlich neben ihr.

Minna, wir können das Gepäck erst einmal auf ein Zimmer bringen.

Ja.

Minna stand auf.

Ruh dich dort bitte aus. Ich gehe dann zu Schulzens.

Ja – ja. Du kommst noch mit aufs Zimmer?

Es gab keinen, der die Koffer zu tragen half.

Alle meine Gedanken schwimmen in Spiritus.

Die Tante musste Minna zuerst in der Steingasse ankündigen.

Ich gehe dann, Minna. Am östlichen Limmatufer, jenseits der Marktgasse. Das Haus von Dr. Zehnder? So war der Name, nicht wahr?

Ja, Tante.

Minna setzte sich auf das schmale Bett. Die Tante küsste sie noch auf die Stirn, streichelte ihr die Wangen wie einem kranken Kind und ging aus der Tür.

Still war es. Das Zimmer lag zum Hof. Unten wurde ein Teppich geklopft. Dann hörte auch das auf.

Alle meine Gedanken schwimmen in Spiritus.

Sie legte sich zurück aufs Bett, ohne die Füße hochzuziehen, schaute gegen die Decke.

Es waren die Schulzens gewesen, an deren Leben sie sah, was es bedeutete, als politischer Flüchtling einen neuen Lebensort zu suchen, Arbeit und Sicherheit.

Georg, der erst fast drei Monate später nach Straßburg geflüchtet war, er war doch in Straßburg kein Flüchtling! Er kam zu ihr nach Hause! Zwar konnte er als ihr Verlobter nicht wieder wie vor zwei Jahren als Student mit ihr unter einem Dach im Pfarrhaus leben, aber er war hier in der Stadt und in Sicherheit. Dass er sich erst Monate später offiziell anmeldete, zeigte seinen Flüchtlingsstatus, diese fürchterlichen Notwendigkeiten, das Dunkle, das hinter dem stand, was man politische Umstände nannte. Die wechselnden Unterkünfte in dieser Zeit, bis endlich die Adresse in der Rue de la Douane Nr. 18 angegeben und die Sicherheitskarte ausgestellt wurde. Und seine Reden von der Not der Armen, diese Diskussionen, was eine Revolution ist oder erreichen sollte, in der abendlichen Runde mit Vater, Bruder, Cousin oder Freunden. Dieses Bitten um das Führungszeugnis beim Polizeikommissar Pfister und dann beim Bürgermeister Hess in Zürich: »Das beiliegende Zeugnis kann beweisen, dass ich seit der Entfernung aus meinem Vaterlande allen politischen Umtrieben fremd geblieben bin.« War es so? Minna könnte es nicht sagen. Georg hatte viel Glück. Das wusste sie.

Und was hatte Georg denn getan? Eine Flugschrift

verfasst. Volksaufhetzung nannte das die Hessische Regierung. Auch Wilhelm Schulz hatte Flugschriften verbreitet, war dafür inhaftiert worden. Vom Kriegsgericht wurde er als Leutnant zu fünf Jahren Haft in Babenhausen verurteilt. Man erzählte sich, er konnte vor drei Jahren durch die Hilfe seiner Frau Caroline Ende Dezember von dort flüchten. Beide kamen nach Straßburg. Flüchtlinge. Minna hatte Caroline nie danach gefragt, als könnte sie die Ruhe dieser Frau zerstören, die stets so gefasst wirkte, so zierlich mit ihren blonden Korkenzieherlocken über den Ohren. Sie war mit ihr auf den Münsterturm gestiegen, hatte mit ihr Kaffee getrunken und versucht, den Schatten ihrer Sorgen zu vertreiben.

Diese Caroline betrat nun den Gasthof, stieg zur ersten Etage hoch und klopfte an das Zimmer, das ihr Frau Schmidt genannt hatte.

Minna sagte: Ja, richtete sich vom Bett auf, fühlte ihre schweren Beine, als sie aufstand, entschuldigte sich.

Liebe Caroline!

Minna!

Carolines Gesicht zeigte unter dem Schatten ihrer Schute ein Lächeln, gut getragen, aber unsicher. Leider, Caroline, dachte Minna, Sie lächeln zu schwach.

Und Caroline fühlte sich erkannt, wie mürbe sie war, wie aufgeregt. Sie fiel um Minnas Hals, und Minna stand seltsam fest und umfasste Caroline kräftiger als diese sie. Warum war Caroline so schwach?

Es steht schlimm um ihn, Caroline, nicht wahr?

Caroline öffnete ihren Mantel, atmete tief, lachte mit einem Kopfschütteln, sacht, nicht verneinend, sondern abwehrend. So als versuchte sie, mit einer Geste das Leid kleiner zu machen.

Es ist das Fieber, das ihm so zusetzt, Minna.

Vom Hof her hörte man Kinder Fangen spielen. Die Stadt trat wieder näher, und dann erzählte Carolines helle, zu aufgeregte Stimme. Die Ärzte seien mittlerweile sehr besorgt. Georg phantasiere viel, habe aber auch klare Momente – immer wieder. Die Angst vor der Auslieferung oder Verhaftung rufe bei ihm die groteskesten Bilder hervor. Schönlein und Zehnder täten alles.

Carolines Stimme wurde weicher, langsamer.

Er hat sich sehr verändert. Ich meine äußerlich. Erschrecken Sie nicht, meine Liebe.

Da wollte Minna sagen: Ich erschrecke nicht leicht. Es erschien ihr doch zu brüsk, unpassend. Sie mochte nur noch eines jetzt wissen.

Kann ich zu ihm? Sie nahm ihren Mantel und gab beim Anziehen zu verstehen, dass sie jedenfalls die Absicht hatte, an Georgs Krankenbett zu treten.

Auch Caroline knöpfte ihren Mantel zu, sah zerstreut zu Boden und sagte: Ja, Sie können ihn sehen.

Die Ärzte waren damit nur zögerlich einverstanden gewesen. Es ging nicht um eine Gefahr für den Kranken, sondern um die Gefahr für die Besucher, und keiner wollte sich in der Steingasse ausmalen, wie Minna diese völlige Veränderung, die offensichtliche Hoffnungslosigkeit des Kranken aufnehmen würde.

Caroline ging aus dem Gasthof voran. Die Tante und Minna folgten durch die Gassen. Es sei ja nicht weit, und wenn sie ankämen, stünde ein bescheidenes Mittagsmahl bereit. Minna hörte dies alles und blickte nach oben. Nach oben muss man sehen, nicht träge auf die Füße, aufs Pflaster. Fenster mit gehäkelten Vorhängen, dahinter Stimmen, Gerüche. Man lebte. Wie viele kleine Wohnungen für Mütter und Kinder, Großeltern. Fuhrwerke und Kraut- und Kartoffelstände unter den Torbögen am Limmatquai und in der Marktgasse. Ob man in diesem Teil der Stadt gut und günstig zu einer Wohnung käme? Die Schulzens müssten solche Dinge doch wissen. Zürich war eigentlich eine gar nicht so fremde Stadt. An vielen Ecken hätte Minna glauben können, in Straßburg zu sein. Nichts wirkte starr und knorrig.

Für seine Präparate zu den Zootomischen Demonstrationen bräuchte Georg natürlich Platz, am besten einen eigenen Raum. Wie sollte Minna den Fischgeruch aus der übrigen Wohnung fernhalten? Ob sie ihm das dann sagen könnte? Er konnte so empfindlich sein. Seine Nerven waren über Gebühr beansprucht. Dem subtilen Selbstmord durch Arbeit, wie er scherzte, wollte er sich allerdings nicht hingeben. Er hatte es Minna versprochen.

Dieser Weg war zeitlos und schwebte zwischen den Gedanken an eine Wohnung in Zürich und den Schritten in die Steingasse. Sie ging durch Zürich. Nach Hause zu Georg. Die Treppen hoch bis zur Türe der Schulzens, weiche, ruhige Tritte, dann das Zögern in der Fremde einer unbekannten Wohnung. Bescheidenheit in der Einrichtung. Neue Gesichter, teilnehmende Besucher, Freunde Georgs.

Heimlich zwischen allem der Geruch von Krankenzimmer, schlechtem Atem, warmen Bettfedern und Schweiß. Diese fahle Luft der Hinfälligkeit, die durch keine noch so große Mühe aus einem Krankenzimmer vertrieben werden konnte. Sie wurde deutlicher, als Wilhelm von dort in den Flur trat, Minna die Hand drückte. Müde war er, der gute Wilhelm, sah gar nicht nach dem adretten schnauzbärtigen Leutnant aus, der doch sonst immer an ihm zu erkennen war.

Die Ärzte haben es erlaubt, sagte auch er. Aber seien Sie vorsichtig.

Vorsichtig wozu? Für ihr weiteres Leben – ohne ihn? Vielleicht? Es ist kein Vielleicht in Georgs Augen zu lesen, nur ein Garnichts von fieberglänzenden grauen Kugeln.

George?

Ein Garnichts von Antwort. Unruhe und Abwesenheit. Sonst nichts. In der Abwesenheit erkennt sie noch den vertrautesten Zug an ihm. Seine völlige innere Abwesenheit, selbst wenn er bei ihr im Zimmer gesessen hatte. In Straßburg.

George, mein George, hörst du mich? Ich bin aus Straßburg gekommen.

Minna? Will er Minna sagen?

Es ist ja Minnas Stimme, und diese Stimme und das Wort Straßburg tragen zusammen die Farbe der Helligkeit, streifen über sein Gesicht.

Minna! Piccola mia, wo warst du denn?

»Georg, Georg, erkennst du mich?«

»Ei warum nicht, du bist ein Mensch und dann eine Frau und endlich meine Frau.«

In dieser Nacht war über Zürich stundenlang ein Nordlicht zu sehen, von feuerroter Farbe. Endlich wurde es von einer weißen, dann von einer dunklen Kugel durchschnitten und löste sich nach Mitternacht auf.

Es gab für Büchner keine Aussicht auf Besserung. Sein Atem wurde schwerer. Er ist sehr schwach geworden, sagte man Minna am nächsten Morgen. Man könne nur noch auf die Erlösung warten. Sie konnte und durfte nicht längere Zeit an seinem Bett bleiben. Wilhelm war bei ihm, er wolle sie holen, wenn es so weit sei.

Wenn es so weit ist, wiederholte Minna.

Es war Sonntag. Stille herrschte auf der Straße, im Haus.

Die beiden Frauen lasen zusammen Gedichte, sprachen über Büchner. Gegen drei Uhr nachmittags kam Wilhelm zu ihnen.

Kommen Sie, Minna.

Kein wacher Moment mehr, aber auch kein Delirium.

»Er ist sanft eingeschlummert«, schrieb sie, »ich habe ihm die Augen zugeküsst, Sonntag, den 19. Februar, um halb 4.«

Ständig, ununterbrochen erinnerten sich alle an Georg. Er hätte ja an ihrem täglichen Leben teilgenommen, ja fast für jeden Gegenstand eine geistreiche Bemerkung übrig gehabt, meinte Caroline. So sprachen sie davon, und Minna dachte nur, dass sie seit drei Monaten keinen Anteil daran hatte. Nur in seinen Briefen waren Stückchen davon zu ihr gekommen.

Fast wie einer Fremden wird mir hier berichtet, wie er geredet hat. Ich weiß es doch! Hört auf! – Sie nickte und sprach mit, so gut sie konnte, bis die Stimme brach. Die Tränen. Immer wieder. Caroline fiel ihr um den Hals und weinte mit ihr.

Caroline war es dann, die die Nachricht an Georgs Eltern schrieb. Minna setzte so gut es ging einige Zeilen an ihren Vater auf.

Am Dienstag sollte er beerdigt werden. Lorbeer und Myrten mussten es sein. Das Grün wurde besorgt, in die Wohnung getragen.

Lorbeer und Myrten? – Ja, und den ganzen Sarg soll der Kranz umschlingen, wie es hier üblich ist.

Die beiden Frauen setzten sich und begannen, die Zweige zusammenzuflechten. Unten wurde der Sarg im Hausflur aufgebaut. Alles in einer starren Feierlichkeit.

Minna greift in die Blätter, arbeitet still vor sich hin. Der Duft des Grüns steigt auf. Wieder kommen Tränen. Alle schauen auf sie. Heute muss es noch überstanden werden. Die Beerdigung? Wollen Sie wirklich dabei sein, Minna?

Sie sieht auf, ihre Finger suchen Halt im Kranz, im Lorbeer und in der Myrte. Ich? Muss ich? Darf ich? – Warum muss ich diese Entscheidung treffen?

Wollte man ihr nahebringen, dass sie als Verlobte nicht den Stand einer Witwe einnehmen könne? Wie sollte man sich ihr gegenüber am Grab verhalten?

Sie band noch einen kleinen Kranz und bat Wilhelm, diesen Georg aufs Haupt zu legen.

Schließlich war sie nicht mitgegangen auf den Friedhof. Am Mittag hatte sie zusammen mit Caroline das Haus verlassen, um erst am Abend wieder in der Steingasse einzutreffen.

***

Ende Februar 1837 kehrte Wilhelmine nach Straßburg zurück. Aus Zürich hatte sie alle Unterlagen Büchners mitgenommen. Seine anatomischen und literarischen Notizen, Manuskripte und Entwürfe zu Dramen, seine Bücher, seine Schreibutensilien, seine Kleidung. Und eine Art Tagebuch, das, so Caroline Schulz, reiche Gedankenschätze enthielt. Georg blieb auf dem Friedhof Zum Krautgarten.

Es gab kein Leben mehr in Zürich.

In seiner Züricher Kammer soll Minna mit den Schulzens nach dem nie gesehenen Manuskript zum »Pietro Aretino« gesucht haben. Später wird man ihr vorwerfen, sie habe das Manuskript aus religiösen Bedenken vernichtet, wie man ihr überhaupt nachsagen wird, aus Halsstarrigkeit und Unverständnis den Nachlass ihres Verlobten zurückgehalten zu haben. Aber das ist später.

In dieser Kammer fand sie, was zu finden war: Reste eines aufreibenden Lebens, rastloser Gedankenarbeit. Der »Aretino« blieb ein Phantom.

Stattdessen fiel ihr ein Manuskript zu seinem Drama »Dantons Tod« in die Hände, und zwischen den kleinen welligen Sätzen, den durchgestrichenen und ausgebesserten, den wiederholten und markierten Wörtern stand der Satz: »O Julie! Wenn ich allein ginge! Wenn sie mich einsam ließe!«

Sehen Sie, Caroline? Minna setzte sich an den spartanischen Schreibtisch der schmucklosen Kammer und zeigte Caroline das Manuskript zum Mitlesen.

Danton sehnt sich danach, nicht allein in den Tod gehen zu müssen. Nicht wahr, so hatte es Georg sehen wollen, und er ließ Julie folgen, so, wie wir damals darüber gesprochen haben, über den Freitod des Girondisten Roland, der seiner hingerichteten Frau folgte.

Ja, Minna, ich erinnere mich.

Sie alle kannten die »Mémoires de Madame Roland«, die ein Opfer der großen Revolution geworden war, und Georg war derjenige gewesen, der den Selbstmord Rolands verteidigte: »Ihn brachte nicht die Furcht vor dem Blutgerüst zu dem Entschluss, sich selbst zu ermorden, sondern der Schmerz, welcher ihn bei der Nachricht von der Hinrichtung seiner Gattin übermannte.«

Es war leicht gewesen, darüber zu spekulieren, und Minna und Caroline hatten den Kopf geschüttelt und Zweifel angemeldet. Zu sehr waren sie gute, christliche Töchter.

Aber sie wollten Georg hören, der weiter sprach: Hört auf mit diesem Prüfungsstand, der das Leben sein soll. Dann wäre das Leben nur ein Mittel. Aber es ist der Zweck selbst. Die Entwicklung ist der Zweck des Lebens, es ist Entwicklung.

Seine Stimme bekam Nachdruck, er ging umher, suchte den weiten Blick durchs Fenster, er dozierte: Hier könnte man dem Selbstmord den einzigen Vorwurf machen: Diese Entwicklung würde vor der Zeit abgeschnitten. Und schließlich, »der Selbstmörder aus physischen oder psychischen Leiden ist kein Selbstmörder, er ist nur ein an Krankheit Gestorbener«.

Wie du sprichst, mein George.

Was meinst du, Minna? Er nahm seine Brille ab, als er wieder nahe bei ihr war.

Ach nichts, nein, ich höre dich nur so gerne reden, George.

Wie unsinnig hatte sie sich damals herausgeredet. Ihr war himmelangst gewesen, wenn sie daran dachte, was dieser Feuerkopf, ihr Verlobter, noch alles reden und schreiben würde. Dinge, die der Obrigkeit missfielen. Sie wusste es doch von Anfang an.

***

An diesem Leid zergehen, zerbrechen, sterben. Die an der Krankheit des Unerträglichen Gestorbenen! Roland und Julie Danton. Wie unerträglich konnte das Alleinsein noch werden, fragte sich Minna. Sie hatte den »Danton« mehrmals gelesen. Julie wollte ihrem Danton gleich folgen, und dann die Stelle, als sie die Phiole nimmt: »Komm, liebster Priester«, sagt sie, »dessen Amen uns zu Bette gehn macht. Es ist so hübsch, Abschied zu nehmen.«

Diese Julie tut sich so leicht, hier auf dem Papier. Die papierne Julie, dachte Minna und hatte Zürich verlassen, und nichts war hübsch gewesen. Sie war zurück nach Straßburg gefahren.

Der Vater sagte ihr, Dantons Frau heiße Louise und habe sich nicht umgebracht. Sie lebe noch immer.

Gott sei mit dir, mein Kind. Immer öfter begann der Vater nach Georges Tod von Gott als dem Beschützer zu reden.

Ich bete jeden Tag für dich, dass der Erlöser sich deiner annehme.

Minna mochte diese Reden nicht hören, die ungewohnt pietistisch von ihrem Vater klangen, der so heiter gewesen war, so pragmatisch und der Welt zugewandt sein Amt ausgeübt hatte. Dabei schrieb sie selbst an den Freund Boeckel: »Der Himmel möge sich meiner erbarmen und mich nur noch so lange leben lassen als meinen alten Vater.«

Ein altes Leiden brach auf, eine Nesselsucht, die die

Haut hinter den Ohren bis auf Hals und Brust hinunter befiel, als wäre sie mit rosa Grieß bestreut. Schon als Kind, bei jedem Umzug war ihr der Nesselausschlag bis zum Bauchnabel gelaufen. Sie fieberte ein wenig für drei Tage, dann war es vorbei.

Im Fieber, ohne dieses wahrzunehmen, setzte sie eine Todesanzeige auf, beugte sich dabei tief im Kerzenlicht über die Schreibplatte ihres offenen Sekretärs, die Hände, unsicher, feucht, konnten die Feder schlecht halten, die Wangen gerötet, zwei Haarsträhnen musste sie fortwährend hinter die Ohren schieben.

Zur Benachrichtigung von Georgs Freunden ließ sie Karten drucken.

»Charles-George Büchner, Docteur en philosophie, Professeur à l'Université de Zurich, membre correspondant de la Société du Muséum d'histoire naturelle de Strasbourg, a succombé à une fièvre nerveuse, le 19 février 1837, à l'âge de 24 ans. Les amis du défunt ont l'honneur de vous en faire part.

Strasbourg, ce 27 février 1837.«

Sie unterzeichnete nicht als die Verlobte, nicht als Familie Jaeglé, auch nicht im Namen der Familie Büchner. Sie verschanzte sich hinter den Worten »die Freunde des Verstorbenen«. Sie rundete Georges Alter auf vierundzwanzig, obgleich er erst dreiundzwanzig Jahre und vier Monate alt war. An Georgs Eltern schrieb sie: »Mein Leben gleicht einem schwülen Sommertage! Morgens heitere angenehme Luft – in etlichen Stunden Sturm und Gewitter, zerknickte Blumen, zerschlagene Pflanzen. Meine Ansprüche auf Lebensglück, auf eine heitere Zukunft zu Grabe getragen, Alles, Alles verloren.«

Eher Unruhe empfand sie als Schwäche. Die ständigen Fragen ihres Bruders Louis-Théodore, ob er ihr etwas helfen könne, beantwortete sie fahrig.

Ja, hier. Lasse den Text in die Druckerei bringen. Gutes Papier soll man nehmen.

Sie lernte, sich in der Trauerzeit einzurichten, geradezu eingebettet und sicher fühlte sie sich. Das Danach lag undeutlich wie hinter einer Papierwand, an der sie nicht rühren wollte. Aber es regte sich in ihr, ganz allmählich, das, was die Trauer nach Wochen ablöste, die Wut über den Verlust und als Alleingelassene leben zu müssen.

Eine lästige alte Schwester würde sie nun für den Bruder werden. Das soll nicht so sein, beteuerte sie ihm, und er, der sie kaum in der Trauer trösten konnte, rettete sich in den Satz: Ich werde dir immer helfen, Minna.

Sie lächelte und wollte nicht zugeben, wie sie dieser Satz doch stärkte.

Der Vater wurde schwach. Es trat tatsächlich ein, was der Freund Wilhelm Hoffmann in einem Brief vermutet hatte. Der plötzliche Tod seines zukünftigen Schwiegersohnes war für Pfarrer Jaeglé ein so schwerer Schlag, dass er ihn bald ins Grab brachte.

Den vor kurzem noch so tatkräftigen, stämmigen Mann hatte Minna pflegen müssen, und innerhalb weniger Wochen stand sie mit Louis-Théodore am Sterbebett. Ihr »kleiner« Bruder, der doch fast zwei Kopf größer war als sie, der sie hatte stärken wollen, heulte zum Erbarmen. Der Vater starb am 21. Oktober 1837.

***

Louis-Théodore hatte eine Zukunft, er studierte Chemie und plante seinen Weg in diese aufregende Wissenschaft genau.

Er wird endlich erwachsen, dachte Minna, wenn sie ihm zusah, wie er sich um die Papiere kümmerte, die Auflösung des Haushaltes. Aus dem jungenhaft und verträumt wirkenden kleinen Bruder wurde ein Mann.

Wir müssen uns mit dem Ersparten absichern, erklärte er und zeigte ihr Bankunterlagen des Vaters. Er hatte gespart für seine Kinder. Sie saßen am Esstisch des Speiseraumes, der seine Fenster an der Front des Pfarrhauses zu St.-Guillaume hatte, hinunter zum »Warmwässerle«, einem kleinen Brunnenplatz. Der Tisch war es, an dem sie so viele Fremde, so viele neue Studenten empfangen hatten, wo der Vater, souverän und gesprächig, ein beliebter Gastgeber gewesen war.

Ebenso war hier in diesem Haus Minna die gewandte Gastgeberin geworden, da sie bereits mit siebzehn Jahren, nach dem Tod der Mutter, den Haushalt hatte führen müssen.

Du wirst wissen, was mit dem Geld anzufangen ist, sagte Minna, nicht als Frage an Louis-Théodore, sondern als Erwartung.

Ja, ich habe einiges durchdacht. Mein Studium ist so gut wie beendet, eine Weile bin ich noch in Straßburg, aber dann wissen wir ja nicht, wohin ich gehen werde.

Minna war wie immer, wenn die jungen Männer von ihren Plänen, von fremden Städten sprachen, etwas neidisch. Sie wusste auch, Louis-Théodore liebäugelte von jeher mit England, dort, wo die Chemie einen festen Stand hatte.

Wir sollten den größten Teil des Geldes in ein Privatdarlehen legen. Die Zinsen daraus werden dir Wohnung und ein tägliches Auskommen sichern.

Es schien Minna eine vernünftige Entscheidung. Was sollte sie darüber nachdenken? Vor einem Jahr noch hatte sie ihre Zukunft als Gattin eines Professors Büchner in Zürich gesehen. Jetzt war sie sechsundzwanzig und keine Witwe, die sich auf die Hinterlassenschaft eines Mannes stützen konnte.

Sie betrachtete ihre Hände. »Mademoiselle jolis pieds et jolies mains«, nannte sie George, und dieses »Fräulein Schönfuß und Schönhand« übernahmen auch Freunde Georges. Sie selbst fand keine besondere Aufgabe darin, sich hübsch zu machen, doch hatte es ihr gefallen, für ihre großen dunklen Augen und ihre kleinen, feinen Hände Komplimente zu hören. Seit Büchners Tod hatte niemand mehr dergleichen erwähnt. Wer hätte das wagen sollen! Sie wollte auch nichts hören und denken vom Hübsch- und Adrett-Sein, vom Werben der Männer. Er war tot! Ein anderer interessierte sie nicht.

Und nun dem Bruder eine Weile den Haushalt führen, um bald eine alte Jungfer genannt zu werden.

Was hast du, Minna?

Nichts, es ist nur – es ist alles so restlos anders.

Sie sortierten die Dinge des Haushaltes um und aus, mussten entscheiden, was bei ihnen blieb, zurückgewiesen auf zwei Zimmer im Haus, in dem sie noch eine Weile wohnen konnten. Als Mieter des neuen Pfarrers.

Aus Briefen, Büchern und Schreibmappen, aus Tintenfässern und Tabaksdosen, selbst aus Vorhängen und Teppichen, die aus Barr mit hierher nach Straßburg gekommen waren, sprachen Geschichten und Gesichter aus vielen Jahren. Eine Reihe von Services, Kannen und Tassen, Ausstattung für einen gastlichen Haushalt, bei einem der wichtigsten Pastoren, dem Konsistorialpräsidenten Jaeglé. Eine mit Wiesenblumen verzierte kleine Tasse, eine von ihren Kindertassen, hielt sich Minna an die Lippen. Zwei Geschwister hatten sie verloren.

Wir haben doch Übung in solchen Trauerzeiten, nicht wahr, Theo, sagte Minna in die Tasse hinein. Theo sah auf, nickte, hielt etwas ungeschickt zwei Vasen in Händen, und im selben Moment wusste sie, für ihn galt die Trauer dem Vater, die um seinen zukünftigen Schwager mochte er schon verwunden haben, nach Monaten.

Ja, wir haben getrauert, sagte der Bruder. Und ich weiß, für dich sind jetzt auch die Aussicht auf Ehe und Mutterschaft, und was man sonst noch mit Glück verbindet, gestorben.

Seine Stimme brach, er senkte den Kopf und wischte sich mit dem Ärmel über die Augen.

Ach, Theo. Minna lächelte. Es ist schon gut, dass du nicht Pfarrer wirst. Du würdest ja ständig mit deiner Gemeinde weinen. Als wir unsere Eltern noch hatten, weißt du, Theo? In Barr damals, als unsere kleine Julie-Adelaide gestorben ist. Das war eine andere Trauer.

Es waren jedes Jahr kleine Kinder im Ort gestorben, Vater begrub sie, und das Leben ging weiter.

Entsetzlich schnell. Und die Sommer waren so warm und lang.

Minna war neun gewesen und vergaß die kurze Trauer bald. Dann, als Jacques-Jules mit viereinhalb Jahren starb, bereits in Straßburg, war Minna siebzehn, und sie und Louis-Théodore hatten sich heulend in den Armen gelegen, zweimal oder dreimal. Auch das verging. Aber die Mutter blieb stumm. Margaretha Jaeglé hatte ihre Kinder nie mit besonderer Aufmerksamkeit angesehen. Stets war sie für alles gleichzeitig da: für die Küche, den Mann, die Kinder, die Besucher, den Garten und die Nachbarn. Nun schien es aber, dass sie niemanden mehr ansah. Sie wurde dünn und schwach. Du bist ja da, sagte sie zu Minna.

Acht Monate nach Jacques-Jules starb die Mutter. Sie hatte zu viele Kinder verloren und zu wenig ihr eigenes Leben geliebt. Sie hatte es ausgehalten. So wie auch die Frühgeburten, von denen Minna lange nichts wusste.

Das ist eben so, hatte die Mutter erklärt. Die Wehen setzen manchmal vor der Zeit ein. Da kann man nichts machen.

Solche Sätze warf ihr die Mutter dann und wann hin, aus heiterem Himmel. Sie gehörten zur Unterweisung der älter werdenden Tochter, so wie sie es selbst gelernt hatte. Eine Schullehrertochter aus Nonnenweier im Breisgau war sie, die Pfarrfrau wurde, weil ihr Vater und ihr zukünftiger Mann übereingekommen waren. Minna erinnerte sich nicht, ihre Mutter wirklich klagen gehört zu haben. Sie hatte das Leben ausgehalten.

Minna konnte nicht sagen, wann es begonnen hatte. Aber ganz sicher in der Zeit in Barr, seit sie acht war, hatte sich die Abneigung gegen dieses Wort hervorgeschält: aushalten! Bald hatte sie bewusst und heimlich an ihre Abendgebete angefügt: und lasse mich nichts im Leben aushalten müssen. Amen und gute Nacht.

1810 bis 1818, Scharrachbergheim und Goxwiller

Nur das Land draußen kannte Minna als Kind. Die Gesichter von Vater und Mutter, von Louis-Théodore und Julie-Adelaide, die in Barr auf dem Friedhof blieb. Mit dem kleinen Jacques-Jules auf dem Arm der Mutter waren sie nach Straßburg gezogen. Das war dann das bessere Elsass.

Das Land war dort, wo die Frömmigkeit zunächst aus der Ehrfurcht vor dem Pfarrer bestand. In den niedrigen Häusern trennten schiefe, weiß gekalkte Wände die Kammern, und in der großen Küche hatten viele Menschen Platz. Die meisten schütteten bereits dort der Frau Pfarrer ihr Herz aus und trauten sich nicht zum Pfarrer ins gepflegte Zimmer. Über dem Herdplatz der riesige schwarze Schlund der Kaminöffnung. Ob dort die Seelen hinausschwebten, wenn der Herr sie zu sich holte?

Die Gebete waren für die Kirche da, jeder Bauer zog den Hut vor dem Pfarrer Jaeglé, bevor er sich mit ihm über die Ernte, den Traubenmost oder die Tabakpreise unterhielt.

Was Minna von den Kindern und deren Eltern auf den Dorfstraßen hörte, klang eher aus lebendigem Herzen gesprochen als das, was sie sagten, wenn sie über die Schwellen des Pfarrhauses oder der Kirche getreten waren.

Losch' stähn! Nehmsch' des dou! Oder: Hob' ich's dir g'sagt!, riefen die Bäuerinnen den Kindern zu, die darauf hörten wie Marionetten, denen nach einem für Minna unverständlichen Muster auch einzelne Wörter verständlich waren, Zurufe, Pfiffe und Schnalzen.

Die Jungen wurden an den Schleifstein gerufen. Drehje! sollten sie. Drehje! Und der eiserne Griff beschrieb seinen Kreis bis über die Köpfe der Buben. Die Sicheln und Sensen knirschten über den Stein, die Funken stoben davon, bis sie blank waren. Ho! Ho!, riefen die Bauern in einem dunklen, lauten Ton. Weiter! Weiter! Und dann das langgezogene: Hoooooo!, tief und flach, das hieß anhalten.

Von Scharrachbergheim war die Erinnerung geschrumpft. Nur diese kleinen Bilder. Kinder barfuß, staubig. Rufe. Lachen, Jauchzen, Fluchen. Weinstöcke an den Spalieren vor den Hauswänden. Obstbäume im Pfarrgarde, hinten draußen an der Straße, darum die rote Sandsteinmauer. Saure grüne Äpfel in der Kinderhand, an der braune Krusten klebten, wenn man zuvor in den Beeten Erdwändchen gezogen hatte. Quadrate, Wege, kleine Wohnungen, in denen Holzstückchen als Menschen wohnten. Die Hände der anderen Mädchen dazwischen. Die meisten von ihnen trugen bis weit in den Herbst hinein keine Schuhe.

Minna war klein, und die Dorfstraße zog sich hart an der Flanke des Scharrach entlang, ansteigend bis zur Kirche oben am hohen Ende des Dorfes. Erinnerte sie sich, oder wusste sie es, weil sie den Ort auch später besucht hatte? – Ein Bild blieb. Die Rebstöcke drüben jenseits des Pfarrgartens, durch die Obstbäume hindurch und über der Straße, auf dem Scharrachrücken. Es muss Mittagszeit gewesen sein im späten Sommer. Die Trauben waren noch nicht geerntet. Bald sah sie den Pfarrhof und die Kirche von oben, und auf die Dächer der Häuser schaute sie nun, der Kirchturm, der Finger im Himmel, rosa Stein, wie Bauklötze. Die Rebstöcke größer als sie, über ihrem Kopf Trauben, Blätter, rechts und links Blätter, manche rot. Eng ein Stamm neben dem anderen. Hier weiter? Dort! Kein Weg da, nur grüne Trauben vor den Augen. Weiter ging sie, obgleich keine Kirche mehr zu sehen war. Das Herz schlug über die vagen Mama-Rufe hinaus, schlug und schlug. Dann die Antwort. Minna! Minna!

Sie krallte sich in die Schürze der Mutter, die Wangen tränennass. Auf dem Arm der Mutter war sie schnell zurück, die Welt wurde wieder niedrig und begleitet von der tadelnden Mutterstimme. So schnell war sie zurück, und wie lange war sie im Weinberg geblieben. Auf dem Arm der Mutter konnte man fliegen!

Drei Jahre muss sie gewesen sein. Dies konnte sie sich ausrechnen. Es war Sommer, und Louis-Théodore war ein Jahr alt. An eine Welt ohne Louis-Théodore konnte sie sich nicht erinnern. Der Bruder wurde gefüttert, er schrie oder wurde getragen. Die Leute besuchten den Pfarrer, in der Kirche war es kühl und feierlich.

Dann zogen sie nach Goxwiller. Hier stand die Kirche in der Mitte des Ortes, die Häuser scharten sich darum in die kleine Ebene. Die Hügel waren weiter weg, man musste zu ihnen hinaufsehen.

Aber alles war so ähnlich, die Stimmen, der Staub, der säuerliche Most, die kuhwarme Milch, die Kittelschürzchen und die schmierigen Flecken darauf. Scharrachbergheim oder Goxwiller. Sie trug Schuhe, andere nicht. Die Schürze, die ihre Mutter über den Kleidern trug, war genauso von der Haus- und Gartenarbeit beschmutzt wie die der Bäuerinnen. Nur den bissigen Stallgeruch, den hatte ihre Mutter nicht an sich. Sie molk nicht. Das machte die Magd. Aber Geflügel musste sie schlachten. Dann war die Schürze rot getupft. Große und kleinere Tupfen, die Minna erst mit dem Finger untersuchte, an dem sie kurz leckte, während die Mutter den baumelnden, schlaffen Tierleib auf ihrem Schoß rupfte. Sie sah nicht zu ihrer Tochter. Sie arbeitete. Ihre Tochter war ruhig und brav, lernte anständig das Beten, und mehr war mit dem Kind noch nicht anzufangen.

Minna stand manchmal still am Gartentor oder saß lange mit einer Puppe quer über den Beinen auf der Bank vor dem Haus. Sie untersuchte Gräser, fing Fliegen wie ein Junge, aber ganz ohne Juhu- und Ich-hab-sie-Rufen. Holte sogar ab und zu ihren Kamm aus dem Haus und kämmte einem Bauernmädchen die staubig-klebrigen Haare.

Oft stand sie, die Hände auf dem Rücken verschränkt, neben ihrem Vater, der am Schreibtisch die Feder in die Tinte tauchte und weiße Bögen Papier beschrieb. Mit so einem Kind hatte man wenig Ärger.

Lass sie langsam etwas im Haushalt tun, sagte der Vater zu seiner Frau. Wenn er im gestärkten Krauskragen zum Gottesdienst ging, war er froh darum, dass er eine Frau hatte, die ohne viel Aufhebens alles recht und gut regelte. Sein Töchterchen zeigte sehr bald das klare weibliche Wesen ihrer Mutter, lernte leicht gute Manieren und sich auszudrücken. Die Eltern meinten, das derbe Landleben färbe kaum auf sie ab. Doch es steckte Zurückhaltung und Abwehr allem Groben und Rohen gegenüber dahinter.

Der Pfarrer war gebildet, das wusste jeder im Dorf, und seine Frau war das Bindeglied zwischen diesem fernen Gottesmann und seiner einfachen Gemeinde. Die Mutter war als Pfarrfrau auf dem Land halb Bäuerin und im Innern – so wollte man es sehen – die ganze Frau des Pfarrers.

Vor den Bücherregalen des Vaters stand Minna, den Kopf in den Nacken gelegt, roch das Papier, den seltsamen Samtgeruch, der von der Druckfarbe herrührte, was sie aber nicht wusste. Dieser Geruch setzte sich hartnäckig gegen den bissigen Stall- und Modergeruch des Hauses durch.

Der Vater las ab und an vor, selbst wenn er wusste, seine Tochter verstand kaum etwas davon. Es war die unbeholfene Freude aller Väter, die in den Augen ihrer Kinder etwas wie Interesse und Klugheit zu sehen glauben.

Na, Minnele, war das eine hübsche Geschichte?

Sie krauste ihre Nase, lachte und zog die Schultern hoch, versteckte sich in der Verlegenheit, jetzt nicht sagen zu können: Es war schön zu hören, auch wenn ich nichts verstanden habe. Der Vater nannte den Namen des Mannes, der diese Geschichte geschrieben hatte. Gottfried August Bürger hieß er, ein einfacher, aber heller Geist, war nun auch schon vor langen Jahren gestorben.

Die Vaterstimme war ruhig und tief. Er rieb sich beim Lesen oft über die faltigen Augenlider, die Pausbacken und die grauen Haare. Wenn er zum Gottesdienst die Perücke und den steifen weißen Kragen anlegte, sah er alt aus, noch älter, als er war. Er war über fünfzig und seine Frau Anfang dreißig.

Minna hörte die deutliche deutsche Stimme ihres Vaters. Französisch sprach er in gleicher Perfektion. Bei der Mutter gab es den Einschlag des Schwäbischen und des Elsässerditschen. Sie sprach wie die Bäuerinnen. Minna wollte das nicht, verstand nicht, warum ihre Mutter sich mit ihnen so vertraut gab.

Diese Sprache war so breit wie ein Pfannkuchen, die Laute traten singend aus den Mündern. Der Dialekt war für die Küche, für die heitere Unterhaltung gut, für alles, was man Tag für Tag zu bereden hatte. Wie ein Pfannkuchen, dachte sie noch einmal: Er schmeckte und nährte, hatte seinen Nutzen.

Auch Minna lernte das Elsässerditsch als Muttersprache, weil alle im Dorf so sprachen, weil sie mit den Kindern spielen wollte, weil man ihr sagte, es sei gefällig und gottesfürchtig, sich vor den Bauern und Winzern nicht besser zu geben.

Noch in Goxwiller, mit sechs oder sieben Jahren, als sie zusammen mit den anderen Kindern den Unterricht ihres Vaters besuchte, begann sie, mit dem Finger im Sand, auf beschlagenen Fensterscheiben oder mit roten Ziegelbrocken auf den Mauern, den anderen die Schreibweise der Wörter zu zeigen. Sie konnte nicht begreifen, wie die Kinder partout ein Wort im Französischen und Deutschen nicht gleichermaßen behalten konnten.

Sie wehrte sich gegen dieses Landleben, und sie kämmte den Mädchen die Zöpfe, weil sie hoffte, sie müssten dann einen Funken eines besseren Lebens fühlen. Aber keine kam jemals mit ihr zu dem Bücherregal ihres Vaters. Sie brauchte lange, bis sie verstand, dass die Kinder niemals gewagt hätten, die Arbeitsstube des Pfarrers zu betreten. Erstaunt war sie über die verlegenen Gesichter.

Nein, da gingen sie nicht hinein! Für stur und dumm hielt sie die Mädchen, denn wie sonst sollte diese Ablehnung zu erklären sein, gegen sie, gegen ihren Vater.

Sie spielten mit ihr, und trotzdem blieb kein Kind enger bei ihr. Sie war die Pfarrer-Minna, die schöne Schuhe und eine schöne Puppe besaß.

Saß sie neben einem Mädchen auf der Gartenbank und zeigte ihm ihre Puppe, wischte das Kind zögernd die Hände an der Schürze ab, um die Puppe vorsichtig auf den Arm zu nehmen.

Nimm sie doch richtig! Minnas Aufforderung wurde nicht gehört.

Ob in Scharrachbergheim oder Goxwiller. Sie hätte nie mit einem der Mädchen tauschen mögen, aber sie hätte sie gerne bei sich gehabt. Und sie schrieb mit roten Ziegelstein- oder Kreidestückchen auf Bretter und Mauern die Worte, die den anderen Kindern so schwerfielen.

1840, Straßburg und Darmstadt

Das Haus gehörte dem Theologieprofessor Charles Schmidt, der Minnas Cousine Julie-Pauline geheiratet hatte. Hier in der Rue des Cordonniers No. 8 dachte Minna über ihre nächste Zukunft nach.

Julie nannte Charles »mein Gatte«. Der gute Charles. Der Unentbehrliche, der Beratende, der Stille. Minna mochte ihn. Sie musste ihn mögen. Sie wurde in seinem Haus geduldet, nachdem Louis-Théodore nach London gegangen war.

Dabei fühlte sich Minna genötigt, sich bei Georg zu entschuldigen.

Ich weiß, du mochtest ihn nicht besonders. Er war dir zu ruhig und zeigte keine eindeutige politische Haltung. Aber du hattest ihn auch nie richtig kennengelernt. Lass mich ihn nur mögen!

Allein auf die Zinsen des Darlehens möchte ich mich nicht verlassen, sagte Minna zu Julie, stellte die Kaffeetasse ab und nähte weiter an den Gardinen für den jungen Haushalt der Cousine. Die hatte neben ihr ebenso einen Schwall von weißem Musselin über den Knien.

So hat es dein Bruder auch nicht gemeint, Minna, er möchte nur, dass dir zumindest diese gewisse Einnahme bleibt. Und das Zimmer oben bei uns kannst du so lange haben, wie es nötig ist.

Du weißt, ich dank euch tausendmal, aber eben dieses

Nötig-Sein, das drückt mich. Ich möchte hier bei euch nicht die alte Tante Minna für eure Kinder abgeben.

Sie stand auf, schüttelte die Gardine vor sich aus, betrachtete sie.

Weißt du, Minna, dass damals ein heimlicher Aufschrei durch die Familie ging?

Julie legte eine vertrauliche Note in ihre Stimme.

Aber man beruhigte sich bald. Dein Vater war Büchner ja sehr zugeneigt, obwohl er eher schlechte Zukunftsaussichten hatte.

Und eine zweifelhafte religiöse Festigkeit zeigte und drei Jahre jünger war als ich, ergänzte Minna mit einer spitzen Heiterkeit, als amüsiere sie dieser Umstand heute noch.

Er studierte immerhin Medizin, da sein Vater darauf gedrängt hatte. Aber davon war das Brot noch nicht gebacken, von dem eine Familie leben sollte.

Als Studenten hatten Georg und Charles Schmidt kaum miteinander zu tun gehabt. Sie lebten in zu unterschiedlichen Kreisen, wenngleich zu Georgs engsten Bekannten etliche Theologiestudenten gehörten, gemeinsame Freunde wie die Brüder Stoeber und Wilhelm Baum. Von diesem wusste Minna, dass Charles Büchners Verlobung mit ihr als voreilig und unvernünftig empfunden hatte. Doch als er sich später, bereits nach Büchners Tod, mit Minnas Cousine verlobte, fiel nie ein ungutes Wort darüber.

Ich hätte Sie gerne auch glücklich gesehen, hatte er zu Minna gesagt, der gute Charles. Es klang unbeholfen, als würde sich darin so vieles verbergen, worüber man sprechen könnte, wenn es nicht so schwierig wäre.

Selbst für einen Theologen, dachte Minna und hätte dies gerne neckend gesagt, aber das tat man halt nicht. Es ging eigentlich um die Frage nach ihrer Versorgung. Sie wusste es, alle dachten darüber nach, ohne es auszusprechen.

Aber mild und klug hatte Charles gesprochen. Es klang versöhnlich. Und wenn er so im Zimmer ging, aufrecht, schlank, hochgewachsen, die dichten, welligen Haare nach hinten gekämmt, und dazu diese hohe, runde Stirn, da war die Erinnerung an Georgs Anblick nahe, so grausam und wohlig nahe.

Er hatte Julie geheiratet. Die schöne Julie. Sie war sicher das liebreizendste Geschöpf der Familie, mit ihrer kastanienfarbenen Haarpracht, dem Schwanenhals, für den nur ein einfaches Silberkettchen, ein Perlentropfenanhänger als Schmuck genügte. Minna hatte lange in ihr die kleine Cousine gesehen, ein Mädchen ohne große Vorzüge, außer dem, hübsch zu sein.

Ich bin nicht das, was man hübsch nennt, und werde nicht hübscher mit meinen nun fast dreißig Jahren, sagte Minna zu sich, am kleinen Teetisch oben in ihrem Zimmer, über einen neuen Brief aus Darmstadt gebeugt. Von den Büchners war er. Meist schrieb Mathilde, diesmal Louise. Beide Georgs Schwestern.

Es müsse doch entschieden werden, schrieb Louise, ob sie nun in Straßburg sich ein Auskommen als Kinderfrau oder mit einer Kleinmädchenschule suche oder es wage, eine Gouvernantenstelle anzunehmen. Eine französische Gouvernante, zweisprachig gewandt in Wort sowie Schrift, sogar mit Englischkenntnissen, würde in Deutschland gerne aufgenommen.

Diesmal hatten sie ein Angebot in Mainz für Minna aufgetan. Die jüngste Tochter des Festungskommandanten General Müffling benötige eine Kinderfrau.

Es musste noch etwas geschehen in ihrem Leben. Kein Straßburg mehr, nicht allweil dieselben Gassen, in denen ihr ein Gesicht wie das andere gleich erschien und fast alle Bekannten miteinander verwandt waren.

Mainz. Nun ja, keine bedeutende oder große Stadt.

Julie ahnte die bald anliegende Entscheidung, als ihr Minna von diesem erneuten Angebot erzählte.

Ich war ja immer für England, mir wäre es lieber, du wärst in der Nähe deines Bruders.

Nein, keine Nähe, keinen Bruder, keine Familie. Die Nähe der Büchners in Darmstadt wäre in Mainz schon genug.

Ich beherrsche das Englische bei weitem nicht so gut wie Louis-Théodore. So redete sich Minna einen guten Grund gegen England ein.

Sie plante umgehend eine Reise nach Darmstadt, um sich anschließend in Mainz vorzustellen bei den Müfflings. Nur ein Bekanntmachen, das Kind kennenlernen, und dann würde man sehen.

Und wer weiß, ob ich den Wünschen der Müfflings entspreche.

***

Diesmal durfte sie alleine reisen. Sie hatte es durchgesetzt. Einer Gouvernante wurde es zugestanden, alleine zu reisen. Auch wenn sie noch keine war, sah sie nicht ein, warum sie eine Begleitung brauchte. Nach Darmstadt. Dies war keine Weltreise.

Und auch für die Vorstellung in Mainz würde sie sich jede Begleitung verbitten.

In Darmstadt gab es noch die Freude an den Büchners, die eine Weile lang auch ihre Familie waren. Sie war längst keine Braut mehr, auch keine Witwe, aber Mutter Büchner nannte sie noch immer: Unsere Minna. So stellte man sie den Besuchern vor. Man hatte sie als Schwiegertochter betrachtet. Die Minna – Georgs Braut. Doch das vergeht! Sieht denn keiner, wie es vergehen muss!

Auf jeder kleinen Gartenfeier, bei jeder Einladung zu Bekannten hörte sie: Mademoiselle Jaeglé, die Minna, Georgs Verlobte. – Ja, wir haben schon viel von Ihnen gehört.

Hier würde kein neues Leben beginnen. Hier war sie eine freundlich beachtete Verwandte, die die Hand eines Toten hielt. Wie sollte sich um ihre Hand ein anderer bemühen?

Georgs Geschwister gingen ungezwungen mit ihr um. Mit ihr kam ein Stück des Bruders ins Haus zurück. Wilhelm stand schon mitten im Leben. Alex, der Jüngste, war noch ein Kind. Und jeder schwärmte von Ludwigs Ähnlichkeit mit Georg. Sicher, auch er hatte den klaren, widerspenstigen Geist, der sich gegen die kleinste Ungerechtigkeit auflehnte. Die Redegabe war ebenfalls zu erkennen, und Ludwig schmeichelte diese Rolle. Aber wurde es ihm nicht zu lästig?

Seht nur, die Stirn und die Augen, stellte die Mutter wieder einmal fest. Mir ist, als würde er Georg jeden Tag mehr gleichen.

Ludwig blickte zu Boden, auf den Tisch, wurde ernst. Er sah nicht zu Minna und sie nicht zu ihm.

Der Vater hatte genaue Vorstellungen über das Werden und den Charakter jedes seiner Kinder. Georg hatte wie er Arzt werden sollen. Diese Bestimmung hatte nun Ludwig zu erfüllen.

Als ich Georg nach Straßburg schickte, waren wir uns ganz einig, sagte Doktor Büchner. Seine mächtige Erscheinung erfüllte den Raum, selbst wenn er ganz still am Tisch saß. Er setzte stets korrekt und deutlich zu reden an, keinem entging sein Wort.

Straßburg hatte ihm so gefallen, sinnierte die Mutter. Diese Stadt war, glaube ich, sein ganzes Wohl.

Ihre Stimme klang beruhigend. Minna war dankbar dafür. Doch gerade die Mutter schaute Minna beständig mit wehmütig zur Seite geneigtem Kopf und feuchten Augen an.

Er hätte im letzten Jahr mit mehr Frieden bei uns in Straßburg leben sollen. Immer diese Unruhe.

Die Mutter beugte sich über eine Strickarbeit. Ja, ja, alles hätte gut werden können. Aber immer diese Unruhe.

Er hat zu schwer gearbeitet, sagte Wilhelm, suchte kurz einen Blick von Minna. Es gab Dinge, über die vor den Eltern nicht gesprochen werden durfte. Von diesen Dingen wussten nur Minna und er Genaueres als die Eltern.

Er hätte sich ganz auf sein Studium legen sollen, sagte der Vater.

Da zog Wilhelm kräftig an seinem Zigarillo, stand auf und entschuldigte sich für diesen Abend. Er lässt mich allein, dachte Minna, allein mit all dem, was seine Eltern nicht wissen sollen.

Aber das Gespräch nahm wie meistens einen anderen Verlauf. Ernst Büchner kam nicht auf Frankreich zu sprechen, nicht auf seine Napoleonverehrung, nicht auf die große Revolution und schon gar nicht auf die Zustände im Lande.

Mädel, was fangst jetzt an, kam Minna der Refrain in den Sinn.

Man wurde vergnügter. Louise und Mathilde hatten Talent aufzuheitern.

Minna, du bist so kurz hier.

Erzähl uns etwas!

Aber was soll ich erzählen?

Vom Straßburger Münster. Als du mit dem Georg oben warst.

Nein, als der Georg zu dir kam.

Das ist schön.

Das habe ich schon einmal erzählt.

Ja, ja, aber es ist schön.

Minna hielt einen Seufzer zurück, schaute zur Mutter Büchner. Die blieb still, wie im Traum über ihrer Strickarbeit, lächelte.

Ich hatte die Tür geöffnet. Das tat ich oft, wir hatten ja nur ein Dienstmädchen, und die machte gerade Besorgungen.

Also, ich ging zur Tür, und er stand draußen, ganz schüchtern – glaubt mir – und mit großen Augen, wie eine Katze, wenn es donnert. Ich erinnerte mich nicht, je einen ähnlichen Menschen gesehen zu haben. Seine Art zu reden, ich sage euch, so etwas traf ich selbst unter den Studenten, die meinen Vater besuchten, sonst nicht.

***

In der Nacht vor der Fahrt nach Mainz blieb sie erstaunlich ruhig. In einer freudigen Erwartung stand sie noch eine Stunde am Fenster, sah in den dunklen Garten, in dem schwach die Beete, die Obstbäume und eine Bank zu erkennen waren. Dort hatte sie mit Georg Romane gelesen. Abends hatte er sie gebeten, »So viel Stern am Himmel stehen« zu singen.

Eigentlich konnte dieses Hüten und Belehren eines adligen Mädchens keine große Zukunft versprechen. Doch neue Menschen, neue Gesichter, neues Leben. Und niemand würde sie als »unsere Minna« vorstellen.

Siehst du, George? Ich gehe.

Ich werde eine Weile die Maske einer Gouvernante aufziehen. Diese Gouvernante erfüllt dann einen Zweck.

Ich hab nichts anderes gelernt, als Kinder zu hüten und ihnen etwas beizubringen.

Dieser Gouvernanten-Automat wird hübsch laufen, ich sag es dir, mein Leonce.

So werd ich halt meinen Zweck auch außer mir erreichen müssen. Ist dies so schlimm?

Wir werden sehen, welches Gesicht nach der Gouvernante zum Vorschein kommt. Der reinste Maskenball kann ein Leben sein.

Doch wir wissen ja beide, wie Hamlet es sagte: Selbst ein König ist ein Ding – das nichts ist.

Sie träumte diese Nacht von Barr, wie sie dort im Garten auf der Bank saß, mit einem Jungen, der schön geschwungene Lippen hatte, die Stimme Georgs und über einem leinenen Hemd den Lederschurz eines Schmieds. Sie stritten sich über Jean Pauls »Rede des toten Christus vom Weltgebäude herab, dass kein Gott sei«.

In Barr. Dort wurde sie erwachsen. Als achtjähriges Kind kam sie in den Ort, als Sechzehnjährige verließ sie ihn.

1818 bis 1826, Barr

Der Junge mit den schönen Lippen war Madame Rauschers Sohn. Die Rauscherin führte die Kleinkinderschule in Barr. Sie war wie Minna eine Pfarrerstochter, und in Minnas Erinnerung schlicht, aber hübsch und stets von einer gequälten Stille begleitet. Sie lehrte am liebsten Kinderlieder. Minna erinnerte sich, wie man das Singen der Kinder bis vor das Haus hörte. Die Rauschers wohnten gleich beim Kirchhof. Ihr Mann war der Vikar der Pfarre, unterrichtete die Kinder und rechnete mit der Amtsnachfolge auf Jaeglés Stelle.

Minna selbst war nie in der Kleinkinderschule der Rauscherin gewesen. Sie war schon zu alt und durch den frühen Unterricht bei ihrem Vater weiter als die meisten Kinder ihres Alters. Deutsch, Französisch, auch Englisch lernte sie bei ihm, dann noch Geografie, Geschichte, die Grundzüge der Mathematik und Geometrie. Religionslehre und Bibelstunde betrachtete Jaeglé nicht als eigentlichen Unterricht. So wie er als Hofmeister die Töchter des englischen Gesandten Wynne unterrichtet hatte, versuchte er es auch mit seinen Kindern zu halten.

Aber die Zeit wurde ihm eng hier in Barr. Er nahm das Amt des Konsistorialpräsidenten an, das Pfarramt in der Kleinstadt wurde aufwendiger, und Minna und Louis-Théodore besuchten den regulären Unterricht bei Vikar Rauscher wie jedes andere Kind der protestantischen Gemeinde.

Minna und Louis-Théodore saßen oft zusammen, obwohl die Mädchen ihre Bänke auf der einen, die Buben auf der anderen Seite hatten. Das Schulzimmer lag im Erdgeschoss, und der Familie Rauscher blieb gerade genügend Platz zum Wohnen im Haus. Aus dem Fenster des Schulzimmers sah Minna in eine Baumkrone, einen Teil der Martins-Kirche, daneben noch ein Stück des Daches vom Pfarrhaus. Sie kippelte mit dem Stuhl. Rauscher war nachsichtig mit ihr.

Louis-Théodore lernte brav, ohne Begeisterung, aber mit Sorgfalt, er fürchtete Rauschers strengen Blick. Minna wurde manchmal befreit, sie durfte Madame Rauscher in der Kleinkinderschule helfen. Ihre Mutter und Madame Rauscher hatten das ausgemacht. Das sei gut für Minna. Ein Mädchen sollte solche Arbeiten verrichten. Und sie konnte schon von jeher gut mit den kleineren Kindern, hatte die Mutter gesagt. Minna stand daneben, hielt ihren Rücken gerade und kommentierte nicht, was man von ihr sprach. Aber sie hörte aufmerksam zu. Sie wurde in den Kleinkinderunterricht eingewiesen, ihren Bruder würde man aufs Gymnasium schicken.

Und, willst du dann auch Theologie studieren?, fragte sie ihn auf dem kurzen Weg zwischen Schule und Pfarrhaus. In diesem letzten Sommer, den er zu Rauscher ging, hatte man zu Hause öfters darüber gesprochen, dass man für ihn einen Platz auf der höheren Schule suchte. Mit Minnas feinem Spott konnte Louis-Théodore nicht umgehen. Er erkannte ihn meist nicht einmal. Seine Schwester war älter und gescheiter. Wieso sollte sie mit ihm Spott treiben?

Er zuckte kurz mit den Schultern, während Minna ihn über die Schulter hinweg ansah. Noch war er kleiner als sie. Einen halben Kopf.

Nein – oder doch. Ich weiß das jetzt noch nicht, Minna.

Ich finde, du solltest darüber nachdenken. Ich finde es nämlich höchst erstaunlich, wie die meisten Pastorensöhne wieder Theologen werden. Es kann doch nicht angehen, dass sie sich alle im Ernst der Theologie zuwenden wollen?

Vielleicht möchten sie das ja. Später weiß ich das auch besser.

Sperr gleich die Ohren auf, Theo, ob dir was anderes gefällt. Mathematik beispielsweise, oder Naturwissenschaften.

Er blinzelte, nickte zaghaft. Die Sonne schien. In ihrer Erinnerung war es meist Sommer, wenn sie an die Kindheit dachte.

Sie erklärte Louis-Théodore noch, ihr Vater sei ja aus kleinen Verhältnissen gekommen, mit einem Postkutscher als Vater, und allein sein Talent zum Studieren habe ihn so weit gebracht, und es war eben so üblich, dass die Söhne einfacher Leute zum Studium die Theologie wählten.

Aber mit Sicherheit – sie sagte Sicherheit, weil es ihr Vater angedeutet hatte – hätte er gerne etwas anderes studiert.

Ob ihr Bruder sie verstand, wusste sie nicht. Sie hatte aber Lust, ihn zu piesacken. Wirklich fleißig war er nicht, immer nur brav. Meist zog er beim Nachdenken die Lider zusammen, krauste die Stirn. Er durfte später studieren. Mädchen studierten nicht. Kleiner braver Bruder.

Wie er dann vor ihr hin trottete, stolperte er ein wenig über die breiten Sandsteinstufen, sein Hemd hing auf einer Seite aus der Hose heraus.

Stopf dir dein Hemd zurück, Louis-Theo.

Sie hatte Spaß daran, ihn so zu nennen, meistens nur Theo.

Endlich hatte er das Hemd zurück in der Hose, nestelte noch daran, als sie die Küche betraten.

Bonjour, Maman! Es duftete nach Eintopf. Steckrüben. Louis-Théodore hockte sich auf die Eckbank. Minna legte ihre und seine Bücher auf eine Kommode im Flur, hängte ihr Schultertuch auf, seine Strickweste daneben. Vier Fenster hatte die große Küche, man sah in den Garten hinterm Haus. Die Johannisbeeren waren überreif, fielen bald ab. Die Magd und die Mutter trugen das Essen auf, die Mutter wirkte müde. Minna glaubte zu sehen, dass bald ein neues Kind kommen würde. Das Gesicht und die Schultern der Mutter waren so schmal, der Blick fortdauernd angespannt, und unten herum war sie so rund geworden. Sie beteten, die Magd schöpfte dann mit einer riesigen Kelle den Eintopf auf die Teller. Der Vater war unterwegs. Wie so oft, seit sie in Barr lebten.

Setz dich gerade hin, Louis!, sagte die Mutter. Nimm dir ein Beispiel an deiner Schwester.

Eine Minute mochte die Ermahnung halten. War aber der Vater nicht zu Hause, fühlte Louis-Théodore wenig Grund, sich an Unbequemlichkeiten zu halten. Und die Mutter war nachgiebig. Sie wies meist nur einmal zurecht, höchstens mit zischendem Ton auch ein zweites Mal. Wenn ein Kind käme, so ahnte Minna, müsste sie der Mutter fast rund um die Uhr zur Hand gehen. Im

Garten warteten hundert Arbeiten. Es war Sommer. Und es waren bald Ferien.

Maman? Sie benutzte nun gerne das französische Wort. Der Mutter gefiel es auch.

Darf ich zur Rauscherin, wenn sie ihren Kindern heute im Garten Unterricht gibt? Sie will wohl die Früchte erklären und was mit ihnen gemacht werden kann. Welche auch Medizin sein können, erklärt sie. Das ist gewiss wichtig.

Die Mutter stimmte zu. Minna war erleichtert. Sie hatte zwar nach der Rauscherin gefragt, meinte aber jemand anderes. Sie wollte bei der Rauscherin endlich erfahren, wann Friedrich, ihr Sohn, in den Ferien hier sein würde. Vor zwei Jahren hatte sie ungeniert nach ihm fragen können. Jetzt nicht mehr. Und noch früher war sie mit Friedrich über den Kirchhof spaziert, sie hatte sich im Unterricht so gesetzt, dass sie den geringst möglichen Abstand zur Jungenbank hatte, wo der Friedrich ebenfalls am Rand saß. Er erklärte ihr gerne etwas. Sie hörte zu, selbst wenn sie das meiste schon wusste. Fast drei Jahre war er älter. Inzwischen ging er schon seit zwei Jahren auf ein Straßburger Gymnasium.

Sie sorgte sich, dass sie wieder erschrecken würde, wenn er unvermittelt da wäre, weil er noch erwachsener aussehen würde. Und sie war nicht einmal dreizehn. Erst im November hatte sie Geburtstag. Friedrich war fast fünfzehn. Oder, um Himmels willen, war er es schon?

Wann Friedrich genau kommen würde, konnte ihr Madame Rauscher nicht sagen. Eventuell in einer Woche, meinte sie. Erst führe er zu seinem Großvater nach Waldersbach, bevor er nach Barr käme. Minna mochte nicht weiter danach fragen.

Friedrichs Großvater, der Vater der Rauscherin, war Oberlin, der gute Papa Oberlin, wie ihn die Leute nannten. Im ärmlichen Steintal drüben hatte er sein Amt, pflegte die Bildung seiner Gemeinde und die Erziehung der Kinder wie kein zweiter Pfarrer. Ihr Vater hatte Minna einmal mitgenommen dorthin, über holperige Hügel wurde man durch Wälder kutschiert. So weit war es gar nicht, aber alles war ganz anders als in Barr.

Oberlin verließ seine Gemeinde nur noch aus wirklich dringenden Gründen. Schmal war er im Gesicht, streng, sein Lachen war verhalten, nie laut. Man sagte, die Kinder würden auf jeden Fingerzeig von ihm hören. Wenn er die Hand hob, war es ihnen schon Befehl genug, aufzustehen. Gütig war er sicher, missfallen durfte ihm nichts.

Minna war das runde Gesicht ihres Papas und sein lautes Lachen lieber. Ganz fest hatte sie sich an den Arm ihres Vaters gelehnt, als sie dort waren, und still auf Oberlins schön geschwungenen Mund geschaut. Friedrichs Mund war genauso schön.

***

Der andere Junge wusste nichts von Friedrich. Mit ihm sprach Minna nicht oft. Sein Französisch klang kantig und kräftig, seine Schultern waren breit. Er war immer sehr eifrig dabei, wenn nach dem protestantischen Gottesdienst der schwere Altar aus Nussbaumholz vom Schiff wieder in die Sakristei geschoben wurde. Die Kirche wurde von beiden Gemeinden genutzt, der protestantischen wie der katholischen. Aber neu war dieser Zustand auch schon nicht mehr, man war schon lange französisches Land. Wie fast überall in der Gegend gab es in den Orten, die nur eine Kirche hatten, eine alte Regelung: Die Katholiken bekamen den Chor mit dem Altar, die Protestanten durften für ihre Gottesdienste das Schiff nutzen. Der bewegliche Altar wurde dazu hin- und hergeschoben.

Minna hatte die Blicke des Jungen geduldet. Und dann war es zur Gewohnheit geworden. Er lächelte, sie lächelte zurück. In der Kirche lauschte er auf Pfarrer Jaeglés Worte mit hochgezogenen Brauen, als würde er alles verstehen, und Minna wunderte es, verstand doch nicht einmal sie alles, was der Vater sagte. Und dann war der Junge wieder bei den Ersten, die den Altar hinausschoben. Jaeglé klopfte ihm dafür auf die Schulter.

Jean hieß er, aber genau wusste es Minna später nicht mehr. So viele nannten sich Jean. Jean sollte nicht aufs Gymnasium gehen, er würde Schmied werden, wie sein Vater.

Friedrich war angekommen, nach einer Woche oder etwas länger. Minna hatte sich gezwungen, die Tage nicht zu zählen. Sein Kinn war breiter geworden. Seine Schultern waren nicht so kräftig wie die von Jean. Dabei war der auch nicht älter. Oder doch? Jedenfalls war Friedrichs Mund dem seines Großvaters noch ähnlicher geworden. Seine dunkelblonden Haare lagen hübsch bis über die Ohren. Minna wollte sich keine Zöpfe flechten, lieber trug sie die Haare offen, nur etwas nach hinten gesteckt. Die Mutter würde schon nichts sagen.

Friedrich war gleich nach seiner Ankunft zur Begrüßung ins Pfarrhaus gekommen. Minnas erste Furcht verflog. Er lächelte ihr zu, gab ihr zaghaft die Hand. Natürlich musste er zu den Jaeglés kommen. Sein Vater wird ihn schon geschickt haben. Sie deutete es ihm an, als er mit ihr das Haus verließ. So was konnte man schon arrangieren, sie musste nur zur richtigen Zeit den Obstkorb nehmen und ihn hinausbegleiten.

Nein, freilich bin ich gleich selbst gekommen! Ich komme gerne zu euch.

Ich – ich hole ein paar Äpfel aus dem Garten. Hoffentlich brauche ich die Leiter nicht.

Sie ging ein paar Schritte weiter, an der Wand stand eine Holzbank, neben dem grünen Holztor zum Keller.

Sind sie schon gut reif?

Die frühen, die Kornäpfele, ja, die sind schön reif.

Er bot ihr nicht an, die Leiter zu halten oder selbst hinaufzusteigen.

Ja dann …, sagte er. Blieb aber stehen.

Ja dann, sagte Minna, dann genieß die Ferien hier. Und es ist schön, dass du wieder einmal hier bist. Weißt du, in der Schule ist es langweilig. Ich meine, dein Vater muss beim Unterrichten an die Jüngeren denken. Da ist es für mich …

… langweilig!, setzte Friedrich den Satz fort. Er zog die Lippen breit und spitzte sie wieder. So recht wollte er nicht weiter da stehen.

Holzkopf, dachte Minna. Sie stemmte den Korb gegen den Bauch, drehte sich gespielt unbekümmert hin und her.

Kannst du mir etwas aus deinem Unterricht in Straßburg erzählen? Aus der Geschichte würde es mir gefallen.

Ähm, ja … nichts aus der Religionslehre?

Minna stutzte, hielt im Drehen inne. Nein! Lieber Geschichte oder Geografie oder auch etwas aus den Naturwissenschaften.

Aus den Natur … wissenschaften?

Seine Stimme war ungewollt hochgeschlagen.

Aber ja, das muss doch wunderbar aufregend sein! Mein Vater sagte, ihr habt am Gymnasium dort sogar … wie sagte er? Vorführungen.

Ja, ja, aber meine Hauptfächer sind Griechisch und Latein und …

Religionslehre, ich weiß, sagte Minna. Du wirst Pfarrer werden?

Ähm, ich denke … mein Großvater wünscht es. Was kann es Schöneres geben, als ein Kirchenamt zu haben, für Gott zu sprechen?

Minna lächelte. Ja, er hatte natürlich recht.

Au revoir, Friedrich, sagte sie. Jedenfalls würden sie noch miteinander reden. Und warum sollte er nicht Pfarrer werden?

Au revoir, Minna. Er ging zum Gartentor hinaus. Die Steinstufen davor fielen rechts hinunter zur Straße ab, deren Verlängerung die Kirchgasse war, die noch weiter abfiel, hinunter zu den Höfen der Winzer mit den Keltern. Linker Hand lag der breite, wuchtige Schmiedhof, von dem jeden Wochentag die Schläge des Hammers heraufhallten.

Friedrich ging die Steinstufen in die andere Richtung hinauf, an seinem Elternhaus vorbei, hoch bis zum Kirchhof. Im Garten stieg Minna auf die Leiter und sah ihm nach. Er schritt gemessen auf die Kirche zu, im schwarzen Rock und mit hochgeschlossenem Kragen. Er schaute nicht zu Minna hinunter in den Garten.

***

Der Kirchhof lag zum Pfarr- und Schulhaus hin frei. Zur anderen Seite hinter der Kirche war er von einer dicken Mauer begrenzt, die in den ansteigenden Hügel hineingebaut war. Über der Mauer führte eine Straße den Hügel entlang, danach war der Ort zu Ende. Jenseits der Straße lag der Friedhof, rechts und links von Weinbergen eingefasst.

Die niedrige Kirche war marode in den Mauern und im Gebälk, aber von einem großen, sacht ansteigenden, mit grauen Schindeln gedeckten Dach geschützt. Die Katholiken bauten sich gerade eine eigene Kirche. Ein wenig dauerte es noch, dann würde Jaeglé die Kirche für seine Protestanten alleine haben. Das riesige Dach konnte Minna von ihrem Fenster aus sehen. Dahinter die Weinberge, wenn sie sich aus dem Fenster lehnte, sogar rechts den Friedhof, auf dem Julie-Adelaide lag. Und den Turm, den sah sie auch. Alt war der Turm, aus verwittertem rosa Sandstein. Große Quader an den Ecken. In Scharrachbergheim waren daran Fratzenbilder gemeißelt gewesen. Als sie hier in Barr angekommen waren, hatte Minna nach Fratzen auch an diesem Turm gesucht. Sie fand keine. Ihr Vater meinte, nicht jede Kirche müsse solche Fratzen haben. Er hätte seiner Tochter gerne erklärt, was die Fratze in Scharrachbergheim bedeutete, die Minna besonders bewegt hatte. Ein hundeähnliches Getier war es gewesen, mit kleinen spitzen Ohren, einer flachen Nase mit riesigen Nüstern, einem weit aufgerissenen Maul, in dem gerade zur Hälfte eine Gestalt verschwand, mit dem Kopf zuerst. Eine Frau, hatte Minna gesagt, denn ganz deutlich waren die Beine zu sehen, darüber das Dreieck eines einfachen Rockes. Minna kannte nur Männer in Hosen. In alten Zeiten mochte das anders gewesen sein, aber dazu wollte der Vater nichts sagen, und auch die Bedeutung der Fratze kannte er nicht. Das Bild war so alt gewesen, sicher aus einer Zeit, als es noch keinen Luther gegeben hatte.

***

Im Februar 1824 wurde der Bruder Jacques-Jules geboren. Zur Taufe gab es ein großes Fest. Der Vater hatte jetzt viele Bekannte. Die Leute brachten Geschenke für Mutter und Kind. Jean kam im Auftrag seiner Eltern mit einem Korb voll Gebäck, am Henkel darüber hing ein kleines Hufeisen. Die Magd nahm ihm den Korb ab. Minna holte gerade Geschirr aus dem Schrank, sah kurz zu ihm, lächelte, weil er lächelte. Seine Haut war selbst im Winter leicht gebräunt. Bei der Feier sagte dann der Vater, dass der junge Schmied wohl ein guter Mann werden würde. Er habe die Gnade einer lebensfrohen Seele vom Herrgott erhalten.

Es ließ sich nicht vermeiden, Minna wurde rot. Sie stand im Dunst von Braten und Kraut und wollte am liebsten darin versinken. Sie trug die Kompottschälchen auf, den ganzen langen Tisch entlang, schnell, und nur nicht zum Vater sehen. Sie mochte es, wenn er so von Jean sprach. Aber sie konnte sich mit Jean nicht unterhalten, nicht über Geschichte, nicht über Naturwissenschaften. Doch er war beständig hier. Lächelte geduldig. Es mochte ungerecht sein, aber Minna war Friedrich böse, dass nicht er es war, der immer da war.

Der kleine Bruder schrie und quengelte. Alle Gäste bewunderten die kräftige Stimme des Knaben. Die Mutter zeigte ihn herum, verschwand dann mit ihm in ihrer

Kammer. Die halbe protestantische Gemeinde von Barr musste im Pfarrhaus gesessen sein, so kam es Minna vor. Genau wie bei Julie-Adelaides Taufe vor ein paar Jahren. Als das größte Fest, das sie je erlebt hatte, war ihr die Feier in Erinnerung. Noch nie hatte sie so viele Menschen auf einmal essen gesehen. Und Julie-Adelaide war dann gestorben, noch nicht ganz zwei Jahre alt. Da gab es kein großes Fest. Monatelang war die Mutter still gewesen.

Das Fest löste sich auf, die Gäste verließen den Tisch, das Haus. Die Glocke raunender Geräusche legte sich über Minna. Der Friedrich war gar nicht dabei gewesen. Am Abend räumte Minna mit der Magd endgültig auf, was an das Fest erinnerte. Im Bett endete Minna ihr Gebet wie üblich mit den Worten: Und lasse mich nichts im Leben aushalten müssen. Amen.

***

Die Rauscherin war streng. Das sah Minna. Die Kinder mussten sich benehmen, stets saubere Kittelschürzchen tragen, gehorsam knicksen, selbst die Kleinsten. Aber strenger noch war ihr Vater, Papa Oberlin. Das hatte Minna auch gesehen und gefühlt. Aber Oberlin hatte es leichter als seine Tochter hier. Er wurde verehrt, geradezu angebetet. Er wusste stets genau, was Recht und was Unrecht war.

Kann ein Mensch das wissen? Die Frage stellte sich Minna nicht selbst. Ihr Vater hatte darüber gepredigt. Minna fragte ihn in seiner Stube, ob die Rauscherin denn alles Unrechte und Böse an den Kindern erkennen müsse. Ob sie dies nun auch lernen solle, wo sie täglich bei den Kindern mithelfe.

Jaeglé war müde, wollte nichts erklären. Minna setzte sich aber zu ihm. Die Stube erschien im Dämmerlicht klein. Der Pfarrer schaute seine Tochter eine Weile an.

Mach dir keine Sorgen darüber, mein Kind.

Groß war sie geworden. Natürlich, wo doch Jacques-Jules auch schon fast ein Jahr alt war. Und Minna sollte wohl soweit kommen, dass sie die Kinder ohne Madame Rauscher beaufsichtigen konnte. Doch Minna sollte nicht jeden Tag über das Seelenheil der Kinder nachdenken.

Heiter muss man bei der Arbeit sein, Minna. Und weißt du, die Oberlins haben so ihre Weisheiten, nun ja ... und die Rauscherin will ihrem Vater nicht nachstehen. Aber wer kann schon sein wie er?

Jaeglé streifte seine Perücke ab. Er ließ nicht von ihr ab, mochte die Mode machen, was sie wollte.

Ich habe oft über diesen Mann, den ich ja auch meinen Freund nennen darf, nachgedacht.

Minna lauschte. Dann erzählte ihr Vater die Geschichte, die er über seinen Freund Oberlin wusste, sicher sogar von ihm selbst.

Einen Schüler hatte Oberlin, drüben bei sich in Waldersbach, einen heranwachsenden Burschen, Joseph hieß er. Der weigerte sich, auf die kleineren Schüler Obacht zu geben. Er käme nicht in die Schule, um auf andere aufzupassen.

Darauf hatte Oberlin Joseph ganz und gar als Schüler verstoßen. Er gab allen, seiner Familie und besonders dem Lehrer, ebenso allen anderen Kindern, die Anweisung, Joseph nicht mehr als Schüler zu betrachten, ihn ganz aus der Schulgemeinschaft zu verbannen, gab dies sogar schriftlich weiter. Nicht mit ihm reden sollte man, nichts von ihm wollen und ihm sonst keine Zuwendung zeigen. Ein Plakat ließ er aufhängen, auf dem stand: »Joseph Neuvillers, räudiges Schaf«. Erst nachdem der Junge um Verzeihung gebeten hatte, wurde der Anschlag entfernt. Aber die anderen Strafen hatte Oberlin noch zwei Wochen aufrechterhalten.

Im Zimmer war es fast dunkel geworden. Jaeglé bat Minna, eine Kerze anzuzünden. In dem gelben Lichtkegel tauchte seine gefurchte Stirn auf. Er schüttelte den grauen Schädel.

Kann man so Ungehorsam bestrafen? Bei einem halben Kind? Ach, Minna, man kann nicht alles Unrecht erkennen und nicht in allen Dingen wirklich gerecht sein.

Er sah auf, zuckte mit den Schultern, beugte sich vor und kniff Minna lächelnd in die Wange.

Sei sorgsam mit den Strafen, wenn du sie einmal alleine wählen musst. Und du kannst nicht alles richtig machen.

Dann schickte er Minna hinaus, er habe noch Briefe zu schreiben.

***

Johann Jakob Jaeglé galt nicht als feinsinniger Theologe. Seiner Doktorarbeit, sagte man unter Freunden, fehle es an akademischer Reife und Schliff. Er soll geäußert haben, die Aufgabe des Pfarrers sei es, so zu sprechen, dass er von den Leuten verstanden werde. Seine Bibliothek enthielt zwar einen guten Teil theologischer Bücher, aber zum weit größeren wichtige Werke der Aufklärung und schöngeistige Literatur, jedoch keinen Romantiker, auch keinen Goethe und keinen Jean Paul. Sonst Bürger,

Gellert, Herder, Lessing und Schiller sowie Wieland. Englische Autoren hatten es ihm angetan, Shakespeare und Walter Scott. War Minna als kleines Mädchen noch sprachlos vor den Büchern gestanden, lernte sie nun zu verstehen, was den Vater zum Bücherfreund gemacht hatte.

Ja, sie sind Freunde, erklärte er. Bist du traurig, nimm ein unterhaltendes Buch, einen Roman. Ist der Geist fest und harmonisch, wähle die Bücher, die ihn fordern und bilden.

Anfangs wählte Jaeglé die Lektüre für seine Kinder aus. Die Mutter hielt ihn für zu unbekümmert, warnte vor bestimmten Büchern. Jaeglé gab zurück, was sei schon dabei, wenn sich zwei küssten.

Sie hatte allerdings jene Bücher gemeint, die die Seele beeinflussen konnten, und man wüsste doch nicht, wie die Kinder das alles verstehen würden. Diese Ansichten hatte sie von ihrem eigenen Vater übernommen.

Dann sollten sie fragen, war Jaeglés Ansicht, denn Lesen schule das Denken. Das schade auch einem Mädchen nicht!

So las Minna das, was ihr der Vater gab, und bald das, was sie sich selbst auswählte. Sie las mit Friedrich, wenn er da war, und Madame Rauscher meinte, er sehe glücklich aus, wenn er mit Minna zusammen sei. Im Garten saßen sie oder in einer Stube, und Minna half der Rauscherin bei den Kindern und aß bei ihnen. Friedrich durfte neben ihr sitzen. Er würde nun bald studieren, im Herbst ginge es los.

Die Eltern bemerkten die Blicke zwischen den beiden, auch wenn sie nicht hinsahen. Man sagte nichts dazu. Es war in der Ordnung der Dinge. Friedrich war ein großer Bursche geworden, und er traf Minna gerne. Er nahm ihre Hand, wenn keiner es sah. Auch hatte er sie geküsst, als er ganz sicher war, dass keiner es sah. Minna hatte es niemandem gesagt.

Nie konnte er auf Minnas Neigung zu den Naturwissenschaften eingehen. Nicht mit der Mathematik wollte er sich befassen, nicht mit den Gestirnen, keine Steine sammeln und schon gar keine toten Tiere aufschneiden, geschweige denn Menschen! Es sei eben sein liebstes Fach. Die Bibel zeige einen eindeutigen Weg, und die Welt sei darin aufgehoben.

Minna wusste, sie sollte damit zufrieden leben. Die Welt war aufgehoben und in sich geschlossen.

Friedrichs Vater sollte später ihrem Vater als Pastor der Gemeinde nachfolgen. Wenn der Friedrich erst eine Stelle hätte, würde sie die Kinder unterrichten – wenn sie seine Frau werden würde. Die Welt schloss sich wieder, drehte sich im Kreis, und Minna war eingebettet im Kreis, und im Kreis lagen Barr und die Bibel und die Eltern und die Kinder in der Schule, die Söhne, die Theologen wurden, die Töchter, die Kinder gebären würden.

Minna lehnte sich mit beiden Armen auf das Fenstersims. Die frische Morgenluft wehte herein, sie fröstelte. Drüben auf dem Kirchhof gingen ein paar Leute schon auf das Portal zu. Hier an ihrem Fenster könnte sie wohl stundenlang die Menschen beobachten, ohne dass einer sie bemerkt hätte. In Gruppen kamen die Frauen, die Alten, die jungen Burschen.

Es hat Monate gegeben, in denen sie das Lachen von Jean nicht erkannte, ihn grüßte wie jeden anderen im

Ort. Er arbeitete jetzt den ganzen Tag bei seinem Vater in der Schmiede. Da war er. Ein großer junger Mann, mit offenem Blick. Zum Tanzen ging er auch, das wusste Minna. Sie durfte nicht tanzen gehen, nicht zum Maitanz, nicht zu den Hochzeiten.

Von Gründonnerstag bis Karsamstag schwiegen die Glocken. Die Ratscherbubetage. Das Schnarren und Rattern der Rätschen ersetzte das Läuten. Vom Rathausplatz und von der Metzgergasse her drang es zu Minna. Sie kamen mit ihrer Begeisterung, mit kräftigem Griff um ihre Ratschen hinter ihr näher. Minna steuerte auf die Kirchgasse zu, musste mit den Kräutern im Korb nach Hause. Nein, neun Kräuter waren es nicht, es mussten auch nicht neun sein. Jeder sagte trotzdem Ninkriddelesupp dazu, wenn der Kumpf auf den Tisch kam. Sieben Kräuter hatte sie ausgesucht. Sieben, die Zahl, die niemandem geheuer war. Die Buben drängten in die Kirchgasse, neben ihr her, die Rätschen drehten sich, schnurrten und krachten ins Ohr. In einem Hof schauten ein paar Mädchen neugierig zum Tor heraus, stellten sich aber gleich wieder zu ihrem Ringelspiel auf, sangen:

Mariechen saß auf einem Stein,
Sie kämmte sich ihr krauses Haar.
Und als sie damit fertig war,
Da fing sie an zu weinen.

Minna hatte seine Hand erst gespürt, als sie deren Wärme durch das Kleid fühlte, auf ihrem Rücken. Jean stand dicht hinter ihr, zog die Hand zurück. Minna sah über ihre Schulter. Lächelte er? Die Buben waren vorbeigezogen. Sein Lächeln war ein anderes als früher.

Jean?, sagte sie.

Jetzt verstanden sie auch das Ringelspiel wieder:

> Da kam ihr Bruder Karl zu ihr:
> »Mariechen, warum weinest du?«
> »Ach, weil ich nun muss sterben.«
> »Ach, warum musst du sterben?«
> »Weil ich den Vater nicht gehört.«

Jean sagte: Bonjour, Minna.

Die Kinder sangen:

> Da zog er aus der Tasche
> Ein kleines, kleines Messerlein.
> Und stach's ihr in ihr Herz hinein.
> Mariechen war ein Engelein,
> Der Karl, der war ein Bengelein.

Zu Ostern fliegen die Glocken nach Rom, erzählen die Katholischen ihren Kindern, sagte Jean.

Ja, sagte Minna. Sie musste hinaufschauen, um seine Augen zu sehen, so groß war er nun. Deine Hand, Jean, und ihre Stimme killerte, als wäre es ein lustiges Kinderspiel, warum legst du denn deine Hand auf meinen Rücken?

Jeans Lippen zogen sich zurück, wollten keine Antwort geben. Seine Zunge streifte kurz über den trockenen Mund. Hatte seine Schulter leicht gezuckt?

Weil … weil ich einmal mit dir tanzen möchte. Das Ringelspiel war grad so schön … und da wollte ich …

Aber, Jean! Noch ein heiteres Lachen gelang ihr, dann starb es ab. Wir sind doch keine Kinder mehr.

Ja, aber nach Ostern darf wieder getanzt werden, und es gibt wieder Feste. Da könnten wir richtig tanzen.

Einen Schritt wich sie zurück, weil sie dorthin musste, die Kirchgasse hoch. Rückwärts, um den Jean noch anschauen zu können, ging sie. Seine Hand! Was er da sagte, meinte nicht nur das Tanzen. Minna wusste es doch, und was er gerne an ihr gefühlt hätte, war das, was sie fühlte, wenn sie abends oder morgens im Bett lag, ihre Hände auf ihre Brüste legte, auf ihren Bauch und zwischen ihre Beine. Als ob sie den Wunsch, mit ihm zu tanzen – richtig zu tanzen –, seine Hände um ihre Taille zu spüren, kleiner machen könnte, ging sie weg von ihm.

Ich darf noch nicht tanzen gehen, rief sie, das Gesicht schon umgewandt, die Kirchgasse hoch, zum Pfarrhaus.

Ach, warum musst du sterben?, waren die Mädchen zu hören.

Weil ich den Vater nicht gehört. – Weil ich den Vater nicht gehört.

***

Es war der Vater, der es zuerst erzählte, dann die Mutter, und im Gesicht der Madame Rauscher konnte es Minna ohne Worte herauslesen. Alles würde anders werden. Die Rauschers gingen nach Waldersbach. Rauscher sollte dort Vikar werden. Oberlin war krank. Seine Tochter wollte ihn pflegen.

Im November 1825 zogen sie fort. Drei Tage nach Minnas fünfzehntem Geburtstag. Friedrich war nicht dabei gewesen. Weit weg war er jetzt. Da lohne sich sein Kommen nicht, sagte Madame Rauscher. Minna wollte etwas sagen und fand kein Wort dazu, sah den schönen Mund Friedrichs undeutlich vor sich. Der November hatte sich um die kleinsten Kleinigkeiten des Lebens gelegt, machte alles nebeldumpf, tief verhangen, wie meist um ihren Geburtstag, und der Sinn zur Heiterkeit war abgestorben. Dieses Jahr war ihr Geburtstag fast untergegangen. Die Mutter hatte aber daran gedacht, sie geküsst, ihr einen Kuchen gebacken, und die Magd saß mit ihnen am Tisch. Der Vater hatte keine Zeit. Gespräche mit den Pastoren der umliegenden Gemeinden waren notwendig. Alles würde anders werden.

Beim Abfüllen des Mostes schaute Minna zu, wie die Mutter den Trichter hielt, die Magd vorsichtig die großen Bouteillen vom Tisch kippte und der trübe Apfelwein in die Flaschen floss. Das leise Plätschern erfüllte die ganze Küche, die kalt war. Warum froren die anderen nicht? Minna rieb sich die Hände, sie wurden aber nicht warm.

Wenn ihr nicht gut sei, solle sie sich hinlegen, sagte die Mutter oft. Aber sie fragte Minna nicht, warum es ihr nicht gutginge. Für die Mutter wurde die Tochter erwachsen, da geht es einem Mädchen oft schlecht, und die Tage waren auch schmerzhafte Tage.

Aber das vergeht, Minna, glaub mir, eines Tages merkt man es gar nicht mehr.

Dabei waren es schon fast zwei Jahre, seit sie den ersten Regelfluss hatte, und sie meinte, die Schmerzen wollten nie vergehen. Eigentlich war ihr, als habe sich der Schmerz vom Leib in den Kopf gesetzt, hämmerte jetzt dort leise, tückisch, machte alles leer im Kopf, das war ein neuer Schmerz.

Minna bügelte die Hemden, die Tischtücher, die Servietten, polierte die Gläser, füllte das kristallene Tintenfässchen des Vaters nach, spielte mit dem Federmesser, setzte die Spitze des zierlichen Messerchens auf eine Fingerkuppe und drückte sie fester hinein. Zunächst blieb nur ein roter Punkt, aber etwas schräger gesetzt, schnitt die Spitze in die Haut, und ein winziger Blutstropfen kroch hervor. Der kleine Jacques-Jules hatte es beobachtet. Er tippelte davon. Minna war es gleich. Es war ihr so vieles gleich.

Dass ihr die Predigten ihres Vaters gleichgültig geworden waren, hatte sie zunächst nicht bemerkt. Der Vater fragte sie aber, warum sie beständig auf ihre Hände, auf die Bank vor sich starre, wo denn ihr Blick geblieben sei?

Im Innern, wollte sie sagen, aber das konnte man dem Vater nicht sagen, dann würde er weiterfragen, wo innen und was sie dort sähe. Und er würde vom Herzen und von der Seele sprechen, um sie aufzuheitern. Sie wollte aber nicht heiter sein. Dass ihr dann auch die Weihnachtspredigt so nichtig vorkam, tat ihr leid. Wenn die Predigten, die Worte des Vaters, nicht mehr zu ihr kamen, dann würde sich wohl auch Gott von ihr entfernen.

Und dieser Gedanke machte sie ängstlich, diese Angst lag wie dumpfe Starre in ihr, und wer starr ist, ist wohl auch stur – und böse. Ach, weil ich den Vater nicht gehört …

Den Kleinkindern fehlte die Lehrerin, die Leute wussten nicht, zu wem sie die Kinder schicken sollten.

Desch Madmosell' Wilhelmine, sagten sie, die solle es tun, für eine Weile. Oder die Frau Pfarrerin Jaeglé.

Die Mutter lehnte ab, sie würden beide Oberlins Ansprüchen nicht genügen.

Aber die Kinder brauchen jemand!

Die Minna muss noch so viel lernen.

Nur für ein paar Stunden, sagten da die Frauen, die sich mittlerweile bis in die Hausdiele gedrängt hatten, mit ihren erhobenen Armen die Luft eng und schwer machten. Da wollte Minna schon sagen, ja, sie möchte es probieren, ein paar Stunden in der Woche. Sie wollte sich in diese Arbeit stürzen, zwischen die kleinen Kinder, um sich zu retten. Die Mutter und die Frauen redeten aufeinander ein, und Minnas Mund öffnete sich, öffnete sich noch einmal, und die Stimmen hallten Adieus in die Diele, und die Tür ging auf, die Frauen verschwanden, hinterließen einen kalten Lufthauch, die Tür schepperte beim Schließen.

Ja, ich habe noch zu lernen, dachte sie, und der Gedanke duckte sich mit ihr in ihre Kammer. Das dicke Federbett wölbte sich wie eine Haube über sie. Sie schlief, und jeden Morgen wachte sie wieder auf, betete am Tisch mit den Eltern, dann in der Kirche, spielte mit Jacques-Jules, zeigte ihm Bilderbögen, erzählte ihm von der Größe der Welt.

Mit der Magd putzte sie die Lichtscheren, silbernen Brieföffner, Zuckerzangen und Teelöffelchen, schnitt Gänsekiele zurecht. Die Zeit vor dem Frühjahr war bestimmt für solche Arbeiten. Die Magd sortierte die Kiele, die Minna geschnitten hatte, nach Größe, war ganz vorsichtig damit, sie selbst konnte nicht schreiben und fragte dann Minna, ob sie denn dem Friedrich Briefe schreibe.

Friedrich? Einen Augenblick sah sich Minna mit ihm unter einem Baum sitzen, jeder ein Buch in der Hand.

Wie hatte sie sich gegrämt, wenn sie sich an die Form seiner Lippen nicht erinnern konnte. Jetzt sah sie sein Gesicht deutlich, denn sie suchte es nicht mehr, und sie sagte: Nein, ich habe ihm nie Briefe geschrieben.

Da hielt die Magd den Kopf gesenkt, ach so, sagte sie, hielt die Federkiele wie ein kostbares Gut und ging aus dem Zimmer.

So war es. Es gab keinen Friedrich mehr, nur noch der Name existierte im Kopf. Einer von vielen Namen, und auch Jean war nur noch ein Name, und beide hatten sie Augen wie andere Menschen.

Namen und Augen! Es waren Hunderte von Namen und Augenpaaren um sie. Ihr Vater hatte recht, wenn er sagte, die Welt sei nicht überschaubar. Dieses ganze Bündel von Regungen und Gesten der Menschen um sie herum. Sie hielt sich die Ohren zu, wie um alles fernzuhalten, vor sich ein Buch aufgeschlagen, aber sie las nicht.

Ihr kamen die Erzählungen ihres Vaters in den Sinn, von seinen Reisen in die Schweiz, nach Italien, von seiner Seereise auf dem Mittelmeer, auf der »Inconstant« von Livorno nach Elba. Es gab so vieles! Und selbst ihr Vater sagte, er könne die Welt nicht überschauen und schon gar nicht die Menschen.

***

Schon am frühen Morgen waren sie aufgebrochen, fast noch in der Dämmerung. Bald sahen sie andere Stellwägen, überfüllt mit Menschen. Kutschen und alle möglichen Karren zogen nach Waldersbach. Oberlin war gestorben. Am 5. Juni 1826 war die Beerdigung. Jaeglé hielt die Trauerandacht.

Sogar die Magd greinte, da sie nicht mitkommen durfte, auf den Kleinen aufpassen sollte. Louis-Theo saß neben Minna in der Kutsche, noch verschlafen, ein pickeliger, langgliedriger Junge, dem die Hosen zu kurz geworden waren. Wenig sprach er und wenn, dann auf Englisch, er hatte das Englische für sich entdeckt, und er hielt sich im Gymnasium an die Naturwissenschaften. Very exciting, Minna, really!, sagte er, dann fragte er noch: What about Frederick?

Minna zuckte die Schultern. You mean Friedrich? Nothing about him!

Heute würde sie ihn sehen, Friedrich wird in der Trauergemeinde gemeinsam mit der Familie Oberlin gehen, und Minna wusste, ihre Traurigkeit hatte nichts mit ihm zu tun, auch nicht mit der Trauer um Oberlin. Die empfand sie nicht, und es tat ihr nicht leid. Ihre Traurigkeit gehörte bestenfalls dem schalgrauen Gesicht ihrer Mutter, die wieder etwas aushalten musste, oder ihrem Vater, der von früh bis spät arbeitete und die Mutter übersah, aber am ehesten noch gehörte ihre Traurigkeit ihr selbst, ihr ganz allein. Mein Trübsinn! Ma tristesse! My sadness!

Waldersbach ging in einem Meer aus Köpfen unter, das den Vormittag über anschwoll, die Grenzen des Ortes überschwappte, die Zufahrten verstopfte. Aus dem ganzen Elsass war die Geistlichkeit angereist, alle Bewohner der acht Gemeindeorte waren da und viel Volk aus den umliegenden Dörfern und Städten. Greise nahmen es auf sich, stundenlang zu stehen, Familien mit kleinen Kindern auf dem Arm, alle, alle wollten ihn noch einmal sehen, kamen gelaufen, gehinkt, gehetzt. Oberlin lag im

Pfarrhof in einem glasgedeckten Sarg. Bis alle Seelen seiner Gemeinde daran vorbeigezogen waren, vergingen zwei Stunden.

Jaeglé hatte sich als Präsident des Konsistoriums im Wissen um Oberlins Zustand auf diesen Tag vorbereitet, der Nachruf und die Predigt hatten ihm tagelang Arbeit bereitet, und trotzdem schien er von der Menge dieser Leute verunsichert. Er, mit seiner mächtigen beleibten Statur, im schwarzen Ornat, den flackernden Blick über die Leute gerichtet, diese wogende Seelenmenge, die schluchzend oder still greinend, gebeugt oder mit gerecktem Hals alles zu fassen suchte, was dort am Sarg vor sich ging. Mäuler standen offen, Blicke gierten oder neigten sich, Köpfe wurden geschüttelt oder nickten einander zu.

Im Pfarrhof an der Gartenmauer fanden die Jaeglés einen Platz, die Mutter, Minna und Louis-Théodore. Sie waren früh da gewesen, sahen jetzt die Bürgermeister und Ältesten der acht Dörfer vortreten, die den Sarg tragen sollten. Zusammen mit Jaeglé und Pfarrer Braunwald, dem Vizepräsidenten, stellten sie sich im Kreis um den Sarg. Jaeglé legte die Pfarrer-Amtstracht und Braunwald die Bibel auf den Sarg. Das Raunen der Menge stockte kurz, als wäre dies der Höhepunkt des Abschieds von Oberlin. An den knitterigen Mündern und braunrissigen Wangen der Altengesichter vorbei sah Minna die Rauschers stehen, zusammen mit den anderen Kindern und Enkeln Oberlins, in tiefem Schwarz. Madame Rauscher mit rotgeweinten Augen. Hinter ihr Friedrich, einen Kopf größer als sie, die Trauer mit Ernst getragen, schön und ratlos, von Minna unendlich weit entfernt.

Sie stellt sich auf Zehenspitzen und schaut, schaut über alle, sucht und sucht nichts weiter, als was sie schon sieht, viele, viele Menschen, Angesichter, Seelenwohnungen. Ihre Kehle wird trocken vom Atmen mit offenem Mund, das Stehen wird schwer, die Menge presst sie gegen die Mauer in ihrem Rücken. Lieber Gott, lasse mich – bitte – bitte – im Leben nichts aushalten müssen!

Louis-Théodore hob neugierig den Kopf, sie sahen nun Oberlins Gehilfin Louise Scheppler aus dem Haus kommen mit einem schmiedeeisernen Kreuz, das sie dem Ältesten der Gemeinde übergab. Der würde damit den Trauerzug anführen. Nun fingen Louis-Théodores Schultern an zu zucken, er vergrub sein Kinn in seinem Kragen, ein kieksendes Geglucker brach aus ihm heraus.

Theo? Minna stieß ihn an. Er schüttelte den Kopf. Sorry, sorry!

Theo, bitte!, zischte Minna. Aus dem Tal schwoll Glockengeläut an, aus jeder Ortschaft, nacheinander, lauter und lauter wurde es. Theo hob sein Kinn, näherte sich Minnas Ohr und sagte: Sorry, but I just thought: his widow!

Schnell steckte er sein Kinn wieder in den Kragen. Minna fühlte ein Kribbeln im Halse aufsteigen, wie es in ihrer Kehle juckte, sie zum Hüpfen brachte. Schnell hackte sie ihrem Bruder ins Ohr: Theo, you ugly, silly boy! Aber es half ihr kaum, und ein künstliches Husten sollte sie retten, und sie skandierte für sich: Ich bin traurig! Traurig! Traurig! Jetzt wird nicht gelacht! Oh, Theo!

Unter dem aufschallenden Glockengeläut fing die

Menschenmasse an sich zu bewegen, unendlich langsam, mühsam, Minna und Theo konnten den Kopf wieder heben, Minna rot vom Husten, Theo mit Tränen in den Wimpern. Der mahnende Blick der Mutter wurde entspannter.

Man ging nicht, man wandelte, die ganze Woge von Trauermenschen verließ wandelnd den Ort, Richtung Fouday hinunter, am Wald entlang, ein Kinderchor fing an, Choräle zu singen, den ganzen Weg, eine halbe Stunde lang dauerte er, der Alte mit dem Kreuz vorweg, das für Oberlins Grab bestimmt war, und als die Ersten unten in Fouday ankamen, waren die Letzten noch oben in Waldersbach. Der Menschentaumel drängte in Fouday ein, wurde undurchdringliches Dickicht. An der Kirche hatten sich vor der Treppe katholische Frauen, tiefschwarz gekleidet, kniend in Gebete vertieft, als würde man einen künftigen Heiligen zu Grabe tragen. Die Menge öffnete für den Sarg eine respektvolle Schneise, bis er in der Kirche auf den Altarstufen abgestellt wurde. Auch dort zwei katholische Geistliche, die Jaeglé und Braunwald zur Seite standen. Kein Neid, keine Zwietracht, als begehe die Welt den Tag der Brüderlichkeit und beerdige ihn gleichzeitig. Morgen wartete das gewohnte Leben auf alle.

Im drängenden Strudel hatte Minna Louis-Théodore und die Mutter verloren. Schultern, Haare, Kopftücher, Geruch nach Stall, Haut und Talg, Tabak und Veilchen. Es war, als würden die Schultern der anderen Minna halten. Die Hitze! Die Menschen! Jetzt nicht sinken, nur noch etwas Kraft, bitte! Der nächste Tag musste doch kommen, an dem sie wieder atmen konnte als einzelner Mensch.

Aus den geöffneten Türen der Kirche drangen die Worte: »Lobe den Herrn, meine Seele, und was in mir ist seinen heiligen Namen.« Ihr Vater bestieg wohl die Kanzel, die von seiner Leibesfülle besetzt wurde, und seine Stimme würde das Knarren des Holzes übertönen.

Die Rauschers hatte sie aus dem Blick verloren. Friedrich war weit weg. Wenigstens Theo hielt sich an die Naturwissenschaften. Das stimmte sie etwas glücklicher.

***

Da waren der dumpfe Gram der Mutter und die bedauernden Worte der Leute.

Oh, da wird unser Pfarrer Jäckle gar nit mehr die Kirche für sich habe. – Nein, noch dieses Jahr würde er gehen? Dabei wäre nächstes Jahr die Kirche der Katholischen fertig, dann hätte er die Kirche für seine Gemeinde alleine haben können. Freude für den Amtsnachfolger. Jaeglé ging nach Straßburg.

Die Pfarrkollegen aus der ganzen Umgegend besuchten den Herrn Vater. Woche um Woche saßen sie zusammen in der Stube, redeten, verließen mit ernsten und müden Gesichtern das Haus.

Eine neue Pfarre. Jetzt. Wieder ein Umzug. Ich bin zu alt dafür, sagte die Mutter, aber nur zu Minna und der Magd.

Die Magd jammerte, hatte Angst vor der großen Stadt. Minna nicht, und wenn sie auch danach gegraben hätte, in ihrer Vorstellung von Straßburg fand sich keine Angst. Nur Erwartungen und süße Unruhe. Ein großes Pfarrhaus, neue Gesichter, Studenten und Schüler, die Gespräche ins Haus trugen, Wissen und Neuigkeiten.

Die Straßburger Verwandten waren wieder näher. Die Tante Catharina in der Rue de la Chaîne, wo Minna und Theo geboren worden waren.

Freust du dich nicht auf die Verwandten, Maman?

Ich bin ein Landmensch, Minna.

Sie wickelte dennoch hurtig das Porzellan in Papier ein, ganz dick, und drückte es fest, als würde sie ihr empfindliches Herz einpacken.

Zwei Brüder des Vaters hatten Töchter des Schankwirts Müller geheiratet, und der eine, Jean Daniel, war jetzt selbst der Schankwirt vom »Blauen Bauer«.

Dorthin wird mein erster Weg führen, sagte der Vater. Und das Bier wird schmecken, Arm in Arm mit dem Bruder!

Der andere, Jean Michel, lebte als Postillion im »Cour du Corbeau« wie ehedem ihr Vater. Dort, wo der Geruch von Leder, Reifenschmiere, Heu und Pferdemist hauste. Der einzige Geruch, der den Vater auf der Stelle rührselig werden ließ.

Ich sage euch, das ist der Geruch der Kindheit. Und so viele Poststationen ich auch im Leben gerochen habe, nur im »Cour du Corbeau« riecht es nach Zuhause.

Kleider und Wäsche wurden gefaltet, sorgfältig in Kisten gelegt. Pass auf, Minna, so macht man das, und hier keine Kanten überstehen lassen.

Herrje, noch zwei Kisten, rief der Vater von oben. Ich brauche noch Kisten für die Bücher.

Jacques-Jules holperte mit seinem Steckenpferd durch die Räume. Ich reite nach Straßburg! Straßburg!

In der leeren Wohnung hinterließ das Schleifen des Stockes über den Holzdielen ein lautes Grollen.

Der Kreislauf in Barr war aufgebrochen. Minna war ihm entkommen. Straßburg würde einen neuen öffnen. Eine Zeitlang. Wie lange?

Am 11. September 1826 wurde Jaeglé als dritter Pastor in St.-Guillaume in Straßburg eingeführt.

November 1831, Straßburg

Georg Büchner kam als Logiergast zu den Jaeglés, als Student, der Unterkunft brauchte. Am 2. November 1831 war er abends in Straßburg eingetroffen. Im Finstern stand er auf der Place Broglie, gegenüber dem Rathaus, und erwartete Edouard Reuss. Das war der Cousin seiner Mutter, gerade mal neun Jahre älter als er selbst, doch bereits Privatdozent am Protestantischen Seminar. Mit Edouard fuhr Georg an diesem Abend hinaus zum Neuhof der Familie Reuss, eine halbe Stunde vor der Stadt gelegen. Es war ausgemacht, dass Georg am nächsten Tag bei den Jaeglés einziehen konnte. Also fuhren sie früh zurück nach Straßburg, und da Edouard eine Vorlesung zu halten hatte, wollte er Georg solange im »Café Kamm« absetzen.

Dort werde ich demnächst das »Casino théologique et littéraire« etablieren. Du hast im Café Lektüre zur Auswahl, meinte Edouard. Zerstreue dich damit, dich treibt ja noch nichts, und gegen Mittag gehen wir zusammen in die Wilhelmergasse zu Jaeglés.

Georg setzte sein gereiztes Gesicht auf. Zu nervös war er, um lesend zwei Stunden auf Edouard zu warten. Jetzt wollte er dies erledigt haben, die Sache mit dem Logis, jetzt wollte er sehen, wo er sich einrichten konnte.

Nein, hielt er bestimmt Edouard entgegen. Nein, nein, ich entschuldige dich bei Jaeglés, und du kommst dann Mittag nach.

Die Umstände, mit Koffer und Reisetasche jetzt erst

ins Café zu gehen – nein, Georgs Bestimmtheit ließ keinen Zweifel. Kurz und bündig wollte er eine Auskunft über den Weg in die Wilhelmergasse, bestellte einen Fuhrmann für das Gepäck und ging selbst zu Fuß.

Straßburg sehen, eine richtige Stadt, die nichts gemein hatte mit diesem Regierungsbeamtendorf, das sich Darmstadt nannte. Er blickte in die Seitengassen, endlich über die Domstraße zum Münster hinunter. Da stand er, der Turm, der höchste, ganze 142 Meter, ich komme, dachte Georg, ich komme ganz hinauf und werde sehen!

Bonjour, Citoyens, wollte er am liebsten allen zurufen. Franzosen, ihr habt euren »Bürgerkönig«, der schickt sich an, meineidig zu werden. Passt auf! Georg stippte mit dem Spazierstockknauf seinen Zylinder an, der tief in den Nacken rutschte. Das Bürgertum und die Großbourgeoisie dirigierten ihren König, und für das Proletariat entpuppte sich der glorreiche Tag im Juli letzten Jahres als Tag der Geprellten.

Jetzt durch Gassen hinunter zum Palais Rohan, ein kleiner Umweg, was macht es schon, hinunter zur Ill. Es riecht brenzlig in Frankreich, und wie wenig ist in den Gesichtern der Leute zu sehen. Noch vor wenigen Wochen die »Emeute des Boeufs«. Während dieses Aufstandes wurden die Zollhäuser zerschlagen, er endete mit der gewaltsamen Befreiung des Viehmarktes, worauf der liberale Polizeipräfekt abberufen wurde, der es gewagt hatte, das Volk zu einer Bittschrift an den König zu ermuntern. Frankreich, pass auf!

Kurz vor den Schiffsleutstaden lag die Wilhelmerbrücke, dahinter war schon die Wilhelmskirche zu sehen, Jaeglés Pfarre.

Straßburg, dieser deutsch-französische Suppentopf,

dem mit Revolutionsfeuer eingeheizt worden war. Nun lebte man zwischen katholisch-französischem Große-Welt-Getue und protestantisch-deutschem Weltverbesserungsgeist.

Gut, gut, ich werde mich einfügen, dachte Georg. Ich werde aus jeder Komödie das Meinige herausziehen.

Er stand kurz vor der Tür in der Rue St.-Guillaume, oder Wilhelmergasse, wie man's gerade wollte. Herrgott! Was denk ich! Dabei soll man sich ordentlich vorstellen.

Er nahm den eisernen Türklopfer, schlug an, sah sich um. Er wartete, wandte sich wieder um, und die Tür stand auf.

Eine junge Frau, nein, kein Mädchen mehr, steht in der Tür. Hellblaues Kleid, zierlicher Spitzenkragen, aus dem sie entschieden Hals und Kopf in die Höhe streckt.

Monsieur? Sie sieht ihn an. Dunkle Haare, mittig gescheitelt, im Nacken zum Knoten gesteckt. Die Augenbrauen dicht und dunkel wie bei einer Spanierin.

Bonjour, Mademoiselle – Büchner mein Name – äh – Georg Büchner, ich habe die Ehre, erwartet zu werden.

Monsieur Büchner! Ich bin Wilhelmine Jaeglé. Und der gute Edouard?

Sie streifte die rechte Hand an der Schürze ab, wie es die Frauen tun, die von der Hausarbeit aus der Küche kommen, wenn sie den Besuch einlassen. Es war eine einfache Geste. Bei Landmädchen war dies oft zu sehen.

Edouard wird später nachkommen.

So, so, nun denn, treten Sie ein.

Unter seiner hohen Stirn – einer fast lächerlich hohen

Stirn für so einen jungen Mann – stachen seine grauen Augen in den Hausflur, als ob sie suchten, ängstlich und aufmerksam etwas Bekanntes finden wollten.

Seltsam, dachte Minna. Der Gast zeigte sich so gar nicht in den üblichen Manieren, mit denen man sich bei einem ersten Besuch überschwänglich freundlich gab.

Sie führte ihn weiter, die Treppe hoch.

Wir sind ja verwandt. Sie wissen?

Ihre Füßchen tippelten geschwind nach oben. Zu schnell für eine gewandte Gastgeberin.

Ja, ja, aber wenn ich nur wüsste – diese Tante, von der die Mutter sprach …

Die kindliche Unbefangenheit steckte ihn an, und er nahm hinter ihr zwei Stufen auf einmal.

Überlassen wir es Papa, uns die Verwandtschaft zu erklären. Er ist leider noch beschäftigt.

Sie führte Georg in eine Art kleinen Salon, in dem der Pfarrer seine Besuche empfing. Durchgesessene Stühle, zwei hohe Sessel, ein wuchtiges Kanapee umstanden den Nussbaumtisch. An den Wänden Vitrinen mit Porzellan und Regale mit Büchern. Alles sehr schlicht, ohne Pomp präsentiert, einem Pfarrhaushalt in der Stadt angemessen. Einfache bunte Teppiche auf den Holzdielen, wie man es draußen auf dem Land findet.

Wollen wir einen Tee nehmen vor dem Essen?, fragte Minna.

Ja, gern. Seine Brille setzte er nun ab, wie er es meist in Räumen und in Gesellschaft anderer tat.

Jetzt drängte sich Minnas Bruder Louis-Théodore herein, noch bevor sie dem Gast richtig Platz anbieten konnte, stellte sich vor und fragte nach der Reise. Wie sie war? Angenehm?

Wie eine Reise so ist, sagte Georg. Anstrengend und schmutzig.

Minna lächelte. Da hatte der Gast ihrem Bruder eine kleine Ohrfeige versetzt. Also, Büchner liebte keine Floskeln. Sie ebenso wenig, aber es war nicht leicht, dieses gängige Repertoire von Umgangsformen zu umgehen.

Da sagte sie: Nun ja, die Chausseen verlangen einem viel ab.

Ja.

Jetzt können Sie ausruhen, Monsieur Büchner.

Ja.

Tja, diese Verwandtschaft, setzte Louis-Théodore an. Ich müsste lügen, wenn ich jetzt sagte, ich könnte sie Ihnen erklären.

Dann darfst du es gerne Papa überlassen, parierte Minna ihn aus.

Wolltest du nicht den Tee holen, Minna?

Nein, sagte sie und klingelte nach dem Hausmädchen.

Herrgott noch mal, was reden die, dachte Georg.

Ha, Brüderchen will den Hausherrn spielen, dachte Minna.

Was für ein spitzes Gesicht der Mensch hat, dachte Louis. Wie ein Insekt vor dem Sprung.

Dieses Gesicht hätte Minna gerne mit etwas Muße betrachtet, obwohl, alleine sein mit diesem Mann wollte sie nun auch nicht. Diese schmalen Lippen und die Nase standen so prägnant in dem Jungmännergesicht. Fast noch ein Junge, als hätte er sich erst vor kurzem den Bart herausgeschabt, dass sein Kinn endlich zu der ernsten Stirne passen sollte.

Dann kam Pfarrer Jaeglé, dick, behäbig, beide Hände jedem entgegenstreckend. Edouard war gleichfalls eingetroffen. Man setzte sich zu Tisch. Jaeglés rundes Gesicht strahlte von seinem Platz am Kopfende des Tisches über die Runde, so wie er über seine Gemeinde blickte, wenn er vor dem Altar stand.

Wie geht es in Darmstadt, fragte er, schob seinen breiten Brustkorb Georg entgegen, der ganz klein wurde unter solch einem Vaterbild. Aber der hier besaß eine gütige Wärme. Nicht so wie der Vater in Darmstadt, der permanent Falten auf der Stirn trug und gleich abfragte, was man heute gelernt habe.

Ja, Ihre gute Mutter, lieber Büchner, ich habe sie ja nie zu Gesicht bekommen, kenne sie nur von Edouards Erzählungen ... Und Ihr Vater setzt große Hoffnungen auf Ihr Studium in Straßburg.

Auf den Tisch kam die Terrine mit dem Baeckeoffe. Dampfende Duftschwaden breiteten sich aus, als man die Terrine von ihrem Teigrand befreite, öffnete und das Schweine-, Rind- und Hammelfleisch im Kartoffel- und Zwiebelbett auflegte. Es ist warm in Straßburg, dachte Georg, sein Gesicht war jetzt nicht mehr das eines Insekts kurz vor dem Sprung.

Mit grunzendem Wohlbehagen trank Jaeglé ein Glas Wein aus. Er war siebenundsechzig Jahre alt, trug Kniebundhosen, ein Mann des alten Jahrhunderts. Jaeglé hatte noch die alten Bourbonen erlebt, die große Revolution gesehen, war durch halb Deutschland gereist, nach Tirol und weiter nach Italien, bis nach Neapel. Als Georgs Vater geboren wurde, war Jaeglé bereits junger Pfarrer.

Ob Herr Büchner schon seine Kammer gesehen habe, fragte Jaeglé dann über die Köpfe hinweg zu Minna.

Nein, cher Papa, es war noch keine Zeit.

Minnele, das ist wichtig für einen Gast.

Georg wollte zustimmen, konnte dies natürlich der Haustochter nicht antun. Wirklich, er hätte am liebsten nur sein Zimmer bezogen und wäre wieder auf und davon. In die Stadt, in eines der Cafés, man hatte es ihm schon gesteckt, wo man die republikanischen Studenten trifft. Das »Faudel« oder das »Au miroir«.

Ein gesättigter Bauch tat aber auch wohl. Minna ging herum und schenkte jedem Wein nach, legte Fleisch auf, lächelte.

Oh, cher Papa, sagte sie da, wir haben es nicht parat. Erklärt uns doch, wie wir mit Monsieur Büchner verwandt sind.

Georg mochte es gar nicht wissen. Aber Mademoiselle Jaeglé tat es ja für ihn, und wenn sie es partout wissen wollte, dann sollte es so sein.

Der alte Jaeglé wischte sich das Fett von den Lippen und fing an.

Mein Onkel Nikolaus, der Amtsschaffner aus Hatten, war verheiratet mit einer geborenen Reuss. Eine Reuss wie Ihre Mutter, lieber Büchner, nämlich eine Tante Ihrer Mutter und somit auch Tante von Edouard. So, damit kamen die Reussens zu den Jäckels. Und damit steht fest, lieber Edouard, wir beide und Mutter Büchner in Darmstadt, wir sind eine Generation, und unsere drei dort, Student Büchner, Minna und Louis-Théodore, sind die nächste Generation. So geht es zu in der Welt, bin ich auch Jahrzehnte älter, sind Edouard und ich doch Vettern.

Minna stand auf, beugte sich zu ihrem Bruder und Georg. Darauf stoßen wir an. Seht ihr, nun wissen wir es genau.

Minnas braune Augen waren nah bei Georg, und er war froh, dass Jaeglé jetzt die Sektion der Verwandtschaft abschloss. Doch Minna setzte sich, und da fing er aufs Neue an: Und dieser Onkel Nikolaus und seine Christine hatten zwei Töchter.

Nun, die beiden, ich weiß, warf Georg ein, rang sich ein Lachen ab, denn dieser Zweig seiner Verwandtschaft war ihm zuwider.

Die beiden heirateten hessische Leutnants, wenn ich es recht weiß, lieber Büchner.

Ja, ja, ganz recht. Caroline von Bechthold und Friederike von Carlsen. Sie lebten in Darmstadt, waren die besten Freundinnen meiner Großmutter und kamen zweimal die Woche zu ihr zum Pochen. Dabei war jeweils die Glücklichste, welche die meisten Buben in der Hand hatte. Der alte Carlsen war dann Stadtkommandant bei uns, ein recht gewissenhafter, denn er schaute des Sommers, solange es Tag war, vom Fenster auf die Straße hinunter.

Die Tischrunde lachte, Jaeglé am lautesten. Selbst Edouard. Man murmelte, sprach, räusperte sich. Georg blickte auf seinen Teller. Minna bot ihm an, neu aufzulegen. Er dankte.

Soll es nun endlich gut sein mit dieser »Beamten-Colonie«, diesem Darmstadt, denkt er und neigt sich Minna zu.

Mademoiselle, mir ist recht unwohl, wenn von der Hessischen Hofgesellschaft gesprochen wird.

Minna sieht ihn an, hält still, fragend.

Es könnte von etwas anderem gesprochen werden? Bitte?

Sein Flüstern klingt verschwörerisch, und sie schaut in dieses klare Wassergrau, das just bei Licht nun ins Blaue sticht. Ein Fischauge, denkt sie und sagt: Aber gerne.

Und sie lächelt und spricht dann auch von anderen Dingen. Nicht von etwas, das die Politik berühren könnte. Das sollte eine junge Frau nicht. Sie spricht, wie es der Hausfrau zusteht.

Morgen werden Sie dann unseren Cousin Victor kennenlernen. Er und Louis werden Ihnen ein wenig die Stadt zeigen und ich nehme an, auch von der Universität erzählen.

Sie sah zu Louis, der sich zu allen Schandtaten bereiterklärte. Dann kam Obst auf den Tisch.

Die Obsternte dieses Jahr war gut hier, wissen Sie, aber der Winter soll lang und kalt werden. Es wird wohl Not geben.

Minnas leichter Schritt verbreitete Heiterkeit im Raum. Sie mochte so viel von Not reden, wie sie wollte. Eine hübsche Stimme, dachte Georg. Ihre Sicherheit in der Rolle der Hausfrau war zu hören und etwas Kindliches auch. Dabei der streng gezogene Scheitel und die Haare dunkel wie bei einer Spanierin. Sie war drei Jahre älter als Georg und bereits eine junge Frau.

Dann bezog er sein Zimmer. Dieses Zimmer, das er in seinem letzten Brief so beschreiben wird: »Rue St.-Guillaume No. 66, links eine Treppe hoch, in einem etwas überzwergen Zimmer, mit grüner Tapete.«

Dort saß er eine Weile auf dem Bett, besah das Fensterkreuz. Da draußen lag Straßburg und weiter draußen dann Frankreich. Das Land, das gerade den Beweis lieferte, dass unter der Geldaristokratie keinesfalls eine Republik zu erwarten ist, in der Gleichheit und Brüderlichkeit herrschen könnten.

Er streckte sich auf dem Bett aus. Nun innehalten mit dem Nachdenken! Immer nachdenken und grübeln. Lass es, Georg! Dieser Hang zum Denken, Grübeln, dieses innere Reden mit jedem und niemandem, mit Gott und der Welt, das macht mürbe, und du weißt es doch.

Wenn er sich auf den Rücken legte, stießen seine Füße an das Fußende des Bettkastens. Er stemmte die Beine dagegen. Es knarrte.

Ich bin zu groß für das Bett, dachte er. Oder das Bett ist zu klein für mich. Weiß Gott, mag sein, die ganze Welt ist zu klein für mich. Hoffentlich wachse ich nicht noch. Es muss unerträglich sein in einer Welt, in der alles zu klein ist, wenn man über das normale Maß hinauswächst, wie bedrängt man von den kleinen Dingen und Menschen sein muss.

Über sich hinauswachsen, dachte er, und hockte sich mit einem Schwung auf die Bettkante. In einer Woche würde er sich an der Medizinischen Fakultät immatrikulieren. Dann war kein »dolce far niente« mehr! Er lachte und war erstaunt über den leichten Ton seines Lachens. Wie still es war. Aber nein, von unten waren Schritte und Worte in der Diele zu hören.

Georg wollte aufbrechen, in die Stadt gehen. Jemand kam die Treppe hoch, eine Frauenstimme sang:

Aie Bubbaie!
Am Summer geht der Maie.
Wenn andri Maidle danze gehen,
Mueß i bie der Wauje stehn,
Geht die Wauje knick knack,
Schlof, du kleiner Dicksack.

Es war Minnas Stimme. Was haben die Mädchen nur allweil Wiegenlieder im Sinn! Von Jung bis Alt. Erst sehnen sie sich wohl nach dem Kind, dann singen sie an der Wiege, dann denken sie an die Windelkinder zurück, wenn sie keine mehr kriegen.

Jetzt zögerte Georg. Es war ihm oft so, dass er lieber niemandem begegnen wollte, wenn er nicht darauf eingestellt war. War sie nun weg? Kein Schritt auf den Dielen? Endlich nahm er Zylinder und Stock, trat hinaus auf den Flur, zog die Tür leise zu. Der runde Messinggriff gab nur ein schwächliches Knarzen von sich.

Geht die Wauje knick knack …

An wie vieles musste man sich gewöhnen. Jedes kleine Ding war neu hier. In Darmstadt wusste er, ohne zu überlegen, schon als Junge, wie er die Füße auf die Stufen zu setzen hatte, wenn er heimlich und leise das Haus hatte verlassen wollen. Da er aber nicht wusste, was von dieser Treppe in der Rue St.-Guillaume zu erwarten war, musste er sie eben kennenlernen. Er trat auf eine Stufe links und bei der nächsten rechts auf.

Sie müssen sich nicht so bemühen, leise zu sein, lieber Büchner.

Er schaut nach oben. Minna lächelt ihm über die Geländerführung zu. Georg zieht die Schultern gespielt lange hoch, um sich mit einer komödiantischen Note zu retten.

Nun – ich dachte – Vorsicht ist – na ja.

Ich wünsche Ihnen recht viel Spaß heute Abend.

Merci, Mademoiselle … Wilhelmine.

Minna. Man nennt mich Minna. Bonsoir und haben Sie eine gute Nacht.

Bonsoir, Mademoiselle Minna.

Auf der Straße lag ein leichter Nebel in der Luft. Die Dämmerung war nicht weit. Er ging und hörte seinen Schritten auf dem Trottoir zu. Die Richtung war vorgegeben. Zum Quai St.-Thomas No. 13, »Café Faudel«, einfach über die Wilhelmerbrücke, dann links an der Ill entlang Richtung Westen. Er wusste, es gab Freunde hier in Straßburg, frühere Schulkameraden, und die sagten ihm, wo es andere gab, die ihn verstehen würden in den republikanischen Kreisen. Noch war er allein, unsicher. Es wurde ihm kalt. Noch war die Stadt fremd und die Wärme im »Faudel« war rein körperlich.

Angeblich war es in Straßburg nicht schwer, in politisch aktive Kreise hineingezogen zu werden. Beim Betreten des Cafés schlug ihm dichte, verrauchte Luft entgegen. Prompt verspürte er Appetit auf ein Bier. Er setzte sich an die Ecke eines Tisches, der noch kaum besetzt war. Man grüßte ihn. Bonjour, Monsieur. – Bonjour. – Woher kommen Monsieur, wenn man fragen darf?

Die Studenten blieben nicht wie in Deutschland unter sich. Elitäre Studentenverbindungen gab es in Frankreich nicht. War es ihm sympathisch? Französische Studenten mischten sich in den Billardsalons, den Weinlokalen und den Cafés unter Leute jeden Standes. Und in Straßburg lebte Deutsches und Französisches miteinander. Die Republikaner zogen keine Grenzen. Sie folgten ihren gemeinsamen Interessen, forderten Treue zu den republikanischen Grundsätzen und den ganzen persönlichen Einsatz für die Sache der Freiheit, selbst wenn die eigene in Gefahr geriet.

Um ihn herum trugen die meisten Studenten rot gefütterte Westen. Sie hatten ihre Röcke beim Billardspiel ausgezogen. Auf den Bänken und Fenstersimsen lagen einige breitkrempige Strohhüte mit roten Bändern. In tiefen Zügen trank Büchner sein Bier, lehnte sich zurück und schaute. Es war gut, einfach nur sitzen und schauen zu dürfen. Aus einer Ecke jenseits der Billardtische hörte man jemanden eine Melodie intonieren. Man lachte. Ein anderer pfiff laut durch die Finger nach der Bedienung.

Sie waren jung, aufsässig und hitzig. Sie diskutierten, sangen beim Bier und Wein die Carmagnole oder die Marseillaise, forderten ein allgemeines Wahlrecht, eine demokratische Republik und die Trennung von Staat und Kirche. Einige sogar die Gütergemeinschaft. Ihre Gesellschaften hießen »Partei der Bewegung«, »Société des Amis du Peuple«, »Sociéte des Droits de l'Homme et du Citoyen« oder auch »Bund der Geächteten«.

Georg beobachtete sie, er sprach und diskutierte mit ihnen und würde sich wieder zurückziehen. Wie weit er in die Gemeinschaften der »Sociétés« – und welcher? – aufgenommen wurde, ob er dies wollte, wird sich nie klar herausstellen. Es blieb so, wie er später, im August 1834, schrieb: Es fände »sich keine Zeile, die mich compromittiren könnte«.

Sommer 1843, Ostende

Es war die eingeübte Nonchalance einer sorglosen Gesellschaft, die einen Badeurlaub im neutralen Belgien genoss. Die Zeit hielt für wenige Wochen an. Im hellen Licht, das über die Nordsee glitzerte, schlenderten Adlige aus ganz Europa von den Hotelterrassen Richtung Strand.

Auf diese Reise mit der Familie nach Ostende hatte sich General von Müffling nach langen Jahren wieder eingelassen, tat so, als könnte er die Politik vergessen. Ein etwas kleineres Hotel unweit der Strandpromenade hatten sie gewählt, die Müfflings wollten nicht dort quartieren, wo der Hoch- und Geldadel sich zu treffen pflegte.

Minna bekam zusammen mit der siebenjährigen Pauline ein Zimmer mit Nebenraum im dritten Stock. In den ersten zwei Nächten hatte sich das Kind geziert, wollte nicht alleine schlafen, kroch zu Minna ins Bett. Es war unbequem auf dem schmalen, hohen Lager, wenn sich das Kind im Schlaf wie ein Aal wand und traumschwer die Arme über den Kopf warf. In der dritten Nacht trug sie das Mädchen zurück in das eigene Bett, von dem aus es am Morgen verwundert und stumm zu Minna hinüberstarrte.

Fünf Schritte, sagte Minna und hockte sich auf die Bettkante. Siehst du, Pauline? Und sie machte ihr vor, wie schnell sie an ihr Bett kommen konnte.

Ich bin gleich bei dir, wenn du nachts aufwachst. Und du schläfst doch so gut.

Pauline legte eine Hand auf Minnas Schulter und schaute.

Mademoiselle Mimi?

Oui, was ist noch?

Sie sehen so anders aus, wenn Ihre Haare offen sind.

Oh, wie denn?

Verlegen kräuselte sich Paulines Mund, und ihre Lider verdeckten den Blick.

Hübscher und wie meine große Schwester.

Hübsch? Danke, Pauline. Das hat ... nun, das hat schon lange niemand mehr zu mir gesagt.

Gerade wollte Minna sie auffordern, die Sätze in Französisch zu wiederholen, wie sie es oft zu Beginn des Tages zur Einübung tat, da sagte Pauline: Weil Sie eine Mademoiselle sind.

So?

Na, weil Sie keinen Gatten haben, der Ihnen sagt, wie hübsch Sie sind.

Ah, nun ja, das wird es sein. Aber ich hatte einen Verlobten, er wollte mich heiraten. Der hat es mir damals gesagt.

Wo ist er denn jetzt, der Mann?

Er ist gestorben, bevor ich »Madame« wurde. Über sieben Jahre ist das her.

Dieser Mann hat Ihre offenen Haare gesehen und gesagt, wie hübsch Sie sind?

Ja, o ja, ich glaube ...

Minna zögerte. Sie blickte zum Fenster hinaus, wo sich in der morgendlichen Sonne letzte Wolkenstreifen auflösten. Ja, vier oder fünf Mal muss er meine offenen Haare gesehen haben.

Beim Blick durch die hohen Sprossenfenster des Hotels dachte Minna jeden Tag, dass die Möwen über den Wellen hier das Schönste seien. Nun hatte sie doch noch wie ihr Vater das Meer gesehen. Und Georg hatte nie auf die See hinausblicken dürfen.

Französisch und Englisch sollte Minna hier vornehmlich mit Pauline üben, dies war der Wunsch der Frau von Müffling. Gelegenheit würde sich genug bieten. Fast alle Einheimischen und das Hotelpersonal sprachen hier mit den Gästen Französisch. Ansonsten solle das Kind auch Ferien haben.

Für Minna fand sich wenig Zeit, ohne Pauline das Hotel zu verlassen, am ehesten nach dem Mittagessen, wenn das Kind ruhen sollte. So war das Mädchen auch dabei gewesen, als bald nach der Ankunft ein Ehepaar auf der Promenade Minna ansprach und ihr Grüße von Caroline Schulz überbrachte. Caroline? Minna war überrascht, diesen Namen hier zu hören. Das Wellenrauschen versank im Hintergrund.

Emma Herwegh stellte sich und ihren Mann vor. Sie hätten vermeiden wollen, Minna vor ihrer Herrschaft, der Familie eines preußischen Festungskommandanten, durch die Bekanntschaft mit dem aus Preußen ausgewiesenen revolutionären Dichter zu kompromittieren.

Aber ja, ich erinnere mich, sagte Minna. Caroline hatte von den Herweghs geschrieben. Georg Herwegh! Minna hatte ja seinen Gedichtband gelesen. Die »Gedichte eines Lebendigen«. Darinnen das Gedicht zur Erinnerung an ihren Georg: »So hat ein Purpur wieder fallen müssen! – Mein Büchner tot! Ihr habt mein Herz begraben! Mein Büchner tot, als seine Hand schon offen.«

Die Schulzens hatten mit Herwegh wieder einen Georg gefunden, der ihnen im Geist verwandt war, einen neuen Revolutionär, der in Journalen der Obrigkeit die Stirn bot und sogar in einem offenen Brief an König Friedrich Wilhelm IV. die politischen Verhältnisse in Deutschland angeklagt hatte.

Sie sind aus Ihrer Heimat verwiesen worden, Monsieur Herwegh. So sind Sie auch in diesem traurigen Punkt meinem George ähnlich, sagte Minna, schaute dabei Pauline nach, der sie erlaubt hatte, über den Strand zu laufen.

Dabei war es noch eine Gnade, sagte Emma, dass kein Haftbefehl erlassen wurde. Ihr Georg musste flüchten, ihn hätte das Gefängnis erwartet in Hessen. Er hatte so immensen Mut bewiesen, diesen Text, diese großartige Schrift unter das Volk zu bringen!

Der Blick über das Meer, das Rauschen, die Möwenschreie zu gellend. Sie musste hinausschauen. Dass sie so unerwartet in solche Gespräche gezogen wurde, war ihr unangenehm. Erinnerungen! Ständig zerrte jemand daran. Sie musste Briefe nach Darmstadt schreiben, an Georgs Eltern und Geschwister, und auch die Korrespondenz mit Caroline war von Reminiszenzen an Georg durchsetzt.

Trotzdem sagte sie so unbekümmert wie möglich: Es freut mich, wenn Sie dies sagen. Es war ein beängstigender Mut, wie wohl auch beeindruckend.

Emma schien zu verstehen, während Herwegh bekümmert mit einer Hand über seinen Bart fuhr.

Und wissen Sie … Minna blieb stehen, um die beiden besser ansehen zu können. Man sagte mir, die Bauern und Handwerker hätten oft selbst den Landboten zur Polizei gebracht. Sie ängstigten sich. Wer das Blatt besaß, machte sich verdächtig, konnte ja bestraft werden.

Ich war so enttäuscht. Dafür – dafür musste Büchner den Kopf riskieren?

Herwegh schien erregt darüber. Sicher, Mademoiselle Jaeglé, aber jemand muss es tun, ohne solche Tatkraft geht nichts voran.

Er trug einen Anzug aus hellem Tuch, wie fast alle Männer hier im Sommer, und mit dem dunklen Bart und den Haaren wirkte er darin blässlich, auch etwas gehetzt, was Minna wieder an Georg erinnerte. Ich will nicht mehr, dachte sie kurz, aber dann sah sie zu Emma, die mit ihren verständigen und taktvollen Fragen eine Abwechslung versprach von den ewigen mit zu hoher Stimme aufgesetzten Hausfrauengesprächen der Frau von Müffling.

Im Weitergehen drohte das Gespräch zu ersticken, bis Minna sich entschloss, sie zu fragen, ob sie sich wiedersehen könnten. – Ich bitte Sie herzlich, das eine oder andere Mal.

Emma versprach es.

Auf dem Rückweg versuchte Minna sich an weitere Zeilen des Gedichtes von Herwegh zu erinnern. »Mein Büchner tot! Ihr habt mein Herz begraben.« Aber mehr wollte ihr nicht einfallen. Sie hatte es nie auswendig gelernt.

***

Auch wenn sich am frühen Nachmittag die meisten Gäste zurückzogen, war weiterhin die Promenade von den breiten Strohhüten der Damen, den bunten Blumen und Bändern darauf umspielt. Von einem Steg aus schaute Minna über den weiten Strandbogen, diesen sandigen Teppich, an dessen Rändern die Hotels und

Cafés mit ihren heckengesäumten Terrassen. Sie sah dem Personal bei seinem stillen beflissenen Dienst zu. Tische wurden gedeckt oder Strandkörbe und Korbsessel bereitgestellt, den Besuchern Plaids bereitgelegt, damit sie sich bei aufkommender Kühle schützen konnten.

Sie wartete auf Emma. Noch war es nicht so weit. Emma würde alleine kommen, da ihr Mann eine Unterredung habe. Es sei ja unumgänglich gewesen, sie aufzusuchen, hatte Emma erzählt, und Minna kam es noch immer verwunderlich vor, solche Neugierde geweckt zu haben. Caroline habe geschrieben, Minna sei ihr »Ideal«.

Auch wenn es schmeichelhaft war, Caroline meinte sicher die junge Minna, die sie in ihrer Erinnerung bewahrt hatte, aus Straßburger Zeiten und den Trauertagen in Zürich. Wie viel sollte von dieser Minna geblieben sein? Die alternde Jungfer und Gouvernante, die versuchte, keine Jahre zu zählen, bald den Blick in den Spiegel meiden würde, die Erzieherin, der man der puritanischen englischen Mode entsprechend auftrug, nur graue, taubenblaue oder dunkle Kleider zu tragen, in einfachen Schnitten. In Mainz war es ihr gleich, aber hier inmitten der leichten, hellen Sommergewänder war es eine peinliche Zumutung. Und ihre Unsicherheit auf Reisen zeigte sich hier stärker als anderswo. Allein die Vorstellung, nun von Emma in eines der Cafés gebeten zu werden, neben ihr, der vornehmen, gewandten Kaufmannstochter, zu sitzen, begutachtet zu werden, machte Minna nervös. Es war erlaubt, bei Gott, ja, in einem Kurort durften Damen alleine in einer öffentlichen Restauration sitzen, ohne Anstoß zu erregen. Doch Minna fühlte sich hier besonders als Landmädchen, als würde sie nur die ruppige, ländlich unkomplizierte Art in den Poststationen, Schenken und einfachen Herbergen kennen.

Aus der Promenade löste sich eine einzelne Frauengestalt, die einen Florentiner trug, der von einem seidigen, lindgrünen Band mit großer Schleife gehalten wurde. Kein Zweifel, Emma. Sie kam mit zügigen, eleganten Schritten heran. Sie war es gewohnt, durch fremde Länder zur reisen, bewegte sich frei und sicher, selbst wenn sie alleine war.

Solche Erfahrungen fehlen mir, oder sind sie mir erspart geblieben?, dachte Minna, um sich gleich darauf zu wundern, da sie so gar kein Bedauern mit den Herweghs wegen ihres unsteten Lebenswegs fühlte.

Georg war nach Straßburg geflüchtet und war dort eineinhalb Jahre lang bei ihr. Zu Hause, wie sie gesagt hatte. – Du kannst hier zu Hause sein, Georg! – Worauf er zwar zustimmte, aber im Stillen wohl sein Zimmer in der Grafenstraße zu Darmstadt vor Augen hatte, und wenn es nicht übertrieben wäre, würde Minna nun sagen, sein Blick verriet eine Ahnung, dass er dieses Haus, das Zimmer dort, wohl nie wieder sehen würde.

Für Minna stellte sich nach seiner Flucht aus Darmstadt eine heimelige Zufriedenheit ein. Alle Anspannung fiel von ihr ab.

Alle Widrigkeiten, der Haftbefehl, die Vorladungen, die Wachposten, die man an beiden Enden der Grafenstraße aufstellte, alle Gefahr hatte ihn zurück zu ihr gebracht. Zurück! Keiner wusste wie lange, was sich für Aussichten finden würden, aber ihm ging es in Straßburg besser als den meisten anderen Flüchtlingen. Er war eingebunden in ihre Familie, auch wenn er denken mochte: festgebunden. An Minna, an die Suche nach Einkommen und Brot.

War es nicht mein Recht, guter Dinge zu sein? Er war nun bei mir, sagte Minna, erstmals mit einem Blick, der Emma zeigte, wie gerne Minna doch über Büchner sprach. Endlich hatten sie sich auf einer kleinen Terrasse zum Tee niedergelassen. Emma stimmte eilig zu. Vor ihnen stand eine Schale von dem hellen Buttergebäck, das es hier überall gab.

Es war für mich die glücklichste Zeit meines Lebens. Ja, so ist es nun mal, er war auf der Flucht, aber wir waren glücklich zusammen. Eineinhalb Jahre Glück für mich, von dem, was man so Glück nennt im Leben. Die Aussicht auf eine glückliche Ehe, trotz aller Sorgen, dies ist sehr viel, viel mehr, als die meisten Frauen im Leben bekommen. Denn ohne Liebe, ohne Leidenschaft – bei Gott, was bleibt einer Frau schon.

Ja, Minna! Ich darf Sie doch Minna nennen? Dabei legte Emma eine Hand auf Minnas Arm, die lächelnd zustimmte.

Aber ja, Emma.

Und dies ist auch meine Freude, die Liebe zu Herwegh, die mir Kraft gibt, dieses Leben zu führen. Erst in Paris und nun in Zürich, es ist kein schlechtes Leben, aber es bietet sich keine Aussicht auf eine bleibende Ruhe, ein friedliches Heim. Herwegh kämpft ständig. Wir werden wohl wieder nach Paris gehen müssen.

Dies alles war dem Leben der Schulzens ähnlich, und Minnas wäre wohl ebenso verlaufen. Hätte Georg mit ihr in Zürich bleiben können? Sicher hätte er weiter geschrieben, den Kampf für die Gerechtigkeit, den auch Emma so nannte, weiter verfolgt.

Emma, ich denke, wir hätten uns auch unter anderen Umständen – wenn es das Schicksal mir erlaubt hätte – mit Büchner zusammen kennengelernt.

Sie fühlte Emmas Hand sich fester um ihren Arm legen, hörte sie sagen: Da bin ich ganz gewiss, liebe Minna.

Minna sah Georg in Straßburg in der guten Stube auf und ab gehen, die Hände durchs wirre Haar fahren, er hatte gesagt: Wir sind von Natur aus gleich, restlos. Dies fordert eine Solidarität unter den Menschen. Brüderlichkeit!

Minna hatte am Sekretär gesessen und geschrieben, die Synopse, die er ihr erklärt und aufgetragen hatte, zur Geschichte der griechischen Philosophie, aus diesem dicken Buch von Tennemann hatte sie die Texte übertragen in ihrer exakten, sauberen Schrift. Sie saß täglich daran, und wenn Georg kam, erzählte er von seiner Arbeit am Spinoza, dass die Natur und Gott eines seien, bis er regelrecht erhitzt war. Ihr Vater stimmte zufrieden zu, und sie sprachen von der spinozistischen Rechtslehre, ja, und auch hieraus sei es zu beweisen: Wenn ein Staat die menschliche Natur missbrauche, sei es das kleinere Übel, diesen Staat zu zerstören! Wer sein Volk missbraucht, begeht Unrecht gegen Gott!

Zwischen den murmelnden Stimmen im Café hörte sie wieder Emma.

Minna? Minna, was ist? Der Verlust, nicht wahr? Auch nach Jahren ist er noch nicht überwunden.

Wie auch? Mein ganzes zukünftiges Leben war dahin. Und kein anderer Mann hat mir genügt.

Das will ich gerne glauben. Es gibt wenige solche Geister.

Minna nahm ein Stück Gebäck, ohne es zu essen, und lachte. Nun, mein Anspruch, er war zu hoch. Und jetzt sitze ich hier als Gouvernante. Haben Sie seinen »Lenz« gelesen, Emma?

Aber ja, die Schulzens rieten uns, alles von Büchner zu lesen, was greifbar war. So hatten wir auch Gutzkows Druck, und mein Mann arbeitet ja gelegentlich mit ihm zusammen.

Dieser Verleger, Gutzkow, nun auch dieser Name hier, auch er tauchte wieder auf, Gutzkow, dem sie Abschriften von Georgs Texten gab. Minna kaute das mürbe Gebäck, und Emma sprach weiter.

Mein Mann sagte, Büchner habe die Sprache einer neuen Zeit. Er wisse niemanden, der an diese Sprache heranreiche, ja, sie auch nur auf Anhieb erfassen könnte.

Es fiel Minna nicht leicht, jemanden über Georgs Sprache reden zu hören. Er glaubte sich so oft dem Wahnsinn nahe, Lenz so ähnlich. Sie hatte den »Danton« verstanden, sie fand in »Leonce und Lena« seine Ironie, seinen Esprit, seine Liebe, seinen Spott. Aber den »Lenz« musste sie mehrmals lesen, sie setzte Scheuklappen auf, denn in einigen Zügen schien Georg von sich geschrieben zu haben. – »Alles finster, nichts, er war sich selbst ein Traum, einzelne Gedanken huschten auf, er hielt sie fest. – Auch fürchtete er sich vor sich selbst in der Einsamkeit. – Er wühlte jetzt in sich. – Dann sank er ganz in sich und wühlte all seinen Willen auf einen Punkt.«

Minna besann sich. Es gab ja so wenige Menschen, mit denen sie über Georgs Schriften reden konnte.

Es war mir, als müsste er Lenz gekannt haben. Aber dabei hatte er in vielen Regungen nur sich betrachtet. Wie nah er an unserem Leben schrieb, war mir bewusst, als er auch eine Wendung einband, die er über mich sagte: Wenn ich so durchs Zimmer ginge, so halb für mich sänge, und jeder Tritt sei eine Musik, es wäre so eine Glückseligkeit in mir. – Ich war so erschrocken. Vor seinem Tod habe ich den »Lenz« nicht richtig lesen können. Nach seinem Tod war es zu spät.

Emma bemerkte Minnas Unruhe.

Pauline, sagte Minna, sie soll nicht auf mich warten müssen. Es ist Zeit.

Im Gehen verwünschte Minna ihre Pflichten, sie wollte weiter mit Emma reden. Seltsam, dass sich dem zum Trotz ihr Schritt beschleunigte. Aber dieses Stück Weg blieb ja noch, und Minna fragte: Die Stelle im »Lenz«, Emma, von dem Triumph-Gesang der Hölle? Erinnern Sie sich?

Ja, ich glaube, ja, ein ungeheures Bild der Auflehnung gegen Gott.

Ich las auch diese Stelle erst nach Büchners Tod mit dem rechten Blick, aber just diese Worte rissen in mir etwas auf: »In seiner Brust war ein Triumph-Gesang der Hölle. Der Wind klang wie ein Titanenlied, es war ihm, als könne er eine ungeheure Faust hinauf in den Himmel ballen und Gott herbeireißen und zwischen seinen Wolken schleifen.« – Wie es so dastand – da habe ich diesen Triumphgesang in mir aufleben lassen, ja, in mir! Hatte ich ihn doch unterdrückt, nicht singen lassen, sondern in der Brust begraben. Ich wollte die Hölle singen hören: Er ist mir genommen worden! Mir! Mein George!

Minna wandte sich ab. Mit einem Schlag Tränen in ihren Augen. – Mein Gott, warum? – Kein Triumph mehr, kein höllischer. Für Momente, und Emma sah es, für Augenblicke hatte die Wut Minna in die Hölle getrieben.

Sie müssen entschuldigen, es hat mich etwas mitgenommen, Menschen zu begegnen, die von Büchner reden.

Nein, entschuldigen Sie sich nicht, Minna. Lassen Sie uns noch etwas gemeinsam gehen. Damit bot sie Minna den Arm an, die jedoch tief einatmete und mit fester Stimme gegen die Möwenschreie sagte: Nein, lassen Sie, es geht schon.

Als Emma plötzlich rief: Oh, sehen Sie, Minna, da kommt noch Herwegh!, war Minna momentan verwirrt.

Schön, dass ihr euch noch seht, sagte Emma, lachte glücklich.

Herwegh kam in Begleitung. Ein Mann ungefähr seines Alters, wie er mit Schifferfräse und Oberlippenbart, elegant und gut gekleidet.

Herr Friedrich Engels aus Manchester, stellte Emma vor. Ich erzählte Ihnen ja schon, er setzt sich für die Sache der Arbeiter in England ein. – Mademoiselle Jaeglé, die Braut des verstorbenen Büchner.

Mit unverwandt auf Minnas Gesicht gerichtetem Blick beugte Engels sich tief über ihre dargebotene Hand. Mademoiselle, es freut mich herzlich. Freund Herwegh meinte, ich sollte – ja – ich sollte es Ihnen sagen: Die Flugschrift Büchners – ich schließe mich ganz Herwegh an, sie als genial zu bezeichnen: der Aufruf, die Ketten abzuschütteln, zum Aufruhr, der ein heiliges Werk ist, in dieser einmaligen Art geschrieben. Seien Sie gewiss, Ihre Trauer ist auch die unsere. Wir hätten ihn gebraucht.

Die Verwirrung war in Minna noch nicht gewichen. Sie bedankte sich, war aber ganz bei Emmas Worten: die Braut des verstorbenen Büchner. Die Braut. Bin ich das? Immer die Braut?

Wie aufmerksam von Ihnen. Es freut mich von Herzen, jemanden zu treffen, der meinen … der Büchners Schrift … gutheißt.

Eine Windbö stieß Minna an, drängte sie kaum merklich auf Engels zu, der seinen eifrigen Blick von der scheuen, unscheinbaren Gouvernante enttäuscht zurückzog, schließlich auch sich, und Minna hielt ihre Strohhaube ohne große Notwendigkeit dauernd fest, sagte: Emma – Messieurs – ich darf mich verabschieden. Es hat mich sehr, sehr gefreut.

Unter ihren eiligen Schritten knirschte der Sand.

Im Hotel dann ein verlorener Blick aus dem Fenster. Die weißen Flügelspitzen der Möwen zerschnitten die Luft. Pauline stand ihr im Rücken und fragte, wo sie denn gewesen sei.

Ich habe Verwandte meines Verlobten getroffen.

Oh, wohnen die nicht in Darmstadt?

Ach, ich denke, er hat überall Verwandte, wie ich heute feststellte.

***

Sie hatten sich nicht weiter verabredet, aber Emma Herwegh wusste, wo am frühen Abend Minna zu finden war. Nicht weit von ihrem kleinen Hotel entfernt, unterhalb eines Steges ging sie oft mit Pauline noch einmal zum Strand. Emma kam herunter, ließ den Blick streifen, sah Minna und Pauline, die Fangen spielten. Wie Emma rufend weiterging, drehte sich Minna lachend um, wobei im gleichen Moment ihr Strohhut vom Kopf rutschte und an den Bändern über ihren Rücken hing. Die gelösten Haarsträhnen über ihrem Gesicht ließen sie jung und unbeschwert aussehen.

Bevor wir abreisen, wollte ich Sie noch einmal besuchen, sagte Emma. Vom Laufen erhitzt, war Minnas Gesicht gerötet, ihr Atem hektisch, ihre Stimme fröhlich: Das ist gut. Das ist wunderbar.

Aus der mitgebrachten Beuteltasche holte sie eine Handvoll trockenes Brot, reichte es Pauline mit der Aufforderung, doch die Möwen zu füttern. – Kommen Sie, Emma, lassen Sie uns mitgehen. Gleich begann auch Minna, den Möwen die Stückchen hinzuwerfen, die sie im Flug nah vor ihren Köpfen auffingen, und Emma fragte: Wie geht es Ihnen, Minna? Werden Sie weiterhin als Gouvernante arbeiten?

Worauf Minna mit einer entschiedenen Kopfbewegung über die Schulter hinweg sagte: Ich möchte darüber nicht reden.

Verzeihen Sie. Emma blieb zögernd zurück.

Aber nein, kommen Sie. Minna schien nicht böse zu sein. Es ist nur, dass ich es leid bin, darüber nachzudenken, Emma. Hier, nehmen Sie Brot für die Vögel. Bieten oder vermitteln Sie mir bitte keine Anstellungen.

Und sie warfen beide mit Pauline unter Gelächter die Krumen um sich, über ihnen sammelte sich eine Schar von weißgrauen kreischenden Federleibern. Pauline jauchzte, und unvermittelt rief Minna: Beten Sie?

Beten? Wir müssen ja beten, Minna, für unsere Männer.

Damals hatte ich geglaubt, ich könnte nicht mehr beten. George war fort. Der Himmel war leer. Gott hätte doch die Sonne ausblasen müssen, warum sollte ich noch beten? Zwar hatte ich an einen Freund geschrieben, ich hätte gebetet, Gott möge mich nur noch so lange leben lassen wie meinen alten Vater. Aber das Leben hatte andere Pläne mit mir. Oder gibt doch Gott den Plan vor? Egal wie. Es ist mir herzlich egal.

Sollte sie noch weiter gesprochen haben, hörte es Emma nicht genau, es ging im Lachen und Kreischen der Möwen unter.

Winter 1831, Straßburg

Eine Woche lebte Büchner bei Jaeglés. Eine Woche Straßburg, eine Woche in einer neuen Welt. Das Haus in der Rue St.-Guillaume, ein Ort der Ruhe, der Mahlzeiten, der Familie.

Der kleine Platz davor mit dem schmalen Brunnenstein und der Pumpe, die zum Waschen dienten, lag verwaist, Blätter und von Herbststürmen gebrochene Äste darum. Die Straßen wurden ihm jeden Tag vertrauter, wurden Verbündete auf den Wegen in die Cafés und Gasthäuser. Sein Schritt wurde verwegener, sein Blick genauer.

Noch hatte das Semester nicht begonnen. Aber morgen, Montag, am 7. November, würden die Feierlichkeiten zur Eröffnung stattfinden.

Bei Jaeglés war fast täglich mittags Besuch im Haus, ebenso oft gab es nachmittags Gäste. Sonntags wurde in drei einfachen Gängen gegessen. Suppe, Fleisch oder Fisch, als Dessert jetzt im Herbst immer Äpfel oder Birnen. Zu Kaffee und Tee später Sandkuchen, Guglhupf oder Marmorkuchen, in solchen Mengen gebacken, dass er noch zwei bis drei Tage lang zum Frühstück in den Milchkaffee getunkt werden konnte. Sonst gab es Butterbrot zum Frühstück, dicke helle Scheiben von französischer Art.

Am Tisch hatte Minna morgens neben Vater, Bruder und Büchner noch den kleinen Philipp Lucius, einen Dreizehnjährigen, der ebenfalls bei Jaeglés Logis hatte und das protestantische Gymnasium besuchte. Er durfte rechts neben Minna sitzen, die ihren Platz am Kopfende des Tisches hatte.

Minna nannte den Jungen Philipp, alle anderen sagten Lucius. Philipp liebte den Platz neben Minna.

Welchen Kuchen soll es heute Nachmittag geben? Minna fragte Büchner und Lucius, aber Louis-Théodore antwortete: Marmorkuchen! Merci und danke, liebe Schwester.

Büchner biss ein großes Stück Brot ab, um Louis nicht widersprechen zu müssen. Er mochte keinen Kakao im Kuchen.

Sie schaute ihn direkt an. Lieber Büchner, und Sie?

Darauf hob er hilflos, während er kaute, die Hände und deutete an, dass er sich der Meinung enthielt.

Lucius sagte: Wenn's erlaubt ist, Mademoiselle Jaeglé, einen mit Streuseln obendrauf.

Gut, sagte Minna, Streusel obendrauf.

***

War Georg Eugène schon zuvor begegnet? Außerhalb des Hauses Jaeglé? Bei den ersten Versuchen, die Akademie in Augenschein zu nehmen, eventuell. Es musste überprüft werden, ob alle Papiere vollständig waren. Geburtsurkunde, Sittenzeugnis, die Erlaubnis der Eltern, hier studieren zu dürfen. Alles war vorhanden. Die Akademie freundlich, das Bureau hell. Am 3. November ließ er sich ins »Registre servant à l'inscription des étudiants de la faculté de médecine« eintragen. Aber seine Sicherheitskarte fehlte.

»Carte de sûreté«. Also morgen noch auf in die Präfektur.

Eugène Boeckel trieb die Neugierde in die Akademie. Er wollte die Luft seiner neuen Fakultät einatmen.

Hier, bester Mann, werde ich demnächst studieren. Habe der Theologie den Rücken gekehrt.

Gratulation, Monsieur. Die bessere Wahl.

Sie auch – hier in der Medizinischen?

So ist es. Sie traten auf die Straße.

Mein Quartier ist gleich zwei Straßen weiter, bei Pastor Jaeglé.

Bei Jaeglé wohnen Sie? Guter Mann, ich würde Sie am liebsten umarmen, denn seien Sie sicher, bald werden wir es tun. Bei Jaeglé! Der beste Freund meines Vaters! Wir werden uns dort begegnen, seien Sie gewiss.

Minna ist eine reizende Gastgeberin.

Minna – oh, oui, oui!

Jetzt zog Eugène die Augenbrauen prüfend hoch, warf den ersten aufmerksamen Blick in das Gesicht des Fremden.

Sie wollten sich zusammen einschreiben, sobald Georg alle Papiere beisammen hatte. Nur keine Eile, sagte Eugène, erst lassen wir noch die Ansprachen am Montag über uns ergehen. Dann beginnt das Medizinstudium!

Und zunächst noch der Streuselkuchen bei Jaeglés. Sonntags. Edouard Reuss war auch gekommen mit einem seiner Schüler, August Stoeber. Eine Tante Minnas war mit ihrer kleinen Tochter erschienen. Boeckel kam mit seinem Vater. Die alten Herren saßen mit der Tante zusammen, die kleine Cousine sagte kaum ein Wort, ungefragt schon gar nicht. Lucius hielt sich an Louis-Théodore und Büchner. Von seinem Tisch aus sah Georg hinüber zum Kanapee, auf dem sich Eugène neben Minna platziert hatte. Auf unbestimmte Art empfand Georg seinen Stuhl als unbequem. Minna plauderte dort drüben angeregt mit seinem neuen Bekannten. Eine häusliche Selbstverständlichkeit lag über der Szene, von den Vätern zweifellos goutiert. Jetzt zog Minna die Füße hoch auf das Kanapee, lehnte sich bequem zurecht. Eugène, ganz Gentleman, hielt mit seinem Kuchenteller in der Hand den gerade nötigen Abstand, auf den Lippen den Eifer vertrauter Geschwätzigkeit.

Unserem Freund Boeckel sind Sie also schon begegnet. Formidabel der Mann, nicht wahr, sagte Louis-Théodore unvermittelt. Gerade hatte er noch bildreich von der Zukunft der Chemie geschwärmt.

Um ehrlich zu sein, Büchner, bei zweien von drei Begegnungen mit ihm bin ich überfordert, oder unterfordert, wie immer man es sieht.

Hm, machte Georg. Ich meine, seine Burschikosität kann trübe Stimmung vertreiben. Zuweilen schätze ich dies an andren. Ist er oft hier im Haus?

Nun ja, er ist so etwas wie ein Freund der Familie. Unsere Väter … Sie wissen schon.

Ja, ja. Aber vor allem schätze ich an ihm, dass er die trockengelegten Sümpfe der Theologie gegen das lebendige Studium der Medizin eingetauscht hat.

Ha, trockengelegte Sümpfe! Sehr gut, Büchner.

Tja, wo soll in der Theologie noch das Wasser zu finden sein, das den Geist frisch aufblühen lässt?

Warum saß Minna so weit weg von ihm? Konnte sie ihn hören? Und wenn, war sie ganz von Eugène eingenommen?

Der junge Lucius hörte mit roten Backen zu, die Augen lachten vor Begeisterung. Richtig zu lachen getraute er sich nicht.

Hör uns ruhig zu, sagte Georg, so lernst du noch was dazu.

Verderben Sie ihn nicht, Büchner.

Viele Meinungen zu hören schärft das eigene Urteil. Das kann nicht verderben.

Auf einmal hatte er kaum noch Lust, sich zu unterhalten. Ein Zustand, der ihn öfters in größerer Gesellschaft befiel. Jetzt gehen können, die dicke Luft verlassen. Die Brust wurde eng. Louis-Théodores Worte, und hier Lucius' große Augen, dort Edouards weiche Stimme, dazu die fremde Tante, das stille Mädchen, die zwei alten Pastoren.

Eugène, hörte er Minna sagen, denn seine Ohren suchten ihre Richtung.

Eugène, sagte Minna, Sie haben es also geschafft, nun ist es so weit. Die Medizin wartet auf Sie.

Er antwortete: Ich muss zugeben, ich bin aufgeregt, ehrlichen Herzens aufgeregt.

Georg dachte, eine nette Wendung: ehrlichen Herzens aufgeregt zu sein. Jetzt, jetzt gleich wollte er dies Minna mitteilen. Einen Gedanken an sie weitergeben, ein Gespräch mit ihr. Jetzt gleich.

Wenigstens sah sie ihn an, einen Moment nur, aber sie nahm die Füße vom Kanapee, setzte sich gerade, lachte ihm zu. Einem Gast muss man zulächeln.

Sie kam zum Tisch. Haben Sie noch alles, meine Herren? Philipp, auch du?

Georg wollte sagen: Die weibliche Unterhaltung fehlt. Aber das ging nicht. Weiß Gott, wenn dann die Tante gekommen wäre! Er war auch ehrlichen Herzens aufgeregt. – Minna, das müssen Sie doch sehen! Und ich bin neu in Straßburg. Alles ist für mich viel aufregender! Herrgott, was denkt man alles zusammen! – Die letzten Nächte waren zu kurz und schlaflos. Die Cafés, die Billardsalons, das Bier. Gestern zum Beispiel hatte er in der Brasserie »Zum Riesen« Ochsenzunge gegessen, dazu Rotwein und danach Bier. Die Unterhaltung mit einem Studenten, der ebenso aus Hessen stammte, war besser als das Bier, kannte der andere doch die hiesigen Verhältnisse, natürlich auch das Übel des Regierungswesens des Herrn du Thil zu Hause in Darmstadt.

Kommen Sie am 28. ins Hotel »Zum Geist«, dort können Sie einige Köpfe der hiesigen Opposition kennenlernen, hatte der andere noch gesagt. Aber Georg überlegte, dass er in anderen Zirkeln offenere Auskünfte und Ohren finden könnte als bei einem Bankett zum Jahrestag der polnischen Insurrektion. Und wie sollte er dies Leuten wie dem lieben Edouard erklären? Es war noch zu früh, als dass er mit seinem Straßburger Verwandten die Politik zum Gesprächsthema machen wollte. Dem Edouard war die Welt zwar auch schlecht genug, jedoch die Lösung sollte die Gottgefälligkeit bringen. So viel hatte Georg schon bemerkt. War Edouard nicht allzu stark an seine Arbeit gebunden, die Augen brav auf die Schriften gerichtet, als dass er sehen könnte? Richtig sehen? – Bei Gott, wer sieht schon richtig? Was sehe ich richtig?

Was gibt es zu sehen?, hörte er jetzt tatsächlich Edouards weiche, aber jedes Wort deutlich akzentuierende Stimme. Eine Sprechweise, die er seiner Dozentenarbeit zu verdanken hatte. Es hört sich gut an, dachte Georg, repetierte diesen Satz – was gibt es zu sehen – in Gedanken wie ein Narr noch drei Mal.

Im Theater, fragte Edouard. Was gibt es in dieser Saison zu sehen? Nicht dass ich unbedingt hinginge … aber man möchte etwas mitreden.

Man, ja, man möchte mitreden, sagte Georg nun wieder zu Louis-Théodore gewandt. So studieren wir uns die Gehirne wund, um dann meist von gesellschaftlichen Ereignissen zu parlieren.

Wie es ihm manchmal passierte, wenn er zu aufgeregt wurde, strich er sich mit beiden Händen über den Kopf, vielleicht auch um seine widerspenstigen Locken zu glätten.

Es macht die Gewohnheit, Büchner, die liebe Langeweile.

Georg sah zu Minna, die zur Tante ging, kurz mit ihr sprach, sich dann setzte, als Edouard wieder mit seinem Theater anfing. Zu Ostern sollte eine deutsche Schauspielgruppe am Theater zu sehen sein.

Da war wieder Boeckel aufgetaucht, schritt etwas umher, hielt einen Zigarillo ohne Feuer zwischen den Fingern wie ein prätentiöses Spielzeug. Er achtete dabei nicht sonderlich auf die anderen Gäste, schien in Gedanken. Als er sich am großen Tisch den Alten anschloss, machte er der Tante höfliche Komplimente, bei Edouard und August Stoeber ein paar heitere Bemerkungen.

Die Gewohnheit, erkannte Georg. Eugène wurde hier bei Jaeglés wie ein edles Haustier aufgenommen, in alter Gewohnheit gestreichelt und gefüttert. Er streunte wie ein junger Hund um Minna herum, im guten Wissen, er würde hier getätschelt, ohne dafür mehr geben zu müssen als ein paar gefällige Gesten.

Dann begann das Verabschieden. Die Tante mit der stillen Tochter ging zuerst. Lucius wurde zum Lernen aufs Zimmer geschickt. Auf Minnas Gesicht zeigte sich kurz ein Zug der Erschöpfung, der sogleich in neue Aufmerksamkeit umschlug, als sie sich den verbliebenen Gästen zuwandte. Sie sah, wie die jungen Herren zusammenhockten, während ihr Vater noch mit dem alten Boeckel sprach. Die Zeit, die es ihr erlaubte, sich zurückzuziehen, war da. Sie räumte ab. Hörte noch den jungen Herren zu. Sie wollten sich treffen.

Unsere »Eugenia«, hörte sie Stoeber, ist der ideale Ort für Sie, Monsieur Büchner, in unserer Stadt warm zu werden.

Eugène streckte vertraulich Georg den Arm entgegen.

Dort werde ich mich keinesfalls lossagen. Medizin hin oder her. Ich werde auch als abtrünniger Theologe dort zu Gast sein, und ich habe mir die Freiheit genommen, für Sie, lieber Büchner, zu werben, Sie als Gast aufzunehmen.

Georgs Blick wurde rund, nein, er hatte nichts dagegen. Seine rechte Hand streifte über Brust und Rockschöße, suchte das Brillenetui.

Welche Ehre, es freut mich, nach so kurzer Zeit solches Vertrauen erworben zu haben. Bleibt mir zu hoffen, keiner stößt sich an meinem kantigen Charakter.

Man lachte. Noch ein paar heitere, freundschaftliche Bemerkungen. Dann waren sie hinaus. Vater Jaeglé wischte sich mit seinem riesigen weißen Sacktuch über die Stirn und dankte Minna. Nannte sie dabei »mein Kind«.

Die »Eugenia« wird Ihnen guttun, sagte er im Hinausgehen zu Georg, wobei er mit dem Zeigefinger nach oben wies.

Gerade war Georg dabei, ihm zu folgen, als Minna mit übervollem, schwerem Tablett zur Tür drängte.

Ich nehme das, sagte er, als sie in der Tür fast mit ihm zusammengestoßen wäre. Das gefundene Brillenetui steckte er wieder ein.

Verzeihung, Monsieur Büchner.

Oh, lassen Sie, geben Sie es mir, Minna. – Es war schwer, dieses Tablett. Wie tragen die Frauen das so leichthändig? – Bis in die Küche hinunter?

Ja.

Haben Sie gehört, Minna? Bei den Theologen wollen sie mich einführen.

Theologen? Studenten sind sie allesamt. Unser Cousin Viktor war bei der Gründung der Eugenia auch dabei. Er wird aber kaum mehr dort auftauchen.

So? Nun, mit Eugène und Stoeber werde ich wohl zurechtkommen.

Er war froh, die Treppe hinter sich zu haben. Sie gingen den Flur entlang.

Aber wer weiß ... ich habe so einen Drang zum Vertrauten. Fremde Menschen machen mich unruhig. Und gebe Gott, dass sie nicht alle Psalmensänger sind und ihren Verstand auch über die Bibel hinaus gebrauchen können.

Minna drehte sich um, zog die Brauen gespielt hoch.

Oh, Sie haben kein Zutrauen in das Theologenstudium?

Nun ja, nein – ich meine nur, meine Erfahrungen – nein, falsch gesagt ...

Aber lieber Büchner, nun nicht ausweichen! Also was ist mit Ihren Erfahrungen mit den Geistlichen?

Nicht mit den Geistlichen. Mit denen, die aus Gefälligkeit, aus Langeweile Theologie studieren.

Endlich konnte er das Tablett abstellen.

Danke. Ja, die gibt es. Sie haben recht.

Kurz schaute sie Büchner an, die Hände ineinandergelegt. Wenn sie jetzt weiter reden könnten, sich unterhalten. Aber das Hausmädchen war da.

Lieber Büchner, Sie werden mir erzählen, wie es Ihnen bei den – äh – Psalmensängern, sie flüsterte dieses Wort, gefallen hat? Versprochen?

Oui, Mademoiselle Minna.

Ehrlich? Ich meine, Sie werden Ihre ehrliche Meinung sagen?

Oui, ich werde darauf warten, jemanden zu haben, dem ich ehrlich berichten kann. Wollen Sie dies sein?

Minna blickte kurz über die Schulter zum Mädchen, begann das Tablett abzuräumen. Aber ja, das möchte ich sein. Ich sagte es doch.

Um Georgs Lachen legte sich ein Zucken, das er verfluchte, jetzt, da sie es als höhnisch auslegen konnte. Er strich sich schnell mit der Hand über den Mund, sagte: Gut, und ging aus der Küche.

Minna sah ihm nach. Dieses Gesicht, dieses Lachen. Und was er spricht! Ich soll ihm ein vertrautes Ohr abgeben? Aber der Gedanke tat wohl. Er gibt ihr, einer jungen Frau, sein Vertrauen. Ach was! Er wird ihr einfach erzählen, was die Herren Studiosi alles so daherreden. Auch nicht alles. Gewiss nicht.

Sie wandte sich dem Hausmädchen zu. Es war nicht mehr die gute Magd aus Barr, die noch mit nach Straßburg gekommen war, die war wieder aufs Land gegangen, als auch ihre Mutter gestorben war. Diese hier war auch still, schüchtern, folgsam, sah jetzt gespielt abwesend drein, wollte nichts gehört haben. Sie darf nichts gehört haben. Dass die Mademoiselle Wilhelmine mit dem Studenten Büchner sich unterhalten will, womöglich unter vier Augen?

Ich muss wieder hinauf, sagte Minna. Zum Abendessen servieren wir die Leberpastete. Es ist noch genügend da? Ja? Es kommen keine weiteren Gäste.

Das Mädchen sagte, sie werde die Pastete aufschneiden. Und später wollten sie abspülen. Sie war Minnas rechte Hand und meist auch ihre linke. Der ganze Haushalt in vier Frauenhänden, in dieser verstümmelten Familie, wie Minna einmal gedacht hatte. Seit drei Jahren. Erst Jacques-Jules, dann die Mutter. Vor drei Tagen hatte sie der Mutter einen kläglichen Rest Astern mit Tannengrün zum Todestag aufs Grab gestellt. Was konnte man schon im November aufs Grab geben?

***

Büchner schrieb Briefe, nach Hause zu den Eltern in Darmstadt oder auch an Freunde. Die Eltern warteten darauf, besonders die Mutter. Aus den ersten Monaten seit seiner Ankunft in Straßburg sind nur zwei Briefe erhalten.

Der erste erzählt von dem Spektakel, als die führenden Generäle des polnischen Aufstands in die Stadt eingezogen waren. Alle waren auf den Straßen. Minna gewiss auch, allein um zuzusehen. Auf allen Gesichtern Begeisterung, selbst wenn man nicht wusste wofür. Es war eher aufregend als ergreifend. Man solidarisierte sich mit den Polen. Die französische Regierung hatte den Polen ihre Hilfe versprochen, aber es blieb bei Worten. Louis-Philippe hatte gekuscht, sich geduckt vor Russland, vor Europa. Kriegerische Stimmung war dem

Großbürgertum gerade nicht recht. Kein Bürgerkönig. Ein Bourgeoisiekönig, ein Geldadelkönig, also doch.

Büchner war mit den Studenten gezogen.

An die Familie, im Dezember 1831

Als sich das Gerücht verbreitete, dass Ramorino durch Straßburg reisen würde, eröffneten die Studenten sogleich eine Subskription und beschlossen, ihm mit einer schwarzen Fahne entgegenzuziehen. Endlich traf die Nachricht hier ein, dass Ramorino den Nachmittag mit den Generälen Schneider und Langermann ankommen würde. Wir versammelten uns sogleich in der Akademie; als wir aber durch das Tor ziehen wollten, ließ der Offizier, der von der Regierung Befehl erhalten hatte, uns mit der Fahne nicht passieren zu lassen, die Wache unter das Gewehr treten, um uns den Durchgang zu wehren. Doch wir brachen mit Gewalt durch und stellten uns drei- bis vierhundert Mann stark an der großen Rheinbrücke auf. An uns schloss sich die Nationalgarde an. Endlich erschien Ramorino, begleitet von einer Menge Reiter. Ein Student hält eine Anrede, die er beantwortet, ebenso ein Nationalgardist. Die Nationalgarden umgeben den Wagen und ziehen ihn; wir stellen uns mit der Fahne an die Spitze des Zugs, dem ein großes Musikkorps vormarschiert.

So ziehen wir in die Stadt, begleitet von einer ungeheuren Volksmenge unter Absingung der Marseillaise und der Carmagnole; überall erschallt der Ruf: Vive la liberté! vive Ramorino! à bas les ministres! à bas le juste milieu! Die Stadt selbst illuminiert, an den Fenstern schwenken die Damen ihre Tücher, und Ramorino wird im Triumph bis zum Gasthof gezogen, wo ihm unser Fahnenträger die Fahne mit dem Wunsch überreicht, dass diese Trauerfahne sich bald in Polens Freiheitsfahne verwandeln möge. Darauf erscheint Ramorino auf dem Balkon, dankt, man ruft Vivat! – und die Komödie ist fertig.

Ein riesiges Theater, ein Schauspiel, eine Komödie war es, Mademoiselle Minna. Haben Sie die Augen der Leute gesehen?

Minna schob ihm den Teller mit Bohneneintopf hin, schaute ihn von der Seite an.

Ja, das habe ich. Man freute sich. Ja, wie … wie aufgestachelt. Es gibt selten große Freude.

Warum freute man sich, Mademoiselle? Dass es so weit kommen musste? Dass Frankreich dem polnischen Volk nicht geholfen hat?

Sie sind streng, Monsieur George Büchner!

Wenn man Kinder zurechtweist, ist es oft gerecht, was einem als Strenge ausgelegt wird.

Das Brot stellte sie mitten auf den Tisch. Er nahm etwas, und Minna setzte sich mit ihrem Teller dazu.

Er redete einfach tolles Zeug! Fast tagtäglich. Wenn sie nur wüsste, wie ihn die Eugeniden aufgenommen haben. Büchner selbst sprach von der heiteren Geselligkeit, die ihm recht guttat. Eine etwas provinzielle Deutschtümelei, aber na ja, sagte er. Er kenne ja auch ein anderes Straßburg. Aber die Brüder Stoeber seien ihm durchaus liebe Gesprächspartner. Sie hätten nicht das Geschraubte an sich wie Eugène. Der fing gerne an, von der Anatomie zu erzählen. Hier lachte er.

Ja, stellen Sie sich vor, wie Boeckel sich in allen Einzelheiten über die Anatomie auslässt. Allen Nichtmedizinern zum Trotz! Sie haben keine Freude daran. Eugène ist enthusiastisch.

Sie konnte Georgs Gesicht betrachten, während er sprach, er schien es nicht zu bemerken, stierte in die Ferne, um die Lippen zuckte es verhalten. Dann ein gelöstes, leises Lachen, wenn sie ihn ansprach.

Und wie geht es Ihnen dort?

Mir? Ich wühle mich mit hindurch, durch dieses kalte Menschenfleisch. Wenn einem nur unter den Lebenden nicht kalt wird. Dann kann man von Glück sprechen.

Aber wie geht es Ihnen damit? Ich meine, nun, es ist etwas … ungewöhnlich, wenngleich auch notwendig.

Mir geht es gut damit. Ein Schulterzucken folgte dieser Antwort, er schaute sie an, ihre dunklen Brauen, den Scheitel im dichten Haar. Lieber nicht direkt in die Augen blicken.

Ich hatte ja schon bei meinem Vater den Sektionen beigewohnt.

Oh, wirklich?

Verschonen Sie mich davor, Ihnen Näheres darüber zu erzählen.

Aber ich fürchte mich nicht davor.

Sie sind eine Frau.

Ja, und?

Ich werde mir keine Rüge Ihres Herrn Vaters einhandeln. Ihnen von nacktem, totem, zerschnittenem Fleisch zu erzählen, nein, wirklich nicht.

Dies ist eine Ausrede. Mon cher Papa muss ja nichts davon wissen.

Nein, lieber nicht.

Er löffelte wieder Suppe. Wenn sie doch jetzt ein Lied singen würde, denkt er. Aber jetzt kann er sie nicht einfach auffordern, wo sie doch isst. Oder, warum nicht?

So, jetzt schweigt er, dachte sie, dabei spricht er sonst so frei. Wenn er doch etwas erzählen würde! Wie gestern Abend.

Da war sie über einer Stickarbeit gesessen, als er in die Stube gekommen war. Er suche Unterhaltung, hatte er gemeint.

Ihr Herr Papa ist nicht hier?

Nein, leider. Nur ich. Sie lächelte, stickte weiter.

Mit übergeschlagenen Beinen setzte er sich eine Weile zu ihr.

Es ist ein seltsames Ding mit der Langeweile, meinte er. Sie kann so lästig sein und anderenfalls ein Genuss.

Minna meinte: Wenn man in den Genuss der Ruhe und Tatenlosigkeit nach getaner Arbeit kommt, empfindet man keine Langeweile. Man sollte eigentlich ein anderes Wort wählen. Ich weiß keines.

Er dachte nach. Auch ihm schien nichts Gescheites einzufallen. Dann warf er genaue Blicke auf den Stickrahmen.

Darf ich? fragte er und suchte schon im Nähkasten nach der Stecknadeldose, schüttete die Nadeln aus.

Es ist etwas Fatales und auch Kurioses, die Sicht auf die Dinge, der Punkt, von dem man die Welt betrachtet. Lassen Sie mich … Ah, hier. Darf ich den Rahmen nehmen?

Minna hielt den Kopf fragend etwas schräg, ließ die Sticknadel fallen und gab ihm den Rahmen.

Sehen Sie? Er begann die Stecknadeln durch den gespannten Stoff hindurchzustecken, ganz dicht beieinander, damit die Köpfchen ein Muster zeichneten.

Amüsiert lehnte Minna den Ellenbogen auf das Tischchen, das Kinn an die Hand. Er hatte sich mit einem Knie auf den Boden gestützt, war ganz eifrig, ganz nah bei ihr.

Die zwei Seiten – ich möchte kurz sehen, welche Unterschiede man zeigen kann. Hier!

Er wendete den Rahmen um und wieder um.

Hier ein harmonisches Bild: Was sind wir alle gefällig beieinander. Und hier: die Kehrseite, die Stacheln, das Muster kaum zu erkennen. In die Höhe stakende Spitzen.

Minna konnte zuerst nur seinen Blick einfangen, dieses Gemenge aus Spieltrieb, ernstem Nachdruck und Feuereifer. Wegen des Bildes, der Gegenseiten.

Ja, aber ja, wie recht Sie haben. Sie strich mit den Fingern leicht über die Nadelspitzen. Zwei Seiten, zwei Welten.

Und wenn nun der eine von ganz unten nach dort ganz oben blicken muss, in die gelangweilte, müßige Adelswelt, und gar kein vollständiges Bild von dort sehen kann, ihm alle Möglichkeit genommen wird, die Kehrseite, das Schlimme zu sehen, wenn er nur das Schöne glaubt, das ihm zum Betrachten gegeben wird, und ihm am Ende noch gesagt wird, dies sei Gottes Ordnung, ist das nicht – niederträchtig? Aber ich schweife ab. Verzeihen Sie, Minna.

Aber nein, nein! Sie setzte sich aufrecht. Wie recht Sie haben. Man müsste doch Gerechtigkeit fordern können! Auf die Erlösung im Himmel zu warten ist im Leben auf Erden für die meisten ein trockenes Brot.

Sie wog den Stickrahmen in den Händen.

Mein Vater hat eine alte Zeitung aus der Revolutionszeit. Er hat so vieles aufgehoben, der Papa. Dort stand auf der Titelseite ein Gedicht. Es endet:

»Wir armen Bauren werden wohl
Im Himmel fronweis donnern müssen.«

Georg nahm wieder Platz, ließ ihre Worte nachklingen. Wiederholte: »Im Himmel fronweis donnern müssen.« – Ja, auch bei Arnim taucht irgendwo dieses Bild auf. Ich denke, es war bei Arnim.

Oh, wissen Sie noch wo? Ich fürchte, Papa hat in seiner Bibliothek nichts von Arnim.

Dann werde ich es für Sie finden. Mir wird auch wieder einfallen, wo es steht.

Mit feinen, schnellen Bewegungen zog Minna die Nadeln aus dem Stoff. Allesamt ließ sie geschickt im Schlund des schmalen Nadeldöschens verschwinden.

Georg schaute genau zu. Was für hübsche kleine Hände. Welche Ruhe, hier allein mit ihrer Stimme, ihrem Gesicht zu sein.

Mein Vater, sagte er, schrieb eine Abhandlung über einen Fall von Selbstmord durch Verschlucken von Stecknadeln.

Minna schaute entsetzt. Du lieber Himmel! Das ist ja … grausam.

Darauf stand er auf, mit einem leichten, zutraulichen Blick, der nicht zu dem passte, was er sagte: Auch nur ein Tod. Einer von vielen möglichen.

***

An die Familie, im Dezember 1831

Es sieht verzweifelt kriegerisch aus; kommt es zum

Kriege, dann gibt es in Deutschland vornehmlich eine babylonische Verwirrung, und der Himmel weiß, was das Ende vom Liede sein wird. Es kann *Alles* gewonnen und *Alles* verloren werden; wenn aber die Russen über die Oder gehn, dann nehme ich den Schießprügel und sollte ich's in Frankreich tun. Gott mag den allerdurchlauchtigsten und gesalbten Schafsköpfen gnädig sein; auf der Erde werden sie hoffentlich keine Gnade mehr finden.

Sein Zimmer war ihm wohlig, zuweilen etwas eng, besonders wenn ihm die Gedanken den Schädel zu sprengen drohten.

Elend, elend muss man sich fühlen! Und dann noch hinüber in die Académie! Selbst der Blick aus dem Fenster kostet Mühe, für die es keinen Lohn gibt. – Kann er dies den Eltern so schreiben? Was sich das Hirn martern! Er wird tun, was ihm zu tun das Richtige erscheint. – Vorhin, da hätte er gerne noch Minna angetroffen im Zimmer. Aber sie war schon fertig mit dem Bettenmachen.

Sie hatte ihm im Scherz versprochen, nur sie würde sich um sein Zimmer kümmern, nicht das Hausmädchen.

Ganz zuverlässig immer Sie und nur Sie, Mademoiselle Minna?, hatte er eindringlich flüsternd nachgefragt, sich dabei am Geländer mit einer Hand festgehalten und seinen Körper schwingen lassen. Sie hatte aufgelacht und war gegangen.

Warum muss man so albern werden, in Kindereien flüchten, wenn es einem so verlegen wird?

Und vorhin waren noch ihre Schritte nach unten zu

hören gewesen, zur Küche hin, eine Melodie war auch dabei:

> Gib mi'm kleine Ressele
> Z'fresse un z'saufe;
> Hawre, dä frisst es nit;
> Wasser, das sauft es nit;
> Lauter kühler Wein,
> Lauter kühler Wein
> Muß es sein!

Gewiss, von Politik spricht sie nicht allzu viel, aber sie hat so klare, gerade Gedanken. Wenn er sie doch hätte fragen können, ob er den Eltern von seinen Entscheidungen im Kriegsfalle schreiben könne. Gut, gut, nun ist es geschrieben, er hatte schon vor Stunden gewusst, er würde es so schreiben! Also gut. – Krieg. Was für ein Wort, wie ein spitzer Aufschrei. – Der Blick aus dem Fenster bringt nur entsetzliche Einöde. Er setzt sich die Brille auf. Da geht Minna aus dem Haus. Tatsächlich. Im Mantel verhüllt, das Tuch zweimal um den Kopf geschlagen. Aber sie ist es. Es ist kalt.

Sie drückte den Korb an sich, die Hände dabei in die Enden ihres Tuches gewickelt. Es wird kalt werden, sehr kalt. Der Winter soll hart werden heuer, sagte man.

Unwillkürlich ging sie schneller, der Atem flog in weißen Wolken vor ihrem Gesicht. Die Leute werden nervös, dachte sie. Alle sagen es. Die Not kommt. Erst die schlechte Ernte dieses Jahr, nun ein harter Winter.

An den Marktständen war die karge Auswahl an Gemüse in säuberlichen Reihen angehäufelt. Darüber grübelnde Gesichter gebeugt, verhaltenes, abgehacktes Gespräch. – So viel? – Ja, hier nehmen Sie. – Très bien, merci. – Noch zwei Rüben, Madame. –

Auch Minna kaufte nur das Nötigste. Die Magd mochte schon gar nicht alleine einkaufen gehen, aus Angst, zu viel Geld auszugeben, nicht handeln zu können. Minna wollte auch nicht handeln. Worum denn? Um einen Sou zu sparen? Dann noch in die Bäckerei und in den Milchladen. Auf dem Weg sah sie diese Karikaturen an einen Baum geheftet. Die Birne. Der König als Birnenkopf. In vier Stufen verwandelte sich Louis-Philippes Gesicht in nichts als eine Birne. Frevel? Büchner meinte, er solle nur sehen, was die Leute von ihm hielten. Auch bei der Sitzung der Eugenia hatten sie davon gesprochen. Er erzählte es zuverlässig.

Ein Staat sollte daran gemessen werden, wie er mit seinem Volk umgeht, hatte er gesagt. Soll es der Zweck einer Verfassung sein, eine Monarchie recht gut zu erhalten oder sein Volk? – Wie er reden konnte! Er musste in der Eugenia fleißig gegen alles, was sich Fürst und König nennt, gewettert haben. Eugène hatte es auch erwähnt. Und jetzt war Büchner mit allen Eugeniden per Du. Es gefiel ihm hier in der Stadt. Ihr gefiel es, wenn er mit ihr sprach. – Minna ging weiter. Nur nicht zu lange auf das Blatt mit der Birne schauen.

Es war so kalt. Jetzt nur zurück nach Hause. Der Korb trug sich schwer. Noch ein oder zwei von diesen herrlichen Sätzen von Büchner heute und der Tag würde warm werden. Sie lachte in den schalen Sonnenschimmer, der durch die weißgraue Himmelsdecke fiel. Fing sie auch schon an, in solch verrückten Bildern zu sprechen?

Diese Woche war es gewesen, da hatte sie unten im Flur auf der Schuhputzbank gehockt und im Gesangbuch geblättert, während sie auf die Magd und Lucius gewartet hatte für den Kirchgang. Da hatte Büchner sie gefragt, ob sie Langeweile hätte.

Langeweile? – Nach kurzem Zögern sagte sie: Ja. Diese Antwort versprach das interessantere Gespräch.

Ist das schlimm, Monsieur?

Oh, es gibt Schlimmeres, was die Leute aus Langeweile treiben, als im Gesangbuch zu blättern. Ich fürchte, viele beten auch aus Langeweile.

Minna lachte. Oh, Büchner!

Wie um ihr ein Geheimnis anzuvertrauen, kam er näher.

Kann es nicht auch sein, dass wir in unserem Leben wie Spielkarten herumliegen, mit denen Gott und der Teufel aus Langeweile eine Partie machen?

Nun schaute sie in diese Fischaugen, die tief unten ihren blauen Grund zeigten. Sie presste die Lippen zusammen, und er und sie selbst wussten nicht, was folgen würde, wenn sie sie wieder öffnete. Ein Lacher oder eine Zurechtweisung? Da wich er schon zurück, wie ein getadeltes Kind, denn sie sagte nichts. Nichts! Minna, wie können Sie …

Endlich! Ein Lachen. Sie sprechen tolles Zeug, Monsieur George Büchner!

Nein, ich meine alles ernst – also, ich will sagen, im Grunde liegt in dem, was so toll von mir daherkommt, ein tiefer … Ernst. Ja.

Wieder schaute sie zögerlich, als würde sie einzelne Punkte in seinem Gesicht betrachten. Es machte ihn nervös.

Ja, sagte sie leise, fast stimmlos. Dann kamen Lucius und das Hausmädchen.

Was machen Sie nun eigentlich, Monsieur Büchner?

Minna stand auf, zog ihren Mantel an.

Ich? Nun, ich komme mit Ihnen in die Kirche. Ich möchte Ihren Vater hören.

Dies hatte sie beruhigt, aber hatte sein Anschluss an den Kirchgang nicht gerade diesen Zweck? Er hatte doch nicht wirklich mitkommen wollen. Es war eine Entschuldigung.

***

Mit dem Korb am Arm ging Minna bis zur Küche, ohne den Mantel abzulegen. Endlich in der Wärme. Ihr Tuch warf sie über einen Stuhl. Sie atmete durch. Es war still. Am frühen Vormittag war es stets so still hier, als gehörte das ganze Haus ihr. Was für eine nette Vorstellung! Unsinn. Papperlapapp!

Langsam öffnete sie die Knebelverschlüsse an ihrem Mantel, ging wieder hinaus in die Diele, nach rechts hinter zum Hof. Von dort durch einen offenen Gang im folgenden Quergebäude zum zweiten Hof, am Ende dort ein eisernes Türchen, der Eingang zum Pfarrgarten neben der Kirche. Schon beim Öffnen des Türchens sah sie ihn. Er stand da, allein mitten im Garten, ohne Hut und Mantel, nur seinen Polenrock hatte er an. Als er das Türchen schnarren hörte, sie heraustrat ins Helle, wandte er sich zu ihr, ohne im Geringsten seinen Gesichtsausdruck zu ändern, mit dem gleichen Blick, mit dem er gerade die Kirchenfenster betrachtet hatte.

Ist das nun der Beginn einer Partie, denkt Minna, legt jetzt Gott die Karten aus? Spielt er eine Patience? An den Partner, den Büchner vor Tagen als den Teufel benannt hatte, will sie jetzt nicht denken. Gott soll alleine spielen, mit den Bildern von Minna und Georg.

Bonjour, Mademoiselle Minna, sagte er, als sie vor ihm stand. Selten war er in so großer innerer Ruhe zu sehen gewesen. Fast apathisch wirkte er.

Gut, spielen wir, dachte Minna und fragte: Gestatten Monsieur die Frage, ob Sie sich langweilen?

Sein Mund löste sich lächelnd, ohne Zuckungen.

Ich weiß nicht recht. Der gestrige Abend war ausgiebig mit Wein, Gesang und Zigarrenqualm angereichert, dass mein Kopf wohl heute das Wort Langeweile nicht fassen, geschweige denn diese empfinden könnte. Die Marter darin überschattet leider jegliche feinere Regung.

Er führte seine Hand bedacht langsam an seine Stirn. Eine Geste, die Minna kannte und meist als Entschuldigung deutete. Mit verständigem Ton sagte sie: Wenn Sie etwas brauchen, kommen Sie zu mir in die Küche.

Hier, Mademoiselle! Er deutete auf seine Augen. Wissen Sie, ich wünschte mir, Sie könnten zu meinen Augen in meinen Kopf hineinsehen und schauen, was mir fehlt. Wäre dies nicht phantastisch für uns Ärzte, den Menschen in den Kopf schauen zu können?

Zwar dachte Minna nun: Ja, Ihnen würde ich wohl gerne in den Kopf schauen können!, aber sie wandte sich leicht ab, wollte sich ihrer Arbeit zuwenden, nicht ohne ihn dabei keck anzusehen.

Ihre Gedanken sind jedenfalls noch recht rege. Der

Abend gestern tut Ihrem Geist keinen Abbruch. Seien Sie beruhigt.

Sie ging zu einem kleinen Holzverschlag, dem Winterlager für das Gemüse.

Übrigens, wenn man es nur recht weiß wie, kann man sehr wohl in den Augen der Menschen nach ihrem Befinden suchen, George.

Vor dem Verschlag duckte sie sich, öffnete ihn, schlug ihren Mantel zur Seite, raffte die Röcke etwas. Sie beugte sich in die niedrige Tür und begann, einige mit Säcken und Erde bedeckte Kisten hin und her zu schieben.

Können Sie dies, Minna, in den Augen das Befinden lesen?

Georg war näher herangetreten.

Aus der Höhlung des Verschlags drang ein Auflachen.

Ich weiß es nicht. Manchmal glaube ich es zu können.

Jetzt legte sie vier Porreestangen auf den Boden und erhob sich.

Ich meine sogar, man könnte ein Studium daraus machen.

Sie wischte die Hände an der Schürze ab. Eiskalt waren sie nun.

Ja, Minna, und dies hätte nichts mit der sogenannten Physiognomik zu tun.

Oh, sicher nicht! Minna schüttelte nachdrücklich den Kopf. Ich habe schon in den armseligsten und hässlichsten Gesichtern die edelsten Augen gesehen.

Georg zeigte sich begeistert. Die ehrlichsten Blicke, die nackten Regungen, ja, diese liegen in den Gesichtern der einfachen Leute, weil man ihnen nicht beigebracht hat, sich zu verstellen. Und dann stellen sich die Gebildeten hin und sagen dem Volk dumpfen Sinn und Grobheit nach.

Nun fasste er sich wieder kurz an die Stirn, als schmerzte ihn der Kopf.

Vollkommen verstellen kann man sich wohl nicht, meinen Sie nicht, George?

Aber nein, das nicht. Georg lachte still. Minna zog ihren Mantel dichter an sich, vergrub die Hände unter den Armen.

Ja, man könnte ein Studium daraus machen! Wollen wir es eröffnen?

Minna war amüsiert, sagte dann aber ernst: Bevor wir dieses Studium eröffnen, sollten wir die Kälte verlassen. Sehen Sie, Sie haben schon ganz rote Hände.

Er hielt seine Hände in die Höhe, zuckte mit den Schultern.

Ich kam hier heraus, um meinen Kopf zu kühlen. Der ist nun heiß geredet, und alles sonst ist kalt. Wissen Sie, Minna … Er stellte sich direkt vor sie. Wissen Sie, wenn es mir im Kopfe nicht wohl ist, alles Klare verschwunden, mir die Gedanken am Himmel abstoßen und er sie mir wieder wie zum Spott zurückwirft, dann möchte ich manchmal auf dem Kopf stehen oder gar gehen können. Womöglich würde in dieser verdrehten Position alles leichter erträglich.

Minna schaute skeptisch, aber es gefiel ihr, was er sagte.

George, Sie sind ein Gedankentaschenspieler.

Eine herrliche Wortschöpfung! Sie könnte sogar passen. Doch spielen die Gedanken eher mit mir als ich mit ihnen.

Und ein Wortheiliger sind Sie auch!

Oh, das Prädikat des Heiligen steht mir gewiss nicht zu. Nein, meistens bin ich nur ein Narr. Aber: So wäre man doch was! Ein Narr!

Ach ja, Shakespeare. »As You Like It«.

Ertappt. Dies ist nicht von mir. Aber der Gedanke leuchtet.

Die Narren sind die Weisesten, sagt man.

Minnas Schultern zitterten. Vor Kälte? Oder weil sie lachte? Georg hätte es nicht sagen können.

Wie geht der Text? Hab ich es parat? – »Oh, that I were a fool! I am ambitious for a motley coat!«

Sie sprechen gutes Englisch, Minna.

Aber nein, mein Bruder beherrscht es besser. Aber mit wem sollten wir hier schon Englisch sprechen?

Sie reichte ihm ihre Hände.

Und nun stehen wir immer noch in der Kälte! Ihre Hände müssen doch halb erfroren sein.

Langsam steckte auch er ihr seine Hände entgegen. Sein Gesicht neigte sich zur Seite, mit einem seltsam schmerzlichen Ausdruck.

George? Ihnen geht es wirklich nicht gut.

Doch, doch. Jetzt geht es mir gut.

Dabei nahm er ihre Hände, drückte sie, erst leicht, dann beherzter. Kurz war ihm, als müsste er sich Minnas Hände ans Gesicht ziehen.

Haben Sie auch manchmal Angst, völlig fühllos zu werden, Minna? Wenn einen etwas von außen berühren muss, damit man sich selbst wieder fühlen kann?

Minna verneinte mit einer leichten Kopfbewegung.

Man möchte doch manchmal ins Gesicht geschlagen werden, um wieder das Leben zu fühlen. Ein körperlicher Schmerz tut oft diesen guten Dienst, Minna.

Er bemerkte, wie sie seine Hände fester drückte. Dann ließ sie los. Ihm spukte etwas von der verborgenen Wollust des Schmerzes im Kopf herum. Ja, ja, die Gedanken spielten wieder mit ihm. Aber er wollte ihr gegenüber das Wort Wollust nicht aussprechen. Wollust! Bei Gott, welche Wollust ist es, sich zu fühlen!

Jetzt ist es gut, George. Gehen wir hinein.

Im Sprechen schloss sie die Tür des Verschlags, hob den Porree vom Boden auf.

Ich koche Tee, und Sie gehen dann in Ihr Zimmer, um sich aufzuwärmen.

Mit eiligen, viel zu eiligen Schritten ging sie voraus.

Sie geht weg, denkt Georg.

Warum laufe ich weg, denkt Minna, sieht sich in Barr die Kirchgasse hochlaufen, weg von Jean, weg von seiner Umarmung, die sie wollte. Doch sie durfte sich nicht umarmen lassen. – Minna muss lachen.

Georg fragt sich: Warum lacht sie? Wegen mir?

Wie oft hatte Gott mit mir schon gespielt, denkt Minna weiter, die Partien dann beendet? Wegen Friedrich oben im Pfarrhof in Waldersbach, da bin ich mit den tausend Menschen gezogen, auch weggelaufen.

Herbst 1844

Diese Reise durfte Minna alleine antreten. Keine Vertraute wurde ihr zur Seite gegeben. Sie war eine Gouvernante auf der Heimreise. Nach Hause, nach Straßburg, endlich. Keine Pauline, keine Anweisungen für den Unterricht von den Müfflings mehr. Es gab keine Tränen zum Abschied. Minna war es recht so. Briefe sollte ihr Pauline schreiben, auf Französisch. Sie wird es brav tun, und Minna wird ebenso pflichtbewusst antworten.

Zu den Büchners nach Darmstadt wollte Minna nicht nochmals reisen. Nicht im Geringsten dachte sie darüber nach, sich hierfür eine Ausrede einfallen zu lassen. Das musste sie nicht.

Wie anstrengend eine Kutschfahrt doch ist.

Die klagende Stimme der Dame zu ihrer Rechten unterbrach Minnas Gedankengang. Sie wusste ohnehin nicht, wohin dieser sie geführt hätte. Nach Straßburg. Sicher. So wie diese Kutsche sie nach Straßburg fuhr.

Ich hatte es schon vergessen, sprach die Dame weiter zu ihrem Mann, einem hageren Menschen in flaschengrünem Rock.

Es ist wirklich ermüdend, nicht wahr?

Dabei sah sie zu Minna, die sich somit genötigt sah, die Aussage zu bestätigen. Ja, doch wenigstens haben wir schönes Wetter.

Solche Belanglosigkeiten erschöpften Minna. Reisegespräche. Wie damals auf ihrer Fahrt nach Zürich zum kranken George. Und wie hatte George bei seiner ersten Ankunft in Straßburg auf Louis-Théodores simple Nachfrage, wie die Reise gewesen sei, geantwortet? – Wie eine Reise so ist. Anstrengend und schmutzig. – In Minnas Kehle killerte es, sie musste ein Lachen unterdrücken. Dieser leise Spott, die Angriffslust, mit der Georg damals doch Louis' Sympathie gewonnen hatte und die ihre auch.

Mit einem Räuspern vertrieb Minna das Lachen endgültig, es musste aber ihren Mitreisenden als Abwehr erscheinen. Draußen die Landschaft. Noch ein Rest Sommer in allem zu sehen. Über den Stoppelfeldern und Wiesen das dünne Gewirr von Spinnfäden unter der tief stehenden Sonne. Dazwischen Schatten von Gesträuch und buckligen Flussweiden. Wie in den Geschichten, die Mutter und Tante erzählten, von den alten unnütz gewordenen Weibern, wenn sie ohne Kind und Mann waren, dazu verurteilt, in alle Ewigkeit hinein die dünnen Spinnwebfäden auf Spulen zu sammeln. Sie dachte an ein Spinnlied vom alten Voß:

> Ich saß und spann vor meiner Tür,
> Da kam ein junger Mann gegangen;
> Sein braunes Auge lachte mir,
> Und röter glühten seine Wangen.
> Ich sah vom Rocken auf und sann
> Und saß verschämt, und spann und spann.

Aber jetzt und hier durfte sie nicht singen. Die anderen Reisenden. Überall diese kläglichen Rücksichten. Ich bin ja kein Kind mehr.

Piccola mia, du musst mir immer ein Lied singen, wenn es mir schlechtgeht, ja? – Allzeit singe ich dir ein Lied. – Deine innere Glückseligkeit. – Oh, die kommt nur dann und wann wieder. – Aber wieso? – Weil du mich verlassen hast, George. Und jeder von uns wurde einmal auf Rädern von Straßburg nach Zürich gebracht. Nur ich musste alleine zurück. Das weißt du nicht, da warst du schon tot.

Ein Ganzes ist nicht zu fassen. Es gibt nur Stücke aus Erinnerungen. Aber das ist egal. Der Kopf webt sich ohnehin gerne alles zusammen, wie man es haben möchte. Ich bin ja nicht dagegen gefeit.

***

Vier Jahre war sie nicht in Straßburg gewesen. Ihr Leben als Gouvernante war zu Ende. Die Rückkehr kam ihr schöner vor, als sie es sich erhofft hatte. Sonne macht alles einfacher, die Stadt lächelte. Die Kutsche fuhr in den Rabenhof ein. Die Poststation, der Ort, an dem ihr Vater aufgewachsen war. Minna war zu Hause. Doch wo war zu Hause? Das Gepäck durfte sie nicht in die Rue St.-Guillaume bringen lassen.

In die Rue des Cordonniers Nummer 6, sagte sie sehr konzentriert. Zu Professor Schmidt.

So war es seit Monaten vereinbart.

Vier Jahre fort gewesen, und alles war wie gestern. Sie öffnete die Tür zum Haus der Schmidts, und die Luft einer bürgerlichen Alltäglichkeit kroch ihr entgegen. Bohnerwachs von den Dielen, dumpfer Kellerdunst geschwängert mit den Kräutergerüchen aus der Vorratskammer. Nicht die vornehme Kühle, die einem in Müfflings großem Haus in Mainz entgegenschlug, die an das Betreten einer Kirche erinnerte, wenn man die doppelflügelige Tür durchschritt und die alten Marmorfliesen vor sich sah. Wie ergeben war sie sich damals vorgekommen, ausgeliefert einem fremden Haushalt. Das nie mehr, hatte sie sich nun gesagt, geschworen wäre übertrieben. So weit hatte sie gelernt, sich nichts Grundsätzliches aufzuerlegen. Das Leben hatte ihr diktiert, was zu tun war. Gut, und nun hier bei Julie und Charles. Jetzt war sie die weitgereiste Gouvernante, die den Hauch einer größeren, wenn auch nicht besseren Welt mitbrachte. Aber wenn ihr wüsstet, dachte sie, dabei wünschte ich wie Lena in einer Scherbe zu sitzen, auf dem Land in einem Garten oder auf einer Fensterbank zu einer stillen Straße hin. Oh, wie hatte ich das Land verabscheut, und nun möchte ich nur Stille. Aber ich bin nicht Lena, mein Jammern wird nicht erhört, und kein neuer Leonce wird meinen Weg kreuzen.

Sie schließt die Tür, die so schmal ist, dass sie nur einen Menschen hindurchlässt, sie legt die flache Hand auf das Türblatt, braun gestrichen, etwas rissig, im Schloss ein großer Schlüssel. Zu Hause. Aber wo ist das? Jetzt endlich, denkt sie, jetzt musst du draußen bleiben, George. Komme nicht mit herein.

Aber ich gehöre zu dir. Ich kenne dich. Ich bin dein Leonce. Wir kannten uns nicht, und dann durften wir uns kennenlernen. Wir machten uns ein wenig ein lustiges Spiel und genossen unsere Heimlichkeit. Ich liebte unser Geheimnis so.

Mich hat es krank gemacht.

Übertreibe nicht, Minna, piccola mia.

Meinen müden Augen ist jedes Licht zu scharf. Bleib draußen, George. Ich bin müde, nur müde.

***

In ihrem Zimmer unter dem Dach breitete sich der Herbst aus mit früher Dunkelheit, den Tag verschluckten die kleinen Fenster unversehens hastig. Das Kanapee im Präsentierzimmer, hinten das Bett, beides gern genutzte Ruhelager. Die Müdigkeit. Eine trauliche Nachlässigkeit bemerkte Minna bald nach ihrer Rückkehr an sich. Nicht stets ordentlich zurechtgemacht sein müssen, den Hausmantel einfach über dem Nachtkleid tragen, welche Wonnen, oder sogar nackt durchs Zimmer gehen, ohne befürchten zu müssen, dass jemand klopfen oder nach ihr fragen würde oder die kleine Pauline hereinstürme. Was war es für ein Graus, in einem fremden Haus leben zu müssen. Hier ist es auch nicht das eigene, das hatte sie ja nie, aber es war ihre Wohnung, und es gab ein Anrecht auf Respekt und Rücksicht. Die für den Anstand gedachte spanische Wand, hinter der man sich umzuziehen hatte, benutzte sie eher als Kleiderablage. Vor wem sollte sie anständig sein? Vor sich selbst? Oh, lächerliche Vorstellung! Welt, was denken sich die Menschen aus? Den Nonnen, hörte sie, hätte man verboten, an ihren Leib zu denken. Minna schien, man hätte allen unverheirateten Mädchen verboten, an ihre untere Körperhälfte zu denken. Doch der Leib vergisst nicht, an sich zu erinnern! Was denkt ihr euch, was? Es ist schön, für sich zu sein und über seine Tagesordnung, seinen Kopf und – oh, bitte ja – über seinen Leib zu verfügen.

Hier erschien ihr mit einem Mal ein gewisser Vorteil gegenüber den verheirateten Frauen, die, wenn man es genau betrachtete, ihren Körper ihrem Manne übergeben haben, der ein Verfügungsrecht darüber beanspruchte. Für Minna gab es diese Verpachtung ihres Leibes auf Lebenszeit nicht. – Hier auf dem Sofa oder drüben im Bett, keiner darf mir sagen, wann ich liege und wie ich liege, ob und wann ich an meinen Leib denke.

Oder selbst die Lektüre. Hörte sie nicht unlängst Charles mit Julie darüber sprechen? Charles gab einen Kanon der Bücher vor, die in seinem Haus vorhanden sein durften. Der Inhalt dieses Kanons erschien Minna im Gegensatz zu ihrer väterlichen Bibliothek etwas zu sehr zum Vorteil der Theologie auszufallen.

Nur reden konnte sie selbst mit Julie über solche Dinge kaum. Über die körperlichen Dinge? Über die konnte eine Frau, noch dazu unverheiratet, ja kaum mit ihrem Arzt sprechen. Dabei war der Boeckel doch – vorgestern konnte sie es wieder bei seinem Besuch feststellen – ein höchst unkomplizierter Mensch, der unter dem Deckmantel seiner Phrasen die pikantesten und empfindlichsten Gegenstände ansprechen konnte, seien sie medizinischer, philosophischer oder politischer Natur. – So sagte er: Es war nie ennuyant, ich hatte einige aventuren. Und: Sei es auch unpassend, über Frauenzimmerkrankheiten zu sprechen, so muss ich doch erwähnen … und dann schilderte er ausgiebig das Touchieren einer Schwangeren und eine schwierige Auskultation. – Konnte sie ihn nicht ansprechen, wegen der Stiche, hier unten links? Woher sollte sie denn wissen, was da sein konnte?

Minna streckte sich auf dem Sofa aus. Sich nur nicht echauffieren. – Der gute Eugène. Wie herzlich hatte sie lachen können, wenn Georg ihn nachahmte, dieses Geplauder mit französischen und lateinischen Einwürfen: Ich darf einen Gruß entbieten, nun ja, habe recht wenig depensiert, so circiter die Hälfte meines Hausstandes, tja, dazumalen – daselbst – ja, da hatte man noch force!

Und ich sage: Sed absint politica! Définitivement! – Und im Gegensatz dazu Georgs brennende, präzise Reden, nur wenn er zu sehr Feuer fing, wurde er überschwänglich, aber nie sprach er in halben Sätzen.

Und er meinte: Siehst du, Minna, solche Menschen wie Eugène, solche mag man. Mich scheint man nicht oft zu mögen. –

Minnas Kopf sank tief ins Kissen, die Hand über ihrem Kopf wurde schwer. Boeckels Briefe damals, mit all den medizinischen Berichten, die ihr Georg vorenthalten hatte. Sie hätte so gerne etwas erfahren, um zu lernen, um etwas zu wissen. Aber auch Georg hatte Vorbehalte. Medizinische Gegenstände sind nicht für Frauenohren, -augen und -köpfe bestimmt. – So sind wir unserem Körper und unserer Unwissenheit ausgeliefert. Wisst ihr Männer, welch beängstigender Zustand dies ist? – Ob sie Boeckel fragen kann wegen der Schmerzen? Wen sonst? Sie hatte ihn schon damals als ihren zukünftigen Arzt in Straßburg gesehen, aber wenn sie dann in Zürich gelebt hätten ...? Nun, was auch immer, sie hatte sich vorgestellt, Boeckel müsste der Arzt sein, der ihre Kinder entbindet. – Und was muss er jetzt tun? Meine Launen anhören, mein Herz und meine Lunge abhören, wo er doch nichts finden kann, und über das andere schweigen wir besser beide. – Die Müdigkeit. Das Alleinsein. Beides auf seine Weise verzückend und ernüchternd. Im Einschlafen sah sie Georg und sich selbst auf dem Trottoir vor dem Haus stehen, wenige Tage bevor er nach Zürich reiste. Sie hatte fast geflüstert, aber die Erregung brach ihre Stimme in ungewohnte Härte: Ja, George, hatte sie gesagt, grundlegende Änderungen! Aber die Leute haben Angst vor dem Blut, das es kosten wird. –

Das Bild verblasste in dem leichten, freien Raum des Schlafs und als Letztes kam ein Gedanke zurück – im selben Moment ahnte sie, er würde nicht über diesen Halbschlaf hinaus bei ihr bleiben, war zum wiederholten Vergessen verurteilt –, ein Gedanke, der ihr noch in Ostende gekommen war, als sie mit Emma Herwegh sprach: Fühlen wir uns nicht erst im Leid? Georg sagte: Welche Wollust ist es, sich zu fühlen. Doch das hatte sie Emma nicht erzählt.

1832

Nichts blieb mehr wie zuvor. Die Schritte durchs Treppenhaus, der Geruch, der von der Küche über die Treppen nach oben zog, die Sonne, die ihr fahles Winterlicht durch die Scheiben fallen ließ. Bald wusste Minna nicht, ob sie nach oben oder nach unten hatte steigen wollen, bald ließ sie Dinge am falschen Platz. – Welch ein ungeschicktes Wesen! Aber nein, Minna! – Ihre Hände waren unruhig, wollten schon etwas tun, bevor der Kopf die Sache zu Ende gedacht hatte. Sich in den Wäschekorb verkriechen wollen und sich einbilden, es sei ein Federbett, am Herd ein Weilchen stehen wollen, damit jeder meint, die roten Wangen kämen von der Hitze. Oh, Minna!

Ein lakonischer Gruß zum Morgen, wenn er in die Küche trat, wenn die anderen schon dasaßen, und auf seiner Wange zeigte sich ein roter Fleck, links – oder war es gestern rechts gewesen? Ein einsamer, fast ringförmiger rötlicher Fleck, der etwas wie Aufregung verraten hätte. Achtete niemand darauf?

Was sah der Vater? War er zu gütig oder nur gleichgültig? Die Güte kannte Minna an ihm. Wie sehr er im Gesicht seiner Tochter lesen konnte, wusste sie nicht.

Minna konnte nicht mehr davonlaufen. Sie stand fest, schaute Georg an. Sie lernte, vor Umarmungen nicht zu fliehen. Im Durchgang zum Garten war es, in dem kurzen Tunnel zwischen dem Hausgarten und dem vorderen Kirchgarten, der direkt hinter St. Guillaume lag, an der Stelle, an der kein Blick aus den Fenstern hinreichte.

Minna oder auch Mimi? Hat dich schon jemand Mimi genannt?

Manchmal, ja.

Seine Hände leicht auf ihren Schultern, ihr Arm um ihn gelegt, die Hand auf seinem Rücken. Er ist groß, denkt sie. Seine Augen zeigen etwas Feuriges, fast wie wenn er sich über die Regierung in Hessen echauffiert.

Wie nennt man dich noch? Welche Namen gibt es hier für Wilhelmine?

Sie lacht auf. Minnele, oder auch Miene. Und du? Wie hörst du deinen Namen lieber von mir? Georg oder George?

Muss ich mich entscheiden? Es scheint mir unmöglich, meine liebe Seele.

Seele? Oh, George? Wo haben wir unsere Seelen gelassen? Ich fürchte, meine ist weit zu dir gegangen.

Sie blickt sich um.

Keine Angst, keiner kann uns sehen.

Und wenn jemand kommt?

Keiner kann kommen, ohne dass wir das eiserne Türchen hören.

Und wenn trotzdem jemand kommt? Was tut der Herr Studiosus hier im Garten?

Sich die Füße vertreten. Nach den Tauben Ausschau halten. Die Rückseite der Kirche betrachten.

Sie lachen.

Wie nennt man dich zu Hause, George?

Das Hessische ist meinem Namen gegenüber ungnädig. Aus dem Georg wird allzu schnell ein Schorsch.

Sie lacht wieder, wiederholt: Schorsch! Mein Schorsch!

Seine Hand findet hier die Gelegenheit, leicht ihre Lippen zu berühren. Pst. Bleibe lieber bei George.

Minna und George. Zwei Namen. Ein Atemzug. Minna und George und kein Rückzug mehr.

In der Küche drinnen dann wieder die Länge des Tisches zwischen ihnen, die Bewegungen der anderen. Man unterhält sich.

Ist Vater wirklich so beschäftigt, dass er nichts sieht? Oder bin ich eine gute Schauspielerin? Wieder das Wort Spiel. Es ist gleichgesetzt mit Kinderei, Laune. Bin ich doch weder verspielt, noch bin ich launenhaft. War doch immer ernst und standhaft. Da kommt er! Mit seinen Sprüchen, seinen verrückten Sätzen. Und er sagt, ich mache ihn lebensfroh, er brauche meine Gegenwart. Georg! Oder George! Student Büchner, mein Vater würde dich in einem anderen Haus einquartieren, wenn er es sehen oder hören würde zwischen uns. Ein Gefühl, ein Hirngespinst. Aber ich habe dich doch umarmt, ich habe dich geküsst! Dies hätte man sehen können. Gott bewahre! – Dabei fängt es doch meist so an. Immer gleich. Sind wir uns alle so elend ähnlich?

So fängt es an. Heimliche Blicke, Augen niederschlagen, Erröten. Daran dachte auch er, in seiner Kammer über die Bücher gebeugt. Die Banalität eines Balzspieles, wenn man's böse sagen wollte.

Mehrmals musste er sich die Haare mit der Hand zurückstreifen. Sie waren lang geworden in den letzten Wochen hier in Straßburg. Lang und widerspenstig. Die Locken standen in alle Richtungen vom Kopf ab. Wie die Gedanken darunter, so stachelte er sich selbst zu einem Lacher auf. Wieder ein Zurückstreichen.

Minna amüsierte sich darüber. Abends oben in der großen Stube beim Gespräch mit Louis oder Vater Jaeglé, Minna mit der Handarbeit dabei. Die Blicke ein ständiges voneinander Losreißen.

Die Münder sagten etwas anderes, als sie wollten. Minna mochte ihm die Locken aus der Stirn streichen, ihm zur Nacht einen Kuss geben, anstatt eines faden Grußes. Es gab Versprechungen, und das vorsichtig ausgesprochene Wort Liebe sollte der Siegellack darüber sein.

Sie beugten sich der Verschwiegenheit, in der sie sich unversehens fanden. Wann hatte es begonnen? Als er krank war. Vielleicht schon davor.

Davor, das waren die Tage gewesen, an denen die Flugschriften mit der Rede Blanquis im »Procès des Quinze« verbreitet wurden. Georg schien sie wochenlang zu studieren und sich wieder und wieder darüber in Rage zu reden. Diese Rede waren brennende Sätze, ein Fegefeuer der Anklage gegen die ökonomischen Zustände in Frankreich. Das Flugblatt trug er buchstäblich ständig bei sich.

Oh, er ist ein glänzender Redner. Der Gerichtssaal muss starr vor Staunen gewesen sein!

Viele mochten die Rede gelesen haben, viele mochten sie schnell wieder vergessen. – Hört es denn nie auf! Wann bekommen wir eine anständige Regierung? – Wird sich alles von selbst regeln? – Regiert uns wirklich eine Schicht von Geldadel? – Man las, wie er die sozialen Verhältnisse im Land schilderte: als ein »mit bewunderungswürdiger Kunst kombiniertes Räderwerk« zur Ausbeutung der arbeitenden Armen durch die müßiggängerischen Reichen. Dies war seine Anklage, und ihn klage man an, »vor dreißig Millionen Franzosen gesagt zu haben, sie hätten das Recht zu leben«.

Aber ja, Minna! Ich sage, diese Rede hat eine große Wirkung auf die Gemüter und eventuell auch auf die Regierung.

Minna war, als stünde ihm selbst das Feuer dieser Verteidigungsrede ins Gesicht geschrieben, als müsste er vor Gericht stehen. Dabei stand er nur in der Tür zu seiner Kammer, hielt die Hände vor sich zusammen, als hätte man ihm Fesseln angelegt. Eine seltsame Geste, bemerkte Minna für sich und mochte wieder einmal durch seine Augen in sein Gehirn schauen.

Jetzt ist Blanqui fürs Erste im Gefängnis, und ich fürchte, für lange, George. Meinen Sie nicht?

Das fürchten viele, und er erzählte vom Onkel der Brüder Stoeber, vom Notar Christian Stoeber. Der war in Straßburg Sekretär der »Amis du peuple« und ebenfalls dieser Meinung.

Sie treffen sich oft mit Leuten aus diesem Zirkel?

Oft? Ich weiß nicht. Nicht zu oft, aber gerne.

Sie wandte sich zum Gehen, sagte noch: Und Sie passen auf sich auf?

Wurde er verlegen, da er zur Seite sah?

Aber ja, Minna, so gut es geht.

Minna war unzufrieden mit dieser Antwort.

Dann kam das Fieber, irgendwann Ende Februar oder im März. Am 21. Februar war er noch bei der »Eugenia«-Sitzung gewesen. Langsam hatte es sich eingeschlichen, man hätte es beiläufig für einen Ausdruck seines hitzigen Gemütes sehen können. Die Hitze, in die er sich geredet hatte, wieder einmal wegen Blanqui oder Louis-Philippe oder du Thil in Darmstadt.

Mein Gott, die jungen Leute, sagte der alte Jaeglé. Ich verstehe Sie ja, lieber Büchner, aber übertreiben Sie es nicht. Denken Sie an Ihr Studium, wenn mir diese väterliche Phrase erlaubt ist.

Darauf tat Georg munter. Keine Angst, Monsieur Jaeglé! Wenn Herz und Geist die richtigen Reize bekommen, macht das Studieren auch Laune. Mir bekommt die französische Gewitterluft sehr gut. Wenn nur die Aufständischen und ihre Fürsprecher nicht die Kandare der Regierung zu fühlen bekämen. Es ist ein Jammer.

Seine Lippen zogen sich bei diesem Satz zusammen, ließen Kinn und Gesicht schmal werden.

Jaeglé legte ihm die Hand auf die Schulter. Denken Sie nicht zu viel darüber nach. Schluss jetzt.

Georg hielt eine Hand an die Stirn. Ich fürchte, heute kann ich nicht mehr außer Haus gehen.

Darauf ging er in seine Kammer und verließ das Haus zwei Wochen lang nicht.

Der Vater bat Minna, sich um ihn zu kümmern. Er wolle seiner Cousine in Darmstadt nicht zu Ohren kommen lassen, man habe ihren Ältesten hier in seinem Haus vernachlässigt.

Er wird nicht vernachlässigt, ganz gewiss nicht, so lautete Minnas Antwort.

In seiner Kammer fand sie einen fiebernden jungen Mann und dann die Unvernunft.

Ich war im Fieber, wird er später erklären und fragen: Was habe ich geredet?

Viel tolles Zeug und viele liebe Sachen, George!

Das Fieber hat mir Mut gemacht, hat mir den Mund geöffnet. Entschuldigt mich das Fieber?

Nein, nein, du hast das Fieber gebraucht, es ließ dich Dinge sagen, die der gesunde, vernünftige George – selbst der, der tolles Zeug daherredet – sich nicht zu sagen getraut hätte, nur unter dem Mantel der Ironie, des Vergleichs, einer närrischen These. Und: Ich, mein Liebster, entschuldige dich nicht! Und du darfst mich auch nicht entschuldigen, dies würde heißen, wir hätten etwas Unrechtes getan, was der andere nicht wollte. Zuerst glaubte ich, es sei Unrecht, ich wäre ungehörig. War es nicht ungehörig, deine Sachen zu betrachten? Dabei kannte ich sie schon, aber ich habe sie genau betrachtet, habe alles auf deinem Schreibtisch zurechtgelegt, die Brille geputzt, die Stifte und Blätter gestreichelt, bin mit dem Finger deiner Schrift auf dem Papier gefolgt. Du fragtest mich nach den Büchern.

Minna, dieses dort, mit den … Ich muss dies nachlesen, wegen der vergangenen Vorlesung … Wann ist die nächste? Welcher Tag ist heute?

Im dicken Kissen lag sein Kopf in einer weichen Kuhle eingebettet, er erhob sich leicht, sackte zurück, reckte den Arm nach dem Schreibtisch.

Nein, George, Sie müssen keine Vorlesung besuchen. Sie können jetzt nicht lesen. Ohne Widerstand zu fühlen, lenkte sie seinen Arm zurück auf die Bettdecke.

Sie mochte nicht aus dem Zimmer gehen, sagte trotzdem: Sie sollten nun schlafen.

Energisch wiegte er den Kopf. Jetzt nicht. Er schaute zum Fenster. Wird es Frühling?

Bald. Noch weicht die kalte Luft nicht. Und erst wenn die Störche zurück sind, kommt der Frühling sicher. Das dauert aber noch.

Sein Blick zum Fenster war grübelnd. Öffnen Sie das Fenster, Minna, so kann ich die Störche hören, wenn sie kommen. Dann werde ich Sie rufen, Minna, und Bescheid sagen, jetzt sind die Störche da.

Unter einem kräftigen Ruck quietschte der Fensterrahmen. Nur kurz, sagt sie. Es ist zu frisch.

Immer wieder öffnete sie für eine Weile das Fenster, so wie es ihr der Arzt aufgetragen hatte. Georgs Fieber sei nicht hoch, aber er neige zu extremen Einbrüchen. Seine Verfassung sei nicht leicht einzuschätzen. Der Hals war es, die Brust tat auch weh, aber der Husten blieb leicht, fast zu oberflächlich. Er hustet nicht ab, sagte der Arzt.

Ich habe das jedes Jahr, im Herbst oder im Frühjahr, Minna, keine Sorge, bemühen Sie sich nicht so sehr, es ist doch nur eine Verkältung.

Nur eine Verkältung, gab sie ihm recht, um ihn zu beruhigen, erklärte aber, sie werde ihn nicht eher aus dem Bett entlassen, bis alles vorbei sei.

Dabei beugte sie sich über sein Gesicht, und er hielt sie leicht am Arm fest. Sie bleiben bei mir? Ich wünschte, jede Stunde. Mir ist elend ums Herz, wenn Sie nicht da sind, Minna.

Der fiebrige Blick bohrte sich in ihr Gesicht. Sie beruhigte ihn. Sooft es geht, bin ich hier. Mein Vater wünscht das auch. Sie lächelte.

Er, dankbar um jedes Lachen, sagte: Diese Glückseligkeit, die in Ihnen wohnt, die brauche ich um mich. Weiß das Ihr Vater? Weiß er schon, dass mein Herz pocht, wenn Sie das Zimmer betreten? Nein, gewiss nicht, er wäre ein umsichtigerer Vater. Wenn er es wüsste, hätte er seine Tochter nicht zu meiner Pflege abgestellt.

George, nicht so viel reden, das tut dem Hals nicht gut.

Sie setzte sich auf die Bettkante.

Wenn er es wüsste, Minna, wie sehr ich Sie um mich haben muss!

Das darf er nicht wissen, George, und ich denke, er weiß es noch nicht. Er weiß nicht, wie gerne ich hier bei Ihnen bin, George.

Minna, hier fühlen Sie! Er nahm ihre Hand und legte sie auf seine Brust. Zwischen ihrer Hand und seiner nackten Brust nur das Tuch des Nachthemdes. Weißes, leichtes Leinen. Seine Brust war warm.

Schlägt mein Herz nicht aufgeregt, ist es nicht vorbildlich bei Kräften?

Ein wunderbares Herz, ja, Sie haben ein ganz wunderbares Herz, und sie wollte nicht rot werden, fürchtete aber, sie war es bereits. Aber was machte das schon?

Dann und wann verfiel er in einen Dämmerzustand, den er später selbst erklärte: Fast eine Art Halbschlaf, aber doch dem Schlaf weiter entrückt. Das Fieber dämpft das Empfinden, das Gefühl fürs Leben, drückt es zurück in die Gehirnkammern, wo es festsitzt wie ein toter Stein. Aber nein, da sind gar keine Kammern. Das Gehirn ist eine weißgraue Masse.

Jetzt fiel ihm etwas ein. Minna, da liegt noch ein Buch auf dem Tisch, Sie sollten … nun, blättern Sie nicht darin. Es sind Abbildungen darin …

Sie sollten sich nicht echauffieren, bitte.

Geben Sie es mir. Ich meine das …

… das mit den Abbildungen.

Es muss in die Bibliothek zurück.

Nicht jetzt, nicht heute und nicht morgen.

Geben Sie es mir?

Da hatte sie es ihm bereits gereicht, und er schaute verdutzt darauf.

Es ist nicht aufgeschlagen? Ich wollte es zuklappen, damit …

George, ich habe es bereits vor drei Tagen zugeschlagen.

Sie haben darin geblättert?

Leise lachte sie auf, schenkte Tee in eine Tasse ein. Nur ein wenig geblättert. Sonst nichts.

Mit gespielter Strenge sagte er: So, so, nur ein wenig geblättert.

Die Heiterkeit des Augenblicks. Wenn sie nur bleibt, und wenn sie will, soll sie das ganze Buch durchblättern. Nur nicht in diese Tristesse der leeren Momente fallen. Zum ersten Mal lag er außerhalb seines Elternhauses krank zu Bett, keine vertrauten Geräusche und Schritte um ihn oder die Stimmen der Geschwister. Keine Mutter, die zu ihm kam. Hier gab es Minna. Minna als Ersatz für die Mutter? Aber nein, so kann er ihr das nicht sagen. Was soll sie denken? Um ihretwillen soll sie bei ihm sein.

Gerade jetzt war er müde, grenzenlos müde, und das Buch wurde schwer. Sie hielt es für ihn fest, nahm wieder diesen Platz auf seiner Bettkante ein, was ihn erschreckte und entzückte. Außer seiner Mutter hatte noch nie eine Frau auf seiner Bettkante gesessen. Er, ja er, hatte auf fremden Bettkanten gehockt, in den unbekannten Kissen gelegen, wollte, dass dies niemand erfährt, die Mutter nicht, und Minna nicht. Und war nicht auch dieses Bett hier fremd, nicht das eigene? Insgeheim war sein Zuhause, sein Zimmer noch das in Darmstadt, dieses und kein anderes, dort wo die Mutter über ihn wachte.

Ach, Minna.

Die Nächte waren ihm ein Graus. Jeden Abend bangte er um den beruhigenden Schlaf. Meistens ging es gut. Jeden Morgen erklärte er aber, er habe das Gefühl, er habe nicht wirklich geschlafen. Darauf gab sie ihm nachmittags Melissentee und abends Milch mit Lavendel.

Auf dem Gipfel der Krankheit fiel er tagsüber in traumartige Zustände, in Halbschlaf.

Es ist mir ohnehin der Zustand zwischen Schlaf und Wachen manchmal recht zuwider. Dann wird mir oft ein Riss zwischen mir und der Welt bewusst.

Minna hört zu, weiß, es ist besser, nichts zu sagen, nicht dagegen zu reden.

Ich fühle mich wehrlos, alles ist so traumartig, kalt. Können Sie das verstehen, Minna? Traum und Kälte, eine seltsame Verbindung, nicht wahr?

Sie nickt, sie will ihn verstehen. Man gibt sich manchmal nicht gerne dem Schlaf hin. Mir geht es auch so. Die Unruhe.

Ja, die Unruhe, eine schreckliche Leere und eine folternde Unruhe, sie auszufüllen. Wenn man doch einen fixen Gedanken hätte, auf dem man herumreiten könnte. Und wenn diese fixe Idee da ist, dann möchte man sie loswerden. Die Denksucht drückt dann wieder das

Empfinden nieder. Aber das ist ein anderer Zustand. Mich an einen Gedanken halten zu können, auch wenn er noch so verrückt ist, tut mir wohler.

Er schwitzt und nimmt ihre Hand, hält sie sich an die Stirn. Seine blonden Locken kleben am Kopf.

Bald wird es besser, sagt sie, streichelt dann mit beiden Händen sein Gesicht. Er will ihre Hände nicht hergeben, will sie halten, fühlen. Die Angst vor dem Abend. Wie spät ist es? Muss die Unruhe schon kommen? Nein, Minna ist noch hier. Ihre Hände duften warm nach Wolle und Heu. Sie schmecken gut. Seine Lippen nehmen diesen Geruch in Besitz. Sie beugt sich nahe zu ihm, die Schweißperlen fühlt sie zuerst, dann seine Stirn, seine Augen, die Wangen, alles fühlen ihre Lippen, das Fieber, die pochende Hitze, seinen Mund, hektischen Atem an ihrem Hals.

Er soll nicht mehr krank sein, und doch soll er noch lange so für sie da sein, hier in der Kammer, Minna und Georg und die Unvernunft.

George, ich muss gehen. – Nein. – Die Nacht kommt. – Schick sie zum Teufel! – Wenn ich es könnte!

Dabei sollte die Nacht doch die Freundin der Liebenden sein. Es ist dunkel, die Welt ist ruhig, die Heimlichkeit hat einen Platz. Und wenn dann das Fieber vergeht, wird er alles vergessen haben? Kommt er zu sich und schaut mich an, erkennt mich nicht wieder?

George? Du sollst nun schlafen.

Ich kann nicht.

Ich bin da, und es ist keine Leere mehr hier.

Ja, und ich habe einen Gedanken, der nun meinen Kopf besetzt. Minna! Minna! Minna!

Es ist gut, George. Mein George.

Hörst du es?

Was?

Die Stimme, die um den ganzen Horizont schreit und die man gewöhnlich die Stille heißt. Diese Stimme war mir oft entsetzlich, aber jetzt ruft sie leicht und erregt. Und wenn du es in der Nacht rufen hörst, so bin ich es. Ich rufe dich.

Sei ganz ruhig, ich bin da. Ihre Stimme senkt sich, er kann einschlafen, und mit einem Gedanken geht sie hinaus: Wenn das Fieber vergeht, wird er mich dann noch rufen?

Am Ende dieser zwei Wochen war das Versprechen gegeben, irgendwann in den letzten Tagen hatten sie sich verlobt.

Ich will dir gehören. – Ein solcher oder ein ähnlicher Satz. Ein Eheversprechen. Nur wenige einzelne Stunden in seiner oder ihrer Kammer, verborgene, verstohlene Hingabe. Hatte Georg den Weg gewagt, hinauf in ihre Kammer, bedroht von dem Spürsinn eines Hausmädchens, den erkennenden Blicken eines Bruders? Es ist ein tollkühnes Spiel, wenn Unvernunft und Leidenschaft aufeinandertreffen.

***

Du hattest lange gezögert, bis du bereit warst, mir das Buch zu zeigen, George.

Du warst ein neugieriges, ungezogenes Mädchen, nicht wahr?

Neugierig, ja. Ist das so schändlich? Wir Mädchen wissen so wenig. Ein Buch mit anatomischen Zeichnungen! Na und? Ich wollte doch nur wissen.

Dies sind keine Dinge für Frauenzimmeraugen.

Und du hast es mir doch gezeigt. Du bist mein Vertrauter.

Vom Herzen wollte sie eine Zeichnung sehen. Er hatte nachgegeben. Alles schon im Heimlichen, im Rausch. Warum nicht auch dies.

Minna im Hemd neben ihm, im Unterrock, darunter nackte Füße. Zusammen sitzen sie auf der Bettkante, auch er nur im langen weißen Hemd, auf den Knien das Buch.

Hier die Zeichnung. Das Herz, ein faustförmiges Gebilde, daran der Arm aus Aorta und Hohlvene.

Siehst du die Kammern, dort die Vorhöfe. Ein gleichmäßiges Zirkulieren hält uns am Leben. Sonst nichts. So, hier strömt das Blut ein, die Muskeln ziehen sich zusammen, und da verlässt das Blut wieder diese Kammer zur Lunge hin, strömt dort hinaus. Von der Lunge zurück in die linke Kammer. Und dort rechts kommt schon das nächste Blut.

Seine Hand formt das Zusammenziehen und Lösen des Herzmuskels nach.

So einfach ist das, George. Wo liegt das Herz? Zeige es mir genau.

Er streift ihr offenes Hemd beiseite.

Hier. Seine Hand legt sich auf die Mitte ihrer Brust, leicht zur linken Seite. Und hier liegt die Aorta, und hier strömt das Blut ins Herz.

Seine Finger kitzeln, und sie bekommt eine Gänsehaut. Sie ängstigt sich. Wenn jemand etwas entdeckt! Dies hier!

Und er schickt große graublaue Blicke in das Bündel

von Sonnenstrahlen, das über die Bettdecke hinweg schräg auf den Boden fällt.

Lieb Kind, du kannst ganz ruhig sein, sagt er.

Und dass er schreiben möchte, sagt er ihr noch. Mag sein, man kann die Welt mit Schreiben besser machen. Dies hatte ihr Vater auch immer geglaubt.

1844

Es läutete. Warum läutete es immer anders, wenn sie alleine im Haus war? Viel aufdringlicher kam ihr die Schelle vor. Sie ging so schnell sie konnte die Wendeltreppe hinab. Noch hatte sie sich nicht recht an diese Treppe gewöhnt. Es läutete wieder. Das Dienstmädchen war heute aus. Jetzt war sie im Parterre angekommen, auf den grau-schwarz gesprenkelten Steinfliesen, und sie öffnete entgegen ihrer vorsichtigen Art die Tür sofort weit und mit Schwung. Da stand ein Mann, sie sah ihn von der Seite, er blickte um sich, den Zylinder in der Hand. Groß war er, hatte eine Pelerine mit Pelzkragen umgelegt. Hinter ihm die Häuser und Bäume im vorwinterlichen Tristesse-Kleid. Braun, grau und still. Doch, ein wenig war die Sonne da gewesen, mittags, vorhin. Aber nicht jetzt. Der Mann wandte sich ihr zu, die hohe Stirn, die blonden, gewellten Haare, blasses Augenblau im stechenden Jungmännerblick. Ihre Stimme suchte den richtigen Namen.

Nein, nicht George durfte sie sagen.

Louis! Oh, Ludwig, wie schön!

Trocken war ihr Mund, der Ton belegt, überrascht. Aber sie lachte nun. Es war wie vor Jahren. Die Ähnlichkeit Ludwigs mit seinem Bruder war groß, war noch größer geworden! Er war nicht mehr der sechzehnjährige Junge aus Darmstadt, der nicht wusste, wohin mit seinem blitzenden Geist und dem heißen Übermut. Er hatte sich jetzt im Griff, grüßte zuvorkommend.

Mademoiselle Jaeglé, bonjour! Minna, Sie erlaubten mir den Besuch.

Er verneigte sich leicht und gewandt. Er würde für ein Jahr in Straßburg studieren.

Auf den Wunsch des Vaters hin, Sie wissen. Medizin.

Minna wusste. Es war wie bei Georg.

Minna lebte erst seit ein paar Wochen bei den Schmidts. Sie bemerkte es selbst, wie unsicher sie Ludwig durch das Haus führte, bis nach oben. Da sonst keiner zu Hause war, gab es keine Vorstellungen.

Schade, Ludwig, Sie werden mit mir vorliebnehmen müssen.

Ludwig warf erstaunte Blicke auf Minnas Bücherregal im Präsentierzimmer. Gerade war es eingeräumt.

Einiges aus dem Restbestand der Bibliothek meines Vaters, erklärte sie. Mein Bruder und ich, wir mussten das meiste veräußern, damals.

Ach so. Ja, Ihr Bruder. Wie geht es ihm?

Er ging nach England, beruflich. Er leitet eine Chemiefabrik in London. Und da ich jetzt allein bin ... Nun, ich weiß nicht, ob ich nochmals eine Gouvernantenstelle annehme. Womöglich.

Dies war ein schlechtes Gesprächsthema für Ludwig. Wie könnte er ihr Rat geben, wie ihr Leben weitergehen sollte? Es wäre doch sicher ein guter Verdienst, meinte er, als sie Teegebäck auf den Tisch stellte. Alleinstehende Frauen sind als Gouvernante gut aufgehoben. Minna kannte dies. Was sollte er schon sagen.

Man stellt sich so vieles vor. Man möchte so vieles tun, nicht wahr, Ludwig?

Ludwig wusste nicht, was sie eigentlich damit meinte. Sie war so zurückhaltend zu ihm. Das Gespräch wurde gefährlich hölzern. Dabei hätte sie doch einmal seine Schwägerin werden sollen. Er verstand es nicht.

Minna hätte nun gerade ein Lied summen mögen. Mädel, was fangst jetzt an? …

So wie sie oft in Georgs Anwesenheit ein Lied summte, bis er sie bat, lauter zu singen.

… Hast ein klein Kind und kein' Mann!

Ei was frag ich darnach,

Sing ich die ganze Nacht …

Ein eigentümlich mädchenhaftes Gesicht hatte Minna jetzt. So jung und verloren, dachte Ludwig, so jung wie im September 34, bei ihrem Vorstellungsbesuch zu Hause in Darmstadt. Aber das ist zehn Jahre her.

Minna blieb ernst und still. Dieser Funken innere Heiterkeit. Was denkt sie? Trauert sie nun, oder hat sie den Bruder schon vergessen?

Sie werden in den Ferien sicher auch nach Darmstadt gehen. Nehmen Sie für Mutter Büchner von mir einen guten Kräutertee mit. Der aus den Bergen, sie mochte ihn so.

Jetzt sprach wieder eine reife Dame.

Aber ja, Mademoiselle Minna.

Diese Ferienwochen! Ich zog Georges Ferientage von meinem Leben ab, wie den Schlaf von meinen gelebten Tagen.

Zwei Atemzüge lang musste Ludwig diesen Satz erst erfassen. Zu unerwartet wurde ihm dieses Zeugnis ihrer alten Liebe zugetragen.

Ist es noch schwer für Sie, Minna?

Es war schwer und es ist schwer, alleine zu sein.

An diese Frau hatte sein Bruder Liebesbriefe geschrieben. Er selbst, der kleine Bruder, hatte auch Briefe von Georg aus Straßburg erhalten. Einmal zu Silvester schrieb er:

»Prost Neujahr Hammelmaus! Ich höre, dass Du ein braver Junge bist, die Eltern haben ihre Freude an Dir. Mache, dass es immer so sei.« Versprochen hatte ihm der große Bruder in diesem Brief, dass er mit ihm aufs Straßburger Münster ginge, an den Rheinfall nach Schaffhausen und an den Vierwaldstättersee. Nichts davon wurde wahr. Er war die Hammelmaus und die Frau dort drüben die Braut. Nur Georgs Braut. Nichts wurde wahr.

***

Ludwig wird später behaupten, sein Bruder Georg sei doch eher Sozialist als Republikaner gewesen. Zu diesem Urteil fand er durch Georgs Freunde und durch das, was Minna ihm erzählte.

Während seiner Zeit in Straßburg besuchte Ludwig Minna öfter. Sie holte Schriftstücke aus ihrem Sekretär hervor, das »Danton«-Exemplar, »Leonce und Lena« und auch die Arbeit über Spinoza. Sie setzten sich an den Tisch und lasen in Georgs Manuskripten. Minna und Ludwig.

Seine Handschrift, sinnierte Ludwig, über die Papierbögen gebeugt.

Ja, so gar nicht für den Leser bestimmt, sagte Minna. Sie lachte. Ich meine, er schrieb und dachte dabei sicher nicht an den Lesenden.

Ludwig lächelte auch.

So könnte man es höflich sagen. Ich erinnere mich,

dass seine Briefe oft anders geschrieben waren. Sicher aus Höflichkeit den Eltern gegenüber. Und damit wir Geschwister sie lesen konnten. Aber dies hier schien er alles in Eile, im Tempo der Gedanken aufs Papier gebracht zu haben. Wie ein Gehetzter.

O ja. Minna legte einige Blätter wieder zusammen. Ja, er lebte in Eile und in tausend Gedanken. Er war oft hundert Jahre weg. In Zeiten war er entfernt, nicht in Metern und Meilen. Im Kopf entfernt sein – da ist ein Zeitmaß die Einheit, daher sage ich hundert Jahre entfernt, sich selbst buchstäblich voraus.

Jetzt lehnte sich Ludwig zurück.

In Eile. Gewiss! Er war so schnell fort gewesen, damals.

Die Uhr tickte an der Wand, und Minna raschelte mit den Papieren.

Ich war erst zehn Jahre alt und hatte noch keinen Begriff von all dem, dem Politischen, meine ich. Die Eltern sprachen davon, die Mutter weinte, der Vater zürnte. Es war ein Sumpf von Worten und Unwissenheit. Dabei wollte ich mit ihm aufs Münster gehen.

Ludwig dachte zurück, jetzt zuckte das Erinnern: Ja, er war eifersüchtig gewesen. In seiner ganzen zehnjährigen Welt hatte er den Bruder zu ihr flüchten gesehen, zu Minna. Mit langen Schritten hatte er ihn laufen gesehen, auf dieser Flucht, wie die Eltern sagten, zu ihr, dieser Frau, und Georg hatte sie umarmt und geküsst. Davon hatte er schon gehört. Die Liebenden küssen sich wohl. Und liebte der Bruder nun nicht mehr die Mutter, die Geschwister und den Vater? Nach Straßburg war er geflüchtet, und Ludwig hatte ihn nie, nie mehr gesehen.

Georg war ja dann bei Ihnen, Minna. Beim Fräulein Jäckele, hatte die Mutter gesagt, ist er gut aufgehoben.

Dies hatte ihn damals schon nicht getröstet, und jetzt sagte er es Minna, damit sie sich freuen konnte. Aber sie freute sich nicht. Wie kann sie sich nicht an dem Zutrauen seiner Mutter freuen?

Minna wurde ernst.

Nun, ganz so war es ja nicht. Er lebte nicht weiterhin bei uns im Haus, so wie zuvor im Studium. Er war von da an Flüchtling. Und wir waren ja bereits offiziell verlobt. Sie wissen, wie das ist.

Ja, ja, die Anstandsregeln, sagte Ludwig, obwohl er es nicht allzu genau wusste. Er sah immer nur Georg, wie er Minna umarmte, und dann schrieb er wieder und arbeitete, sezierte die Fischköpfe und küsste Minna.

Im Grunde hatten wir nie eine unbeschwerte Zeit miteinander, sagte Minna. Sie trug heute ein helleres Kleid als sonst, was Ludwig irritierte. Sie sah jünger aus. Ihr Haar war dunkel wie je, und nur einzelne Silberfäden zogen sich durch die Frisur.

Er war hier, bei Ihnen, Minna.

Wir hatten Sorgen. Und ich hatte wenig Zeit, ich … ich wollte seine Frau werden.

Ludwig räusperte sich, und Minna dachte, dass er die Gewandtheit seines Bruders im Gespräch noch nicht erreicht habe. Dafür wirkte er ruhiger. Kein Zucken um die Lider, kein stilles Gespräch auf den bewegten Lippen wie bei Georg.

Georg hatte Ideale, ein großes Bild von Gerechtigkeit. Unsere Eltern mochten das alles nicht so verstehen wie er.

Die Vorstellung, wie Monarchien in Republiken gewandelt werden sollten, machte ihnen Angst. Das Wort Revolution allein! Die Ideale, denke ich, nicht. Doch da waren die Häftlinge in Friedberg. Georgs Freunde.

Aber Sie, Minna, Sie hatten ihn doch verstanden? Was machen da die Sorgen aus?

Ja, Louis, ich habe ihn verstanden und seine Ideale – oder die der Sociétés. Aber ich brauchte lange, zu verstehen, warum man seine eigene Freiheit gefährden muss, um gegen die Unterdrückung anderer zu kämpfen. Ich denke, dieser Gedanke war mir gräulich. Meinen Mann wollte ich nicht gefährdet sehen, genauso wie die Eltern nicht ihren Sohn.

Nun ja, so ist es wohl. Aber man muss die Dinge in die Tat umsetzen. Jemand muss es tun.

Mein Gott, Louis! Sagen Sie das nicht Ihrem Vater. Tun Sie das nicht noch einmal Ihren Eltern an. Und George sagte so oft, es sei Utopie. Es gebe noch lange keine Republik, zumindest nicht in Hessen oder sonst wo in Deutschland.

Ja, es war utopisch. Aber davon lebt der Geist, der uns weiterbringt. Wir leben in die Utopie hinein.

Seine Augen flackerten. Er ist jung, dachte Minna, und seine Begeisterung so tief wie die Georgs. An guten Tagen war das innere Leuchten groß gewesen. Wenn er an seine Freunde in den Friedberger und Darmstädter Gefängnissen dachte, war er zerrüttet.

Sie glauben doch an Gott, Minna, nicht wahr?

Aber ja.

Haben Sie mit Georg über Gott gesprochen?

Nun ja, sicher.

Was sagte er? Glaubte er – oder wollte er glauben? Erklärte er, warum er nicht glaubte?

Minna sah Ludwig an, erst überrascht, dann belustigt, fast mitleidig lächelnd.

Aber Ludwig. Nun, ich erinnere mich nicht genau,

und das, was ich weiß, ist meine Erinnerung. Aber sagen wir … er war dankbar, wenn ich ihm sagte, ich habe für ihn gebetet.

Ludwig öffnete den Mund, brachte aber nichts hervor. Er glaubte, mit ihr reden zu können wie mit einem Kommilitonen. Über Gott und die Welt, wie man sagte. Nein, er wollte von ihr hören, wie Georg dachte, was er dem Glauben noch hätte abgewinnen können.

Aber in dieser Weise konnte sie nicht mit ihm sprechen. Stattdessen stand sie auf, ging zum Sekretär und öffnete die Türchen, die Fächer.

Es war nicht das erste Mal, und Ludwig beobachtete sie dabei fast schüchtern, ihre kleinen, etwas rundlichen Finger streiften kundig und routiniert durch die Papiere, ihr Rücken leicht gebeugt, weich, der Scheitel bis in den Nacken sorgfältig gerade gezogen, zwei lockere Haarschnecken von unsichtbaren Kämmchen über den Ohren gehalten.

In den Fächern lagen die Schriftstücke. Ludwig hatte nun das meiste gesehen. Die kleinen Briefbündel, mit verschiedenfarbigen Bändern zusammengehalten, kannte er nicht. Briefe von Georg. Sicher. Die mit dem roten Band? Was gab es noch zu sehen, was er nicht kannte? Wie viel verbarg sie?

Ludwig sah zur Seite in ihre »behägliche Wohnung«, wie er später schreiben wird, die kleinen Stühlchen für die Kinder, darauf lagen die Rechenmaschinen. Im Regal daneben ein Kistchen mit Pinsel und Schreibstiften, dann ein winziges Modell eines Webstuhls.

Minna wandte sich wieder Ludwig zu, blieb vor ihm stehen und sah auf die Papierbögen in ihrer Hand.

Es war kein Zögern, eher feierliche Besinnung.

Dies hier, Louis, kann Ihnen sicher nützlicher sein als mir. Die Arbeit über Spinoza. Was soll dies bei mir? Es will doch noch verwendet werden. Ja, nun hier – nehmen Sie.

Er streckte die Hand aus, nahm es an.

Danke. Danke, Minna. Er lachte glücklich.

Ja, er ist zufrieden, dachte Minna, sagte: Georg wäre es sicher lieb so gewesen.

Dies sind keine Ausarbeitungen. Nur Übersetzungen und Exzerpte aus anderen Werken. Sie haben ja schon darin gelesen und wissen, er wollte Vorlesungen darüber halten.

Ja, ja.

Und die Sprache der Philosophen! Habe ich es erzählt: George schimpfte so über diese künstliche, unmenschliche Sprache und meinte, für menschliche Dinge sollte man auch eine menschliche Sprache finden.

Das sagte er? Ludwig strich über die Seiten.

Ja, das sagte er. Ich weiß nicht, wie weit er hierfür einen Weg gefunden hätte.

Wir wissen nicht, welche Wege er gefunden hätte.

Am 4. Dezember 1844 hatte Minna Ludwig Büchner das Spinoza-Manuskript übergeben. Vielleicht gab sie es ihm, weil es sie am wenigsten interessierte.

Einige Jahre danach wird Ludwig sie um Georgs Briefe bitten. Sie gab ihm Abschriften. Auch von »Leonce und Lena« und vom »Lenz« gab sie nur von ihr gefertigte Abschriften weiter. Die Originale behielt sie.

Ludwig war ein liebender und bewundernder kleiner Bruder. Er suchte das kurze Lebensbild seines Bruders. Dazu brauchte er Minna. Sie war nicht seine Schwägerin, aber sie war eine Komparsin seiner Familie, die Dinge aus Georgs Hand verwaltete. Wie viel davon hatte sie ihm vorenthalten? Er wusste es bis zu seinem Lebensende nicht wirklich.

Es wird zum Streit kommen, zum Bruch. Diese unglückselige Geschichte, später, als Ludwig Georgs Briefe an Minna veröffentlichte. Später! Es wird noch viele »Später« in Minnas Leben geben. Sie lebte noch so lange.

Mit dem Spinoza-Manuskript unter der Pelerine ging Ludwig auf die Rue des Cordonniers hinaus. Er wird über seinen Bruder schreiben. Sechs Jahre später gab er die »Nachgelassenen Schriften« heraus. Er wollte der Welt seinen Bruder erhalten. Die wollte aber die nächsten fünfzig Jahre wenig von ihm wissen. Wenn der Name Büchner fiel, dachte man an ihn, an Ludwig. Er erklärte der Welt die Untrennbarkeit und die Unsterblichkeit von Kraft und Stoff. Keine allein für sich bestehende Schöpferkraft kann Natur und Welt aus sich selbst oder aus dem Nichts hervorbringen. Es gibt keinen erschaffenden Gott, die moderne Wissenschaft liefert die Beweise. In dreizehn Sprachen wurden seine Texte unter die Menschen getragen, wieder und wieder wurde das Buch aufgelegt. Dies ist Ludwig Büchners »Später« – der Erfolg von »Kraft und Stoff«, Jahrzehnte, bevor man daran dachte, ein Stück von Georg auf die Bühne zu bringen.

Ludwig geht die Straße hinunter, sein Blick sucht durch die engen Gassen den Münsterturm. »Prosit Neujahr, Hammelmaus!«, ruft es ihm nach, aber er kennt die Stimme nicht. Er kann sich an die Stimme seines Bruders nicht erinnern. Wenn er sich erinnern will, am wenigsten.

***

Minna räumte die Briefe und Manuskripte wieder in den Sekretär. Hier das Bündel mit der roten Schleife. Schnell hinein damit.

Oh, George! Ich weiß nicht, was richtig ist. Und er ist doch dein Bruder. Darf ich da nicht …?

Sie schloss die Laden ab und klappte die Schreibplatte nach oben. Sollte sie zurückhaltender sein? Aber es ist ja für die Familie. – Ich bekomme ja doch keine Antwort von dir, George!

Vom Tisch räumte sie die Teetassen ab, auf der eisernen Platte des kleinen Kanonenofens stand noch der Kessel. Sie hielt die Hände gegen das warme Kaminrohr, rückte die Stühle zurecht, die Kissen, die Decken, stellte die Tassen und die Kanne aufs Tablett.

Bisher hatte sie keine Originale aus der Hand gegeben. Dieses jetzt. Nun gut, was soll ich mit diesem. Er ist doch dein Bruder.

Ein Blick hinaus. So früh dunkel! Sie sah kaum etwas, am ehesten noch ihr Spiegelbild in der Scheibe. Sie zog die Vorhänge zu.

Abschriften! Nur Abschriften habe ich gemacht. Damals deinem Freund Gutzkow. War er ein Freund? Er hatte dich nicht ein einziges Mal gesehen. Aber er schien mir ein Freund.

Da hatte sie ihm »Leonce und Lena« abgeschrieben. Sogar Auszüge aus den Briefen. – Nichts wirklich Persönliches, nein, nichts Intimes. Aber womöglich doch zu viel! Ich war so traurig und freute mich, dass sie deine

Schriften sehen wollten. Dann schrieb Gutzkow doch tatsächlich, er könne das Lustspiel nicht in Druck geben. Zu unfertig, zu schnell hingeschrieben. Mein Gott, ich kann das doch nicht beurteilen!

Du kannst es nicht?

Nein! Wie sollte es mir möglich sein, über deine Schriften nachzudenken?

Er war kein Freund, er war ein Herausgeber, ein Verleger.

Ja, ja, gut, ein Verleger.

Sie legte eine Hand auf den Bauch, die andere an die Wange. Sollte sie schon hinuntergehen? An diesem Tag der Woche badete sie. Das Küchenmädchen wusste Bescheid, würde noch vor dem Abendessen alles herrichten. Mit dem Tablett auf dem Arm ging sie die Wendeltreppe hinunter.

Pass auf, du böses Mädchen, du!

Lass mich!

Einen Lebenden kann man fortschicken, einen Toten nicht, wenn er sich erst einmal im Gehirn eingenistet hat, redet, fragt, behauptet. Er muss doch in den Briefen und Manuskripten verbannt bleiben. Aber er kann ihr überallhin folgen.

Vom ersten Stock hinunter ins Erdgeschoss, vorne rechts im Flur lag die Conciergewohnung. Jetzt nach hinten in Richtung Gartenausgang, nun noch ein paar Stufen rechts hinunter ins Tiefparterre zur Küche. Vor der Küche eine Bank an der Wand, darauf standen ein Holzkasten und ein Nudelbrett. In der Küche stellte sie das Tablett auf den Tisch, an dem das Küchenmädchen saß, die Kaffeemühle zwischen den Knien.

Mademoiselle Jaeglé, ich hab alles hergerichtet.

Danke, Adele.

Das Knirschen aus dem Mahlwerk war gleichmäßig und beruhigend. Links neben der Tür der Weißzeugschrank, daneben der Wäschekasten. Die Wachstuchtüren legten sich mit einem schabenden Geräusch zur Seite. Minna holte heraus, was sie an Tüchern brauchte, wobei sie mit dem Fuß an eine blecherne Kerichtschaufel auf dem Boden stieß. Ein entsetzliches Scheppern. Minna zuckte kurz. Das Mädchen schaute nicht einmal.

Auf dem breiten Herd standen noch ein Schmelzpfännchen und ein Suppenkumpf mit dem Rest der Matelotte vom Mittag. Ein riesiger Wasserkessel dampfte leise vor sich hin. Zwischen der Anrichte mit dem Geschirr und der Tür zum Kohlenkeller gegenüber war eine Leine gespannt. Darüber ein breites Betttuch gelegt, womit der hintere Teil der Küche abgeschirmt wurde. Dort stand der Badezuber, ein hölzerner noch, nicht ein moderner zinnerner, in dem das Wasser so schnell kalt wurde. Sie stützte sich mit beiden Händen auf den Rand und atmete tief ein. Ein weiterer Tag zu Ende. Ruhe. Selige Ruhe.

Ein Tuch legte sie auf einen Stuhl vor dem Ofen, damit es warm wurde, eines zum Zuber, dann zog sie sich aus.

Die Adele kam mit dem schweren, heißen Topf voll Wasser. Aufpassen, Mademoiselle!

Merci, merci! Minna stieg in den Zuber, der heiße Schwall des Wassers verteilte sich. Adeles Blicke lagen dabei stets so treu und selbstverständlich auf Minnas Haut. Zwei Frauen, ungefähr gleich alt und gleich groß, nicht mehr jung, aber eigentlich nicht das, was alt genannt wird. Adele trug die Bänder an ihrem Hemd offen, oder sie wollten bei der Arbeit nicht halten, und die Schweißtropfen perlten ihr über den Ausschnitt in die Mitte des Dekolletés.

Ist's recht, Mademoiselle Jaeglé?

Aber ja, Adele, wunderbar. Und Minna dachte, die Adele sei eine hübsche Frau.

Frau Wirtin hat auch eine Magd ... die sitzt im Garten und pflückt Salat ... Adele, wissen Sie, wie das Lied weitergeht?

Sie kann es kaum erwarten, kam die Antwort aus der Küche, wo Adele wieder den Kaffee mahlte.

Ah ja! – Minna summte wieder die Melodie.

... die sitzt im Garten und pflückt Salat,
sie kann es kaum erwarten,
bis dass das Glöcklein zwölfe schlagt,
und Adele sang mit:
da kommen die Soldaten.

Minna schaut über die leicht dampfende Wasserfläche. Die Knie schauen heraus. Das Wasser hebt leicht ihre Brüste an, streichelt, wärmt. Stolz und fest schwimmen sie, die dunklen Brustwarzen zeigen sich über dem Wasser. Sie streicht über ihre Schenkel. Wie vor zehn Jahren, denkt sie. Etwas üppiger, etwas runder, noch fest und glatt.

Dieses wöchentliche Begutachten ihres Körpers gehörte zum Bad. Wirkliche Veränderungen in den letzten Jahren konnte sie nicht feststellen. Aber was wusste sie schon, wie eine Frau alterte? Wie sahen all die Frauen aus, die verheiratet waren, Kinder geboren hatten?

Da sitzt man nun mit seinen vierunddreißig Jahren im Bade, freut sich, nackt zu sein, und die Ärzte predigen, eine Frau über dreißig sei zu alt, ihr erstes Kind zu bekommen. Gefährlich sei es, sagte ihr letzthin Boeckel. Er schwätzt ja gerne, aber er wird als Arzt wissen, was er sagt. Aber die, die geheiratet haben, bekommen dann bis weit über die vierzig noch Kinder! Wie soll sie das verstehen?

Jetzt lässt sie sich langsam mit dem Kopf unter Wasser sinken. Das zarte Kribbeln in den Haaren, wenn sich sacht das Wasser einsaugt. Eine Kinderei, eine Freude. Unter Wasser die Augen öffnen. Ein verschwommenes Bild von Knien vor dunklem Holz.

Sie tauchte auf. Drüben, hinter dem Bettlaken war die Tür zu hören, ein schwerer Schritt. Der Kutscher kam herein, grüßte Adele. Die schenkte ihm heißen Tee ein. Einen Moment lauschte Minna den kargen Worten. – Die Haare. Ich muss mir die Haare noch waschen. – Nie ließ sie sich stören beim Bad, wenn jemand in die Küche kam, und sie wollte Adele jetzt nicht bitten, ihr zu helfen.

Sie nahm die Schale mit dem Seifenpulver, vermischt mit Eigelb und Honig, verteilte es auf dem Kopf.

Du willst nicht aus dem Wasser, dich anziehen? – So könnte er fragen, George, mit seiner etwas spitzen Stimme, wenn er pikiert war.

Nein, ich möchte nicht. Warum bist du jetzt so nah? Als du lebtest, warst du oft neben mir und hundert Jahre weg!

Jetzt würde er sich auf den Schemel setzen, die Beine übereinanderschlagen, das Kinn aufgestützt. – So, Minna?

Ja, so! Aber du bist nicht hundert Jahre weg, nur tot, und steckst mir im Sinn. Weil Ludwig da war. Dein Bruder.

Jetzt verabschiedete sich der Kutscher von Adele, rief auch einen Gruß zu Minna hinter das Laken, und sie sagte:

Au revoir, Monsieur.

Wie viele Erlebnisse werden einem Mädchen, einer jungen Frau zugestanden, um sich als Frau in jeder Facette zu erleben?

Sie streicht den Schaum aus dem Haar, taucht noch einmal unter.

»Wie viele Weiber hat man nötig, um die Skala der Liebe auf und ab zu singen?«

Dieser Satz!, denkt sie. Warum hast du mir diesen Satz zugesteckt?

Wenige Sätze aus seinen Manuskripten waren ihr so haften geblieben. Eine hübsche Überlegung.

Das Wasser wird kühl. Sie muss das Bad beenden, drückt das Wasser aus den Haaren, fährt sich mit beiden Händen über das Gesicht. – Wie groß ist die Skala der Liebe? – Was weiß ich davon?

Kaum stand Minna im Zuber auf, war auch schon Adele neben ihr, hielt eines der gewärmten Handtücher ausgebreitet, bereit, Minna einzuwickeln. Wie hübsch sie dies tat, die Augen so brav ins Nichts und doch auf Minna gerichtet.

Jetzt zog Minna das Handtuch fester um sich, trocknete ihre Beine, Adele reichte ein Handtuch für die Haare, ihre Hände und Arme berührten sich, denn Adele breitete es bereits aus, als Minna danach griff, Adele wollte es ihr über den Kopf legen. Sie lachten.

Danke, Adele, danke. Wie gut so ein Bad tut.

Verlegen lächelte Adele.

Adele, wohin gehen Sie an Ihren freien Tagen? Sie sind doch noch zu jung, um brav bei Ihrer Mutter in der Küche zu sitzen.

Adele gluckste. Nein, bei meiner Mutter sitz i nit. Mit meiner Schweschter aber, mir gehe ab und zu naus in die Wanzenau.

Hübsch! Und die Burschen? Ich meine Männer. Burschen sind ja grünes Holz für Sie.

Vor Lachen zuckten Adeles Schultern. Für mi nimmer!

Und was ist mit dem Kutscher? Der sieht Sie doch gerne?

Na, der Kutscher, der hat ei Junge an der Angel!

Einen Moment blieb Minnas Blick zu ernst auf Adeles Gesicht geheftet. Der Kutscher hofierte hier Adele Tag für Tag, sie kicherte mit ihm vergnügt und wusste, dass er sich eine Junge ausgeguckt hat, die wohl die besseren Karten hatte.

So, eine Junge hat er?

Adele schaute verdutzt. Nu, so isch es halt. Bei uns … i mein', bei die älteren Mädle weiß mer halt net, wie es noch isch, mit dem Kinderkriegen.

Minna wandte sich um, sagte: Ja, ja, so wird es wohl sein, klang dabei unwirsch, warf das Handtuch über einen Stuhl und zog sich an. Ihre nassen Haare hingen in langen, dichten Strähnen über ihren nackten Schultern.

Wollte sie Adele nicht fragen, ob sie es nicht auch schon gewagt hatte, darauf gepfiffen hatte, was die Leute sagten, sondern sich hingegeben, die Liebe genossen hatte? Sie durfte nicht fragen, und Adele durfte nicht antworten.

Aber wie groß ist die Skala der Liebe, und wie viel

davon kannte sie schon? Am Ende kannte Adele einen größeren Teil, und sie, Minna, hatte zu wenig gewagt. So wenig von alldem!

Adele begann aufzuräumen, raffte das gespannte Laken zusammen und fragte: Kennen Sie au desch Lied:

Rosmarin und Thymian
Wachst in unsrem Garte.
Liewer Vater, kauf m'r e Mann,
Ich ka nim länger warten.
Roter Win, Zucker drin,
Liewer Hansel, du bisch min!

Kurz konnte Minna lachen, gezwungen und sicher nicht herzlich.

Ja, ich kenne es.

Des könne Sie Ihre kleine Mädle beibringe. Ich hab's sehr gern g'sunge als Kind.

Minna dachte kurz nach.

Meine Mutter hatte es mir so beigebracht, wie sie es aus dem Breisgau kannte:

Petersilien Suppenkraut
Wächst in unsrem Garten
Unser Ännchen ist die Braut
Kann nicht länger warten
Roter Wein, weißer Wein
Morgen soll die Hochzeit sein.

Ein hübsches Lied, ja, aber sie wollte es ihren kleinen Mädchen im Unterricht nicht beibringen. Dabei gefiel ihr das Unverblümte in der elsässischen Version:

Liewer Vater, kauf m'r e Mann,
Ich ka nim länger warten!

Minna nahm das Handtuch unter den Arm, grüßte Adele im Gehen und lächelte ihr noch einmal zu. Wie sollte Adele ihre Gedanken verstehen! Sie lächelte, um sich zu entschuldigen, um zu sagen, denke nicht weiter darüber nach, du liebe, gute Seele, was ich fragte, du bist nicht so dumm wie ich, so dumm, die Jahre über in Gedanken an einer Liebe zu hängen und dann alt zu werden. Und dann bist du alt – alt – alt!

Ihre Schritte hallen im Takt der Worte über die Steinfliesen im Flur, die Treppen hinauf, dann zuletzt die Wendeltreppe zur ihrer Wohnung, im dusteren Winkel zum Dach hinauf und hinter ihr keine Schritte, nur der gedachte Verfolger, und Georg fragt:

Was denkst du ans Altwerden, Minna? Was redest du mit der Adele über solche Sachen?

Ja, du, du bist wieder da! Ich muss mit jemandem reden, auch über solche Sachen, auch mit anderen Menschen möchte ich reden!

Nicht wieder wollte sie ihn Tag und Nacht bei sich spüren, mit ihm reden müssen, nicht wieder so wie damals, nach seinem Tod. Weg, weg mit diesen Gedanken! Er war doch schon so weit entfernt gewesen. Sie hatte gedacht, in Mainz hätte sie endlich alles abgelegt, die inneren Gespräche mit ihm wären versiegt. Aber der Ludwig war da und mit ihm so viel Vergessenes. Nichts bleibt ewig vergessen! Ihr Schritt wird schneller, die Haare tropfen noch leicht. Sie stolpert, bleibt stehen und dreht sich um.

Ich bin doch bei Sinnen und weiß, er ist tot!

Im Halbdunkel der Treppe schaut Georg zu ihr hoch, den Zylinder in den Nacken geschoben, die hohe Stirn ihr entgegengestreckt, eine leichte Empörung im Blick.

Die Frage, Minna, wie viele Weiber man nötig habe, um die Skala der Liebe auf und ab singen zu können, sagt ja, dass auch dieser Mann, Leonce, oder ich oder wer auch immer, wohl kaum jemals diese ganze Skala wird kennenlernen. Und wie sollte ich sie kennen, ich war jung, ich bin jung gestorben.

Minna zieht die Stirn in Falten, dreht sich um und geht langsam weiter.

Bleib stehen, Minna!

Nein!

Und dasselbe gilt wohl für die Frauen! Wie viele Geliebte sollte sie sich zulegen, um wirklich sagen zu können, sie kenne nun die Liebe der Männer in all ihren Zügen?

Ich kenne meinen Teil davon, George!

Du kanntest mich, und ich kannte dich. Du hast mich geküsst, Minna!

Ja, dich – und andere. George, ich habe vor dir geliebt, und ich habe nach dir geliebt!

Minna zog die Tür hinter sich ins Schloss. Durch die Dachfenster fiel ein trübgelber Schimmer der Straßenlaternen. Sie nahm die Zündhölzer vom Tischchen neben dem Eingang, entzündete eine Kerze im Halter und trug sie zum Tisch. Dort drehte sie die Petroleumlampe auf, hielt die Kerze daran. Es wurde heller. Der Tisch war leer und die Schreibkommode abgeschlossen, alles aufgeräumt. Gut! Sie trocknete kurz ihre Haare nach und legte sich das Handtuch um den Kopf.

In ein, zwei ihrer Liederbändchen suchte sie nach dem Kinderlied von der Hochzeit. Aber in keinem war es zu finden. Sie holte schnell einen halben Bogen Papier aus der Schreibkommode, das Tintenfässchen und schrieb im Stehen beide Texte auf, den ihrer Mutter aus dem Breisgau und den elsässischen von Adele. Die Mädchen sollten es doch lernen. Adele hatte recht. Der kleine, süße Traum von der Hochzeit war es, von dem Tag, an dem ihnen der Rosmarin in den Brautstrauß gebunden wird und die Petersilie in der Hochzeitssuppe schwimmt, der Traum, der noch so unschuldig daherkommt. Und wie bald hatte diese Unschuld ein Ende, und die Blicke zu den Burschen waren suchend und leuchtend. Dabei wussten es die Mütter, und sie sagten nichts. Sie mussten es doch selber wissen, wie es war! Auch ihre Mutter hatte nichts dazu gesagt und bemerkte doch Minnas Unruhe.

1832 bis 1833

George, komm zurück! Bitte!
Minna rief verhalten, denn die anderen waren dicht hinter ihr, etwas mehr als in Rufweite, dazwischen Tannen und Buchen. Es war eine Landpartie gewesen, zu der Vater Jaeglé geladen hatte, über Montagne Verte hinunter zum Niederwald. Jetzt waren sie am See angekommen, und Georg war vorausgeeilt. Er wandte sich um und winkte auf ihr Rufen mit dem Zylinder in der Hand. Wie ein Kind beim Versteckspiel hüpfte sie zwischen den Sträuchern zu ihm. Georg warf einen flachen Stein über den See. Dreimal tanzte er auf der Oberfläche, ehe er unter den Wellenkreiseln verschwand. Minna sah ihm nach, flüsterte: Pass auf, ich phantasiere uns Küsse auf die Lippen.

O ja, ich küsse dich. Fühlst du es, sagte er. Und heute Abend werde ich dich zur Nacht küssen, ganz gewiss.

Dabei schauten sie unschuldig aufs Wasser, Georg hob den nächsten Kiesel auf.

Minna suchte einen Stein oder Baumstumpf zum Sitzen. Ihr Vater rief: Nicht ausruhen, dort hinunter, auf einen freien Platz, wo wir die Plaids ausbreiten können.

Sie folgten den anderen, dem Vater, dem kleinen Lucius, August und Adolph Stoeber, dem Hausmädchen, Edouard Reuss und Eugène Boeckel. Minna hatte Georg gesagt, sie wolle bei der Rückfahrt im Stellwagen nicht wieder ihm gegenübersitzen. Sie könne es nicht aushalten, ihn gleichgültig anzusehen. Das tagtäglich aufgesetzte Parlieren genüge ihr schon. So tun, als ob man sich nichts zu sagen hätte. Was redest du, hatte er erwidert. Wenn der Zufall es will, sitzen wir sogar nebeneinander.

Alles Zufall. Das Wort hing Minna täglich an. Alles eine zufällige Begegnung? Zufall bestimmt den Augenblick, in dem sie ihre Hände streicheln können.

Auf einer kleinen Lichtung folgte das Pique-nique.

Das Essen fand Eugène superb. Belegtes Brot mit eingelegten Gurken, Munster-Käse und zum Abschluss Apfelkuchen.

Es ist grandios, hier zu sitzen, das Wetter für Götter, rief er. George, mein Freund, vergessen ist heute die Anatomie simple et comparée, versprich es mir, définitivement!

Wenn du weiter davon sprichst, werde ich dich heute noch sezieren, dir die Stimmbänder herausnehmen.

Man lachte, man aß, tat so, als gäbe es keine Pflichten. Nach einer Stunde packte Minna ein und fand, dass Eugène wieder einmal seine charmante Einfalt zur Schau trug.

Und übrigens, flüsterte Georg, der ihr scheinheilig und linkisch half, Freund Eugène gestand mir letzthin beiläufig, er sei nicht zur sittsamen Treue eines Ehemannes konstituiert.

Gezielt kam der Satz jetzt, da Eugène in der Nähe war, die blauen Qualmwolken seines Zigarillos ausstieß. Hörte er nichts? Minna lachte. So, so, das sagte er.

Ja, das sagte ich in der Tat. Eugène wandte sich zu ihnen. Zur Erläuterung sei der Ausgangspunkt des Gesprächs erzählt. Ich meinte, meine Zuwendung zu den

Menschen sei äußerlich, daher wählte ich die Medizin. Und ich glaube im Ernst, diese Einstellung könne einer Frau gegenüber problematisch werden. Sie würde sich vernachlässigt fühlen. Wahrscheinlich zu Recht.

Was aber nicht heißt, setzte Minna mit spitzer Stimme an, dass Sie sich nie einer Frau zuwenden würden.

Darauf zog Eugène an seinem Zigarillo, ließ sich herab, eines der Plaids zu tragen. Georg musste sich abwenden, um sein Lachen zu verbergen. Adolph Stoeber kam dazu, begann die Freuden des Ehelebens zu verteidigen. In Georgs Brust braute sich ein Gelächter zusammen. Aus Hohn? Aus Spott? Sein Mund begann zu zucken. Man würde ihn wieder verkennen, man würde ihn der Verachtung beschuldigen. Dabei war es ungerecht, er fand lediglich an den Vergnügungen und Beschäftigungen anderer keinen Gefallen. Gut, man sollte nicht über andere lachen. Diese Gedanken kamen recht, um den Lachdrang auszutreiben. Minna lief ein Stück zwischen Eugène und ihrem Vater untergehakt. Georg sah es, blieb abseits. Sein Lachen starb restlos ab, sein Mund zuckte weiterhin. Minna schenkte ihm einen flüchtigen Blick.

Später, bei einer erneuten Rast auf dem Weg zurück zum Stellwagen, führte sie ein Weg in den Wald. Ein Bach kräuselte sein Wasser über bemooste Steine und zwischen Farnkraut hin. Sonnenstrahlen fielen in Bündeln durch die Baumkronen. Jaeglé suchte Ruhe für ein Schläfchen unter einem Baum. Die Stoebers und Eugène schlenderten hin und her, verloren sich dabei weiterhin in Bonmots über die Ehe. Eine Weile hatte sich Georg ihnen lustlos und stumm angeschlossen. Minna, das Mädchen und Lucius suchten Beeren, aber

Georg war außerstande, sich ihnen anzuschließen. Am Bach starrte er nun auf eine Stelle, das Wasser gurgelte zwischen zwei großen Steinen, als würde es hinabgezogen in ein tiefes Loch. Das Rauschen erfüllte seinen Kopf, er konnte die Vogelstimmen nicht mehr hören, hörte auch Minna nicht auf ihn zukommen.

Was ist? Was ist dir? George?

Er sah auf, verfluchte die Situation, die anderen und sich, dass er jetzt gerade auch Minna nicht um sich haben konnte.

Minna, es ist nur ... ich möchte plötzlich allein sein. So ist mir manchmal, du weißt es doch, wer kennt denn sonst meine Schwächen so wie du.

Du denkst. Du denkst zu viel.

Mein Kopf ist die pure Leere.

Nein.

Der Bach gurgelte scheinbar lauter und lauter.

Hast du gehört, Minna, wie klug sie von der Ehe sprachen?

Ja, so halb im Gehen. Es gefiel dir nicht, was sie sagten?

Was gefällt mir schon an dem, was andere sagen. Deine Worte halten mich in der Welt, machen dies Gerede erträglich.

Sie reichte ihm ein paar Himbeeren.

Was wissen die zwei schon? Keiner von ihnen ist bisher auch nur verlobt.

Und wir lieben uns, und ich kann darüber nicht sprechen. Was tue ich dir an, Minna?

Sie schaute auf das Wasser. Es wäre ungerecht gewesen, dem zuzustimmen. Langsam kaute er die Beeren. Das Getriebe des Automaten lief träge, wie er im Scherz zu sagen pflegte. Sind wir Automaten? – Manchmal, so kam es auch ihr vor.

Ich bin Student, noch über Jahre, und du bist eine erwachsene Frau. Dir stünde doch …

George! Du glaubst doch nicht, dass ich solche Gedanken zulassen würde? George, was denkst du denn? Hast du … hast du Zweifel?

Er zog die Stirn in Falten. Nein, das ist das falsche Wort.

Es sind Sorgen, ja, ich sorge mich um dich – und um mich. Manchmal möchte ich mich in eine Ecke setzen und weinen.

Ach, George, glaube mir, das möchte ich auch. Gerade jetzt, wenn du so dastehst, so ratlos, so unglücklich.

Wieder gebot die Vorsicht, um sich zu schauen. Die anderen schwebten wie Statisten in einem Theaterstück im Hintergrund.

Du verstehst mich, Minna?

Du weißt es. Ich verstehe dich. Ich warte ab.

Es gibt zahllose Dinge zu tun, Minna. Manche sind nicht leicht. Da ist ein Medizinstudium noch das Einfachste.

Das war es also. Banger Unmut stieg in ihr auf. Die Monarchien müssten gestürzt werden. Sie meinten es ernst, die republikanischen Gesellschaften.

Wenn ich Dinge tun würde …

Ja, George?

… die gefährlich sind.

Ich weiß, George, auch das weiß ich doch schon.

Drüben unter dem Baum erwachte ihr Vater, und mit der Frage, wo sie denn bliebe, kam Lucius auf sie zu. Der Automat musste wieder funktionieren, den Alltag abspulen. Einen Augenblick stellte sich Lucius vor sie hin, schaute beide an, und Minna wie Georg war, als müsste er bereits alles wissen.

Schwer lösten sich ihre Füße von der Stelle. Äste knackten unter ihrem Tritt.

Minna half ihrem Vater, der seine Glieder streckte, aufzustehen. Er fragte sie dann: Posso avere qualche lamponi?

Dies war ein Wort ihrer Kindheit. Lamponi – Himbeeren. Sie liebte die kleinen tiefroten Lampions. Und so lehnte sie sich kurz fest an seine Schulter, sagte: Sì, sì, papà, te ne porto.

Dabei wollte sie ganz etwas anderes sagen und nur weinen. Es tut mir leid, Papa, es tut mir leid.

Im Stellwagen hatte Minna dann ihren Willen. So sah es Georg. Er saß ihr nicht direkt gegenüber, sondern schräg links vor ihr, in einer Ecke, und lehnte am Verdeckträger. Er schloss die Augen. Zwei lange Locken fielen ihm über die Stirn, seine Cravate hatte er gelöst, das Ding, das er so hasste, wie ein Schal hing sie ihm über der Brust. Dabei ist er sonst so eitel, dachte Minna.

***

Der Sommer stand im Zenit. Nur noch wenige Wochen bis zu den Sommerferien. Georg würde sie in Darmstadt verbringen.

Am 19. Juli war die letzte Zusammenkunft der »Eugenia«. Auf dem Nachhauseweg musste Georg es nun Eugène sagen. Er brauchte ihn. Von allen Freunden sollte er es sein. Keinesfalls der Verwandte Edouard Reuss oder Minnas Bruder Louis.

Verlobt, wiederholte Eugène das Wort. Das fahle Laternenlicht sowie die Kühle und Stille der Nacht schien beiden die passende Atmosphäre für diese Unterredung. Kurz war Eugène so ernst wie selten, und Georg glaubte, sich getäuscht zu haben.

Oui, o ja, George, ich habe es geahnt, du hast recht. Aber dann doch nicht … dran geglaubt.

Glaub es nur, Eugène.

Gut, gut, ich bin ein süperber Geheimnisträger, und die Briefe … keine Sorge, ich bin eine vorzügliche Brieftaube.

Jetzt umarmte Georg den Freund, fest, stürmisch, und sagte: Komm, trinken wir noch ein Bier.

Sie fanden im »L'Ours Blanc« noch einen Tisch und sprachen über die »Eugenia«, die sich nun leider auflöste.

Er ist der Richtige, übermittelte Georg anderntags an Minna. Er will dir meine Briefe bringen und sendet deine zu mir.

So war es endlich ausgemacht, und Minna war verblüfft, wie ruhig und eifrig Georg bei ihrem Vater saß und sich von ihm im Italienischen unterrichten ließ. Es muss ja Geheimnis bleiben, sagte sie sich abends und morgens, und durfte nicht lächeln, weil Georg nur mäßige Fortschritte im Italienischen machte.

Ich fürchte mich vor den Wochen in Darmstadt.

Aber George?

Das Ende der Ferien gar nicht abwarten? Bald zurück nach Straßburg kommen? Aber wie, Minna?

Er konnte für seine Eltern keinen plausiblen Grund erfinden, früher zurück nach Straßburg zu gehen. Es war auch eine Geldfrage. Man hat seine Abhängigkeiten, sagte er.

***

Der Sommer 1832 war aufregend genug. In der Pfalz drüben das gewaltige Hambacher Fest. In Frankreich wieder Unruhen in Lyon und Paris. Die Gespräche darüber wirkten auf Minna wie eine passende Dekoration zu ihrer Stimmung.

Wird es Aussichten geben? – Die Frage Louis-Théodores konnte Georg nicht gleich richtig einordnen. Auf dem Küchentisch verteilten Minna und das Mädchen die Tassen, gossen Kaffee ein.

In Deutschland, Büchner, meine ich. Nun nach dieser grandiosen Zurschaustellung der deutschen Opposition in Hambach?

Nun, Louis, es war grandios, ja, jedoch die Wirkung lässt auf sich warten. Und – was ist Deutschland? Du verwechselst es mit Frankreich. Das ist ein Land. Deutschland ist eine Anlage von Schlagbäumen.

Herrgott, Spielverderber, weiche nicht aus.

Aber Georg biss zur Antwort kräftig in sein Brot.

Sie haben doch mit Menschen gesprochen, die dabei waren.

Minna überzog die förmliche Anrede »Sie« an Georg nun gerne mit gespielt spitzem Ton, wie einen kleinen Pfeil. Er fing den Pfeil, mimte den Gereizten.

Ja, das habe ich. Sie stürzen alle vom Rausch in den Katzenjammer.

Mein Gott, Büchner, Sie sind Pessimist.

Ich fürchte, ich sage lediglich, wie die Dinge eben sind.

Abends eine neue Gesprächsrunde. Es wurde erzählt, wie beim Leichenzug des oppositionellen Abgeordneten Lamarque ein schwarzer Reiter mit einer roten Fahne vorausritt, auf der Fahne stand »La liberté ou la mort«.

Da sah Minna vor sich auf rotem Grund die Aufschrift: »George ou la mort«. Und sie ging noch weiter in ihren Phantasien, es könnte auch »George et Minna« daraufstehen, jedenfalls eine festliche Ankündigung ihrer Zweisamkeit.

Die Émeute ging von Lyon aus, Papa?

Nein, die Beerdigung von Lamarque war in Paris. Er war Abgeordneter, mein Kind.

Ja, ja, aber ...

Dann schlug alles Wellen: bewaffneter Aufstand. Mein Gott! Und nun bis hier zu uns!

... es wäre doch gar nichts passiert, Papa, wenn man nicht provoziert und auf dem Paradeplatz gleich Infanterie schussbereit mit Gewehr im Anschlag aufgestellt hätte.

Kind, woher hast du das?

Papa, alle Leute sagen das. Ich habe Ohren und einen Kopf.

Sie hatte es gesehen und gehört, wie die Arbeiterfrauen auf dem Markt schrien, dass sie sich demnächst bei den Reichen bedienen wollten.

Sie wissen, wo die Geschäfte und die Getreidespeicher voll sind. Wie kann es so weit kommen, Papa?

Aber Jaeglé gab mit einer unwirschen Handbewegung zu verstehen, er wollte nun nichts weiter dazu sagen. Ein Kranker erwarte ihn.

Georgs Ferienaufenthalt in Darmstadt dauerte fast drei Monate.

In den Briefen nur alltägliche Bemerkungen, melancholische Sehnsuchtsbezeugungen? – Mademoiselle jolis pieds et jolies mains. – Ja, ich bin es, und wo bist du, mon cher? –

Eugène überbrachte die Briefe, und an Georg schrieb er: Sie seufzt! Noch zwei Monate lang!

Ende Oktober, im gedämpften Herbstlicht, fuhr Georg wieder über die Pappelalleen und zwischen Krautfeldern und kahlen Weinreben Richtung Straßburg. Sein Zimmer war bereitet, die grüne Tapete leuchtete, Minnas Wangen auch. Er sagte: Ich habe dich jeden Abend gerufen und geküsst. Glaubst du es?

Wie es in Straßburg so weiterging, hätte er gerne in ihren Briefen erfahren. Er meinte die Unruhen.

Gab es noch Verhaftungen, Durchsuchungen?

Aber gewiss. Hast du es nicht zu Hause in den Journalen lesen können?

Lieb Kind, glaubst du, die deutschen Zeitungen täten gut daran, über die Aufstände in Frankreich ausführlich zu berichten?

Viele junge Republikaner waren bereitgestanden, nach Paris aufzubrechen, an den Kämpfen teilzunehmen. Wenige waren tatsächlich dort gewesen. Georg suchte sie auf im »Au Miroir«, im »Cigogne« und im »Pélican«.

Und wirklich, man hatte schon Namen genannt für die Besetzung einer neuen Regierung, falls ein Umsturz gelingen sollte. Und nun? – Man sagte ihm, es habe sich nicht viel verändert, nur dass die Spitzel jetzt in Straßburg noch schamloser geworden seien.

***

Beim Billardspiel scheint mir die Stimmung nicht so lebhaft und ausgelassen wie ehedem, erzählte Georg in der heimeligen Küche, wo auf dem Herd ein Bottich mit Weißwäsche brodelte, in dem wohl auch seine Hemden schwammen.

Ich denke, nur für kurze Zeit, meinte Minna.

Georg schaute sie an.

Aber ja doch, George, die Burschen haben schnell neue Ideen, neue Kraft. Nicht wahr?

Du meinst Ideen sind es? Eher Flausen! Kindereien!

Aber George, du willst doch auch …

Es geht nicht so Hals über Kopf, mit Aufständen, Protesten, Straßenkämpfen. Das fordert nur unnötige Tote.

Sie stellte ihm eine Tasse Tee hin. Englischer, sagte sie, setzte sich zu ihm an den Küchentisch, dachte, dass George hübsch sei in seinem Ernst. Über anderes wollte sie jetzt nicht grübeln. Nur nicht sorgen, wenn es ihr schon einmal gutging. Der Dampf aus dem Bottich hatte ihr einen Kranz feuchtkrauser Haarsträhnchen um die Stirn gelegt.

Erzähle mir etwas. Von den Cafés, von euren Abenden dort.

Mit dem Kinn auf die Faust gestützt, überlegte er.

Nun, als wir an den Tischen saßen beim Bier, da hing gerade gegenüber an der Wand eine Tafel. Mit einem Spruch.

Jetzt holte er eines der Bestecke vom Tisch zu sich. Minna ahnte Gedankenspielerei.

So, sagte er, legte Messer und Gabel kreuzförmig übereinander. So hingen zwei Rapiere an der Wand, darunter ein Totenkopf und darüber eben diese Tafel mit einem Gedicht:

Wer für des Volkes Ehre fällt
Und würd er auch gehangen
Der hat auf dieser Erdenwelt
Das schönste Los empfangen.

Minna lehnte sich zurück. Dieses Gedicht, wenn es eines ist, George, nun, ich meine, es ist recht martialisch.

Hm, ja, Minna. Er umfasste die Teetasse mit beiden Händen. Es ist gut gemeint, aber vor allem ist es fürchterlich schlecht gedichtet.

Eigentlich wollte Minna nicht lachen, aber sie musste. Sie hielt sich zu sehr an die Worte eines Gedichts, als dass sie über dessen Qualität sprechen konnte.

Und wenn es auch schlecht gedichtet ist, sind dir die Worte wichtig? Wie ist es dir damit?

Zu einer Antwort kam er nicht mehr. Schlag ein Uhr kamen die anderen zum Essen in die Küche. Minna und das Mädchen füllten die Teller, als alle saßen. Das übliche Scheppern und Löffeln setzte ein.

Minna bat Georg, das Gedicht zu wiederholen, damit es die anderen hörten.

Und Papa, Ihr sagt uns dann, was Ihr dazu denkt. Ihr könnt es am ehesten beurteilen, Ihr seid auch Dichter.

Kein richtiger. Ich bin ein Pfarrer, der dichtet.

Oder ein Dichter, der Pfarrer ist, betonte Minna.

Georg wiederholte den Spruch – er sagte Spruch, nicht Gedicht – mit übertrieben gespieltem Pathos und tiefer Stimme. Louis-Théodore fügte mit gestrecktem

Arm und Messer in der Hand dazu: Auf in den Kampf, es lebe die Revolution!

Alle lachten. Bis auf Jaeglé. Minna bemerkte es zuerst, hörte auf zu lachen. Allmählich verstummten alle.

Kinder, ihr wisst doch gar nicht, was Revolution ist.

***

Louise?, fragte Georg nach, lachte auf. Louise – Louise, wiederholte er, bis das Wort auf der Zunge zerging. Minna hörte ihm zu. Ach, George. Sag immer Minna zu mir.

Ihr erster Vorname war fast in Vergessenheit geraten.

Vater Jaeglé hatte ein paar Seiten dünnen Papiers hervorgekramt, aus dem Schrank in der Stube im ersten Stock, dem Raum, den Georgs Mutter Salon nennen würde, dem Empfangszimmer, in welches er am ersten Tag geführt worden war.

Hier, sagte Jaeglé, lieber Büchner, ich habe Besseres geschrieben, aber ich war jung, und man muss sich in allem üben.

»Ode an Ihre Majestaet die Kaiserin Koenigin Marie Louise von Österreich«, las Georg. »Sei willkommen in dem Land der Franken, Holde Kaisers-Tochter, Kaisers-Braut«.

Es war wegen der jungen Kaiserin, Marie-Louise. Man hatte so große Hoffnungen, und da hat Papa mir als ersten Namen Louise gegeben.

Fast wie eine Entschuldigung klang es.

Die gute Marie-Louise, Napoleons Österreicherin. Georg las weiter.

»Sieh! Wie jeder Blick, um Dir zu danken,
Friedens-Engel! Auf Dich freudig schaut!«

Aber ich denke, die Zeiten waren vorbei, wo Ehen

zwischen Dynastien ein Bündnis für den Frieden stiften konnten. Hat auch nie so recht gehen wollen.

Minna mochte es, wenn ihr Vater und Georg sich über die Dichterei unterhielten. Über den verrückten Dichter Lenz wollte Georg alles wissen, und von Jaeglés Freund Oberlin, der den verwirrten, melancholischen Mann bei sich aufgenommen hatte.

Was er mit dem Lenz denn anfangen wolle, fragte sie, aber das konnte er nicht sagen. – Noch nicht, sagte er. Er ist mir bisher nur vertraut.

Vertraut?

Ich meine, er ist mir ähnlich. Oder ich ihm.

Da dachte Minna über Lenz nach, über das, was sie von ihm erfahren hatte, von ihrem Vater und den Stoebers, die über Lenz und Oberlin geschrieben hatten. Er war offensichtlich krank und verwirrt zu Oberlin gekommen, ging dann elendig ohne Existenz und Brot einem Ende in völliger geistiger Verwirrung entgegen. Und George sagt, er sei ihm ähnlich?

In eben jenem Schrank lag auch der Musen-Almanach, der Band für das Jahr 1798, in dem ihr Vater das Gedicht »Das Meer« veröffentlicht hatte. Sie blätterte und suchte, wollte es Georg unbedingt zeigen.

Dies ist mir das liebste von Vater, sagte sie ihm. So fängt es an:

»Ergötzend ist und schön das Meer,
Wann seine Silberwellen,
Ums Schiff in gleichem Takte her
Sich mit Gemurmel schwellen.«

Sie legte das Buch auf das Kanapee neben sich, neigte den Kopf zur Seite.

Er hat das Meer gesehen, George, und ich nicht. Ich will es so gerne einmal sehen.

Ich habe es auch noch nicht gesehen, Minna. Wir sind so ans Land gebunden. Würden wir nicht erschrecken?

Er wippte mit dem übergeschlagenen Bein, und wieder war aus seiner Stimme nicht zu hören, ob er sie ernst nahm oder neckte. Sie musterte ihn einige Augenblicke, mit leicht spöttelnd verzogenen Mundwinkeln, ein Lächeln und doch keines. Dieser Ausdruck hatte sich bewährt, wenn sie nicht wusste, ob alles nur Scherz war, was er sagte.

Ich weiß etwas, sagte sie plötzlich. In diesem Musen-Almanach ist auch die »Liebe auf dem Lande« von Lenz. Lass sie uns lesen.

Nun lies, Minna. Sofort hörte er auf, mit dem Fuß zu wippen.

»Ein wohlgenährter Kandidat,
Der nie noch einen Fehltritt tat,
Und den verbotnen Liebestrieb
In lauter Predigten verschrieb,
Kehrt einst bei einem Pfarrer ein,
Den Sonntag sein Gehülf zu sein.
Der hatt ein Kind, zwar still und bleich,
Von Kummer krank, doch Engeln gleich.
Sie hielt im halberloschnen Blick
Noch Flammen ohne Maß zurück,
All itzt in Andacht eingehüllt,
Schön wie ein marmorn Heiligenbild.
War nicht umsonst so still und schwach,

Verlassne Liebe trug sie nach.
In ihrer kleinen Kammer hoch
Sie stets an der Erinnrung sog:
An ihrem Brotschrank an der Wand
Er immer, immer vor ihr stand,
Und wenn ein Schlaf sie übernahm,
Im Traum er immer wieder kam.«

Er hat sie gemeint, sagte Minna.

Wen?

Na, die Brion, Goethes Friederike.

Die in Sesenheim? Ja, er hat das Gedicht Goethe geschenkt.

Aber nicht nur das, George. Der alte Stoeber hat darüber geschrieben: Der Lenz hat die Brion hofiert.

Und dann hatte Georg ihren Vater gefragt, der es bestätigte. Die Stoebers haben ihm später alles zu lesen gegeben, und danach erst hatte Georg geglaubt, dass Lenz in Friederike verliebt gewesen war.

Aber mir hattest du es nicht abgenommen!

Die Frage ist die, warum er sich in sie verliebt hatte.

Muss man denn die Liebe hinterfragen?

Nein, aber er hatte sie aufgesucht, weil er von Goethes Liebe wusste.

Dann wollte er zunächst nur durch sie etwas über Goethe erfahren?

Er wollte das Mädchen sehen, in das sein Vorbild verliebt war.

Und wenn er sich in sie verliebte, dann womöglich nur, um ihm gleich zu sein? Mein Gott, George!

Vielleicht. Georg angelte sich zwei Kekskringel aus einer Dose, hielt sie sich nah vor die Augen, zwinkerte durch die Löcher. Nun, wenn er sie geheiratet hätte, wäre er gleich gut aufgehoben gewesen bei seinem Schwiegervater, statt bei Oberlin im Steintal das Heil zu suchen.

Aber George …

Wenn ihm das Gänslein ein, zwei Kinder geboren hätte …

Monsieur Büchner, George! Das Gänslein?

Friederike, Rieke, Frieda. Gäh, gäh, Gänslein. Dann hätte es ganz gut mit ihm werden können. Aber er wäre mir nicht so interessant geworden.

Der arme Mann, George, wie er so dahinvegetierte, so ohne rechtes Glück.

Ihr Weiber denkt zu gut über uns Männer.

Bevor Minna antwortete, hielt er ihr einen Keks hin, sie biss hinein, und er schob seinen ganz in den Mund. So kauten sie beide, brav und schweigend, als der Vater zurück in die Stube kam.

***

In diesen Monaten brachte Georg einen neuen Freund mit ins Haus. Alexis Muston. Er erzählte gerne, war belesen, und er zeichnete. Minna mochte seine Besuche, Georg war dann ausgeglichen und zeigte sich im Gespräch sehr lebendig. Muston studierte Theologie, aber nebenbei auch Medizin.

Der erste Theologiestudent, den ich wirklich mag, dachte Minna. Sie lobte Georg für diese Bekanntschaft.

Du findest bei ihm das, was du bei Eugène und den Stoebers vermisst. Gib es zu. Er ist auch revolutionär.

Das stimmte. In etlichen Gesprächen war es herauszuhören. Der schmale, dunkle junge Mann passte zu ihrem

George. Er war einer, der für ihn zu einem lebenslangen Freund werden konnte. Denn das ist etwas Seltenes, sagte Georg, während Minna ein paar Kerzen ansteckte und die Gesichter im gelblich milchigen Schein betrachtete: das ihres Vaters mit seiner langen Tonpfeife, die er nur noch selten rauchte, Louis-Theo mit weit von sich gestreckten Beinen im Sessel versunken, Muston aufrecht, den Blick eifrig auf alles und jede Regung im Raum gerichtet, und Georg, mit seinem sardonisch leidenschaftlichen Zug um den feinen Mund, jeden Moment zu einem Gespräch bereit, sein Blick flackernd.

Vater Jaeglé bemerkte dazu: Glaubt mir, wenn man als alter Mann ins Grab steigt und bis dahin eine Handvoll guter Freunde gewonnen hat, kann man sich mehr als glücklich schätzen.

Eine zartblaue Rauchwolke folgte weich seinen Worten. Georg war von dem Satz für Momente wie erstarrt, sah von Jaeglé zu Minna, schließlich zu Muston und sagte: Dies hat etwas Entsetzliches. Doch so ist es: Wer kann schon Freund genannt werden.

Alexis Muston legte eine Hand auf Georgs Arm. Ich werde dich in Darmstadt in den Ferien besuchen. Das verspreche ich dir.

***

Die Nachricht vom missglückten Sturm auf die Frankfurter Haupt- und Konstablerwache im April 33 zog schnell bis nach Straßburg. Eine geplante Erhebung in Deutschland sollte eine konstitutionelle Monarchie oder auch eine Republik auf den Weg bringen. Aber schon darin war man sich uneinig gewesen. Dazu kam eine konfuse Koordination der einzelnen Verbände.

Georg wurde von einer völlig fahrigen und niedergeschlagenen Stimmung erfasst. Ein wirklicher Revolutionsversuch in Deutschland! Wie er diese Wochen ohne Muston überstanden hätte, mochte sich Minna kaum vorstellen. Ihr Vater und sie selbst hätten Georgs Gedanken kaum folgen können.

Auch hatte er Angst, Freunde von ihm könnten in »die Sache«, wie er sagte, verwickelt sein. Dies hatte seine Gründe, immerhin hatte es für diese Kampagne einen Straßburger Planungsstab gegeben, dem Ehrenfried Stoeber angehörte, der Vater seiner Freunde August und Adolph.

In Georg wechselte ein dumpfes Brüten mit einer Raserei über die Dummheit dieses Vorganges ab. Der »Courrier du Bas-Rhin« mit seinem Beilagenblatt »Das constitutionelle Deutschland« wurde sein ständiger Begleiter.

Welch eine Verblendung, entrüstete sich Georg, zu glauben, die Deutschen seien ein zum Kampf bereites Volk. Ich zweifle wirklich daran. Und dabei diese Stümperhaftigkeit! Die Sache war verloren, bevor sie begann.

George, wie viel hast du gewusst?

Nicht viel und doch einiges zu viel. Es hat Pläne gegeben seit dem Hambacher Fest.

Und er hatte davon gewusst! Dies sei keine Kunst, man spreche in den Sociétés davon, klärte er Minna auf. Nun sah sie ein: Georg redete nicht nur von möglichen Änderungen der Verhältnisse.

Minna, an wen soll ich in diesem Affentheater, das sich Leben nennt, noch glauben?

An seine Eltern schrieb er:

»Wegen mir könnt Ihr ganz ruhig sein; ich werde nicht nach Freiburg gehen, und ebenso wenig wie im vorigen Jahre an einer Versammlung teilnehmen.«

Konnte es wahr sein, was er da behauptete? Er kam oft spät nach Hause und wollte nicht von dem erzählen, was er draußen tat, mit wem er sprach. Minna war, als müsste sie jeder Minute, in der sie mit ihm reden konnte, hinterherhetzen.

Einen weiteren Brief an die Eltern las er ihr vor:

»Ich werde zwar immer meinen Grundsätzen gemäß handeln, habe aber in neuerer Zeit gelernt, dass nur das notwendige Bedürfnis der großen Masse Umänderungen herbeiführen kann, dass alles Bewegen und Schreien der Einzelnen vergebliches Torenwerk ist. Sie schreiben – man liest sie nicht; sie schreien – man hört sie nicht; sie handeln – man hilft ihnen nicht. Ihr könnt voraussehen, dass ich mich in die Gießener Winkelpolitik und revolutionären Kinderstreiche nicht einlassen werde.«

Diese Zeilen sollten nicht nur seine Eltern, sondern auch sie beruhigen.

So, und nun denke nicht darüber nach, Minna. Deutschland lebt noch im Kindergarten, wenn es um Revolution geht. Das Volk zieht noch geduldig den Karren, auf dem die Herrschaften ihre Komödien spielen.

Er setzte seine Brille auf, und durch die kleinen Gläser sah sie einen Blick, der sehr weit von ihr entfernt war. Hundert Jahre weit.

Und dann war da dieser Ort, dieses Gießen. Dorthin

musste Georg im Herbst, sein Studium weiterführen. Kein Weg ging daran vorbei.

Minna stellte sich diesen Ort vor, ein Dorf, sagte Georg, das von Studenten heimgesucht wird, der Geruch von Mist um winzige Fachwerkhäuser. Aber hieraus sprach Georgs Angst, wieder in die deutsche Provinz gehen zu müssen. Sie bedauerte ihn.

Und wer bedauert mich? Nun, George, sag?

Du hast es gut, du lebst hier in Straßburg.

Aber du wirst nicht hier sein, und ich weiß nicht einmal für wie lange.

Ich komme. So oder so. Wenn das Studium beendet ist, sicher.

Dann träumte Minna von Gießen, wie Georg in einem Bett schlafen musste, das zu klein für ihn war, und als er wieder nach Frankreich wollte, verwehrte man es ihm. Er muss doch zu mir kommen! – Im Aufwachen dachte sie an die neueren Grenzkontrollen, die keinen ohne penible Prüfung der Papiere ins Land ließen. Der Maire hatte bekanntgemacht, jeder habe die Beherbergung eines Fremden, und sei es nur für eine Nacht, zu melden. Auf die »Politischen« hatte man es abgesehen. Die wurden abgeschoben, ins Innere oder in die Schweiz. Flüchtlinge! Flüchtlinge! George ist kein Flüchtling! Er muss zu mir kommen, und ich muss ihn nicht melden!

Bis dahin ist alles wieder besser, lieb Kind.

Bis dahin kannst du deine Verlobte besuchen. Daran kann dich doch keiner hindern? Oder? Sag es mir!

Wie eng alles beieinanderlag. Kontakte und Übermittlungen allenthalben. Wie war es sonst möglich, dass Georg über Pläne unterrichtet war, die auf dem Hambacher Fest beschlossen wurden, ohne selbst dort gewesen zu sein? Sie konnte es nicht ändern, aber seine Freunde, seine Verbündeten, von denen sie so wenig wusste, kamen ihr wie Diebe vor. Sie stahlen ihr zu viel von Georg. Nicht die Brüder Stoeber oder Eugène Boeckel, nein, die waren nicht politisch, das wusste sie. Auch nicht Edouard Reuss, der Gute. Der plante eine Vogesenwanderung mit seinen Freunden, und Georg war auch eingeladen.

Ich gehe mit, ja, es wird mir guttun, sagte er am Frühstückstisch, und sogar Vater Jaeglé war heute noch da, stimmte ihm zu.

Das wird Sie auf andere Gedanken bringen. Tragen Sie nicht fortwährend dieses bedenkliche Gesicht. Die Natur wartet auf euch!

So lange wollt ihr unterwegs sein?, fragte Minna tonlos. Und dann bis nach St.-Dié! Alle Achtung, Messieurs.

Ja, Edouard will seinen Schüler, Pfarrer Rauscher, besuchen.

Ach, der Friedrich! Minna seufzte und lachte zugleich. Sagen Sie ihm herzliche Grüße von mir. Ja, er war damals Reuss' erster Schüler in seinem Seminar. Ein braver Junge, immer auf dem besten Weg zum Pfarrer.

Georg hörte den Spott in ihrem Ton, vermied einen Blick zu ihr.

Jaeglé sagte: Aber ja, fragen Sie Rauscher ruhig aus, über seinen Großvater Oberlin, darüber, was er in der Familie erzählte über seinen wunderlichen Gast von anno 78. Der arme Lenz.

Georg versicherte, dies zu tun, während Minna dachte, alle sagen: der »arme« Lenz. Und jetzt geht Georg viele Tage fort. Wenn er wiederkäme, blieb nur noch ein Monat. Die Zeit wurde kurz.

Kannten Sie Rauscher gut, Mademoiselle?, traute sich Georg zu fragen.

Ach was, lachte Minna und schmierte die Butter dick auf ihr Brot. Wir wohnten in Barr Tür an Tür, sein Vater unterrichtete mich, seine Mutter brachte mir bei, Kinder zu hüten, wir lernten miteinander. Aber nein, er hat mein Lernen nicht ernst genommen.

Du bist zu streng, mein Kind, sagte Jaeglé.

Minna zuckte mit der Schulter. Es war ihr gleich, alles war so lang her. Den Teller mit dem Brot schob sie beiseite, es ekelte sie auf einmal vor dem üppigen Fett. Georg ging nach Gießen, das war jetzt. Und doch war der Schmerz von damals, als Friedrich nach Straßburg ins Gymnasium gehen musste, so sehr verwandt mit dem in diesen Tagen. Sie dachte als Mädchen, Friedrich käme nicht zurück und vergäße sie. Dabei hatte sie dann ihn vergessen. Gehen Entfernung und Vergessen zusammen und lassen die Zuneigung absterben?

Sie wollte keinen schnellen Abschied von Georg, und so kam es auch. Stückchenweise, Gott sei Dank, so ist es mir recht, dachte sie bei sich. Nach der Wanderung fuhr Georg noch für einige Zeit zu Reussens hinaus auf den Neuhof.

In Straßburg abgemeldet war Georg bereits seit dem 24. Juni.

Herbst 1833 bis Frühjahr 1834

Die Zeit der Briefe. Eugène Boeckel erhielt Georgs Kuverts an Minna wieder als einliegende Sendungen, brachte sie in die Rue St.-Guillaume, oft erst zwei, drei Tage später. Sofern Minna nicht selbst die Tür öffnete und er ihr die Kuverts gleich zustecken konnte, ließ er sich unter gefälliger Plauderei – bin gerade im Vorübergehen – so dachte ich en passant – und Grüße an den werten Papa Jaeglé – in die Stube oder die Küche zu Minna bringen. Der Moment seines Erscheinens, schon seine Stimme im Flur ließ Minna zusammenfahren, ihr Herz kurz und heftig schlagen. Sie hasste Eugènes fahrlässige Sorglosigkeit bei der Übergabe, schob er einmal doch das Kuvert unter die Schalwaage auf der Anrichte. Sie musste jedes Mal zusehen, wie sie den Brief ungesehen verstaute, und das Schlimmste: Immer öfter kam Eugène des Sonntags zum Tee ohne Nachricht aus Gießen und zeigte mit einem Schulterzucken sein Bedauern.

Sie selbst schrieb beharrlich weiter, wenn auch zögernd, das Papier mit den ersten Sätzen auf dem Tischchen vor ihrem Fenster blieb Tage liegen. Wenn dann die Fragen und Bitten endlich in mäßiger Dringlichkeit ausformuliert waren, ohne ihm, dem Liebsten, dem Mann, dem sie ihre Zukunft anvertraute, zu fordernd Aufrichtigkeit und mehr Briefe abzubitten, dann setzte sie auf den gefalteten und versiegelten Bogen seine Adresse:

Mons. George Büchner
bei Kaufmann Hofmann, Seltersweg
Gießen.

Bald darauf die Antwort, dass es ihm elend gehe. – Elend? Aber was tust du? Und ich kann nun nicht an deinem Bett wachen. – Welches Ausmaß das »Elend« hatte, erfuhr Minna von Eugène, der es über Freunde erfahren hatte.

Georg hatte am 9. Dezember an August Stoeber geschrieben: »Zu Ende Oktobers ging ich von hier nach Gießen. Fünf Wochen brachte ich daselbst halb im Dreck und halb im Bett zu. Ich bekam einen Anfall von Hirnhautentzündung; die Krankheit wurde im Entstehen unterdrückt, ich wurde aber gleichwohl gezwungen, nach Darmstadt zurückzukehren, um mich daselbst völlig zu erholen.«

Über Weihnachten bis nach Neujahr musste Georg in Darmstadt bleiben. Als Minna keinen Brief von dort erhielt, tröstete Eugène sie vage, schmückte aus oder fiel in Schnörkelreden: Mademoiselle, bei seinem Vater, der ist Arzt, dieu merci, wie Sie sehr gut wissen, doch, doch, unser George ist gut versorgt.

Somit wusste sie nichts, wurde blass und stand mit fahrigem Blick vor ihrem Vater, der kopfschüttelnd sagte: Ruhe dich aus und gib Bescheid, wenn du einen Arzt brauchst. Es klang wie eine Anweisung, dem Arzt Rede und Antwort zu stehen, warum sie so kränklich war, da er wie alle Väter hinter der weiblichen Blässe Frauenleiden vermutete, die nur ein Arzt erschließen sollte.

Dem Bruder war das stille Wesen seiner Schwester

nicht geheuer. Es gab Gerüchte in Büchners Freundeskreis. Jedenfalls erkundigte sich August Stoeber bei Boeckel, ob sich da wohl etwas anbahne, zwischen dem Freund Büchner und der liebenswürdigen Mademoiselle Jaeglé. Aber Eugène hatte sich unwissend gestellt, antwortete am 23. November: »Von Jägle, Büchner weiß ich nichts.«

Endlich schrieb Georg. Die politischen Verhältnisse würden ihn rasend machen. Minna wurde über seine Abwesenheit rasend. Nesselausschlag, Halsschmerzen, gereizte Töne gegen die Dienstmagd, den Bruder. Sie wollte es Georg nicht ersparen, von ihrem Zustand zu berichten.

Ich muss, ich kann es nicht anders sagen, ich muss dir sagen, wie elend mir ist. Letzte Woche Fieber, Kopfschmerzen. Doch ich will ja alles ertragen, wenn ich nur weiß, dir geht es wieder gut. –

Dieser eine Gedanke bleibt, wenn Minna sich unter ihre Bettdecke verkriecht: wenn ich nur weiß, dir geht es wieder gut! Und zu ihren Füßen muss eine Wärmflasche die Haut des Geliebten ersetzen.

Ab Mitte Januar kommen seine Briefe wieder regelmäßig aus Gießen. Minna geht ans Fenster, schaut in die Sonne, in deren restlichen Schein, der zwischen den steilen Hausdächern hervorlugt. – Ich lese deine Briefe, ich schreibe dir, ich schreie stumm in mich hinein. Wie sollte ich je ohne dich leben? Ich habe dir mein Leben überlassen, mon cher. Beweise mir, dass du mich noch sehr liebst, indem du bald wieder etwas von dir hören lässt. Sehnst du dich nach mir? Ich zweifle nämlich. –

Gießen, zwischen dem 10. und 20. Januar 1834
Hier ist kein Berg, wo die Aussicht frei sei. Hügel hinter Hügel und breite Täler, eine hohle Mittelmäßigkeit in allem; ich kann mich nicht an diese Natur gewöhnen, und die Stadt ist abscheulich. Bei uns ist Frühling, ich kann Deinen Veilchenstrauß immer ersetzen, er ist unsterblich wie der Lama. Lieb Kind, was macht denn die gute Stadt Straßburg? Es geht dort allerlei vor, und Du sagst kein Wort davon. Je baisse les petites mains, en goûtant les souvenirs doux de Strasbourg. –

»Prouve-moi que tu m'aimes encore beaucoup en me donnant bientôt des nouvelles.« Und ich ließ Dich warten! Schon seit einigen Tagen nehme ich jeden Augenblick die Feder in die Hand, aber es war mir unmöglich, nur ein Wort zu schreiben. Ich studierte die Geschichte der Revolution. Ich fühlte mich wie zernichtet unter dem grässlichen Fatalismus der Geschichte. Ich finde in der Menschennatur eine entsetzliche Gleichheit, in den menschlichen Verhältnissen eine unabwendbare Gewalt, allen und keinem verliehen. Der Einzelne nur Schaum auf der Welle, die Größe ein bloßer Zufall, die Herrschaft des Genies ein Puppenspiel, ein lächerliches Ringen gegen ein ehernes Gesetz, es zu erkennen das Höchste, es zu beherrschen unmöglich. Es fällt mir nicht mehr ein, vor den Paradegäulen und Eckstehern der Geschichte mich zu bücken. Ich gewöhne mein Auge ans Blut. Aber ich bin kein Guillotinemesser. Das *muss* ist eins von den Verdammungsworten, womit der Mensch getauft worden. Der Ausspruch: es muss ja Aergernis kommen, aber wehe dem, durch den es kommt, – es ist schauderhaft. Was ist das, was in uns lügt, mordet, stiehlt? Ich mag dem Gedanken nicht weiter nachgehen.

Könnte ich aber dies kalte und gemarterte Herz an Deine Brust legen! B. wird Dich über mein Befinden beruhigt haben, ich schrieb ihm. Ich verwünsche meine Gesundheit. Ich glühte, das Fieber bedeckte mich mit Küssen und umschlang mich wie der Arm der Geliebten. Die Finsternis wogte über mir, mein Herz schwoll in unendlicher Sehnsucht, es drangen Sterne durch das Dunkel, und Hände und Lippen bückten sich nieder. Und jetzt? Und sonst? Ich habe nicht einmal die Wollust des Schmerzes und des Sehnens. Seit ich über die Rheinbrücke ging, bin ich wie in mir vernichtet, ein einzelnes Gefühl taucht nicht in mir auf. Ich bin ein Automat; die Seele ist mir genommen. Ostern ist noch mein einziger Trost; – Du frägst mich: sehnst Du Dich nach mir? Nennst Du's Sehnen, wenn man nur in einem Punkt leben kann und wenn man davon gerissen ist, und dann nur noch das Gefühl seines Elendes hat? Gib mir doch Antwort. Sind meine Lippen so kalt? … – Dieser Brief ist ein Charivari: Ich tröste dich mit einem anderen.

Minna in ihrer Kammer liest die Briefe, heimlich, abends bei Kerzenlicht. Ihre Augen vertragen das Lesen im Halbdunkel nicht. Sie schmerzen. Der Kopf wird schwer.

– Den ganzen Tag rede ich im Geiste mit Dir und sehe die Feder über das Papier gleiten, doch sitze ich hier, will der Trübsinn keinen Satz zulassen, der Dich trösten könnte. Einen kurzen dumpfen Schlaf bekomme ich, stürze mich morgens in meine tägliche Arbeit. Man soll doch nicht klagen, sagen sie. Was ist schon Klagen? So leidet man eben im Stillen. –

Minna zittert sachte im kalten Zimmer, schaudert, obwohl sie es doch mag, wenn die Befindlichkeit mit der Atmosphäre des Raumes übereinstimmt. Die Tristesse der Winterkälte und ihr verzagtes Gemüt, und noch etwas tiefer kann sie sich hineinknien ins Leid. Ein Fensterladen schwenkt winkend wie ein scherzender Bote in die letzte halbe Stunde vor dem Aufstehen: Komm, der Tag beginnt! Und wirst du wieder so barsch zu dem Mädchen sein und an den Liebsten denken, der so vor sich hin studiert und die Welt im Schweinsgalopp sich zusammenzimmert, und dir bleibt das Häkeldeckchen auf deinem Schoß, eine Reihe rot, zwei Reihen blau, so geht's voran, und die fleißigen Mädchen nähen und sticken sich ihren Hausstand zusammen. Komm, Minna, aufstehen! – Mademoiselle, sind Sie schon wach? – Ja, ja, ich bin gleich unten.

Gießen, um den 8. 2. 34

Ich dürste nach einem Briefe. Ich bin allein, wie im Grabe; wann erweckt mich Deine Hand? Meine Freunde verlassen mich, wir schreien uns wie Taube einander in die Ohren; ich wollte, wir wären stumm, dann könnten wir uns doch nur ansehen. Sie sagen, ich sei verrückt, weil ich gesagt habe, in sechs Wochen würde ich auferstehen, zuerst aber Himmelfahrt halten, in der Diligence nämlich. Lebe wohl, liebe Seele, und verlass mich nicht. Der Gram macht mich Dir streitig, ich lieg ihm den ganzen Tag im Schoß; armes Herz, ich glaube, du vergiltst mit Gleichem.

Ja, du bist verrückt, flüstert sie in die Kerzenflamme hinein. Die zuckt leise im Rhythmus ihres Atems. Und, ja, du hast recht, ich vergelte dir mit Gleichem: Gram! Du schreibst nichts von deinem Tun, deiner Studiererei. So lässt du mich im Glauben, du sitzt in Gießen im Kummer ohne Freund? Lasse das nicht zu, weiß ich doch, wie gut dir eine Runde unter Gleichgesinnten beim Biere tut. Ein wenig musst du einer Freundschaft hinterherlaufen, sie ist ein scheues Tier und muss gestreichelt und gut gehalten werden. Denke daran, wie du mit Alexis darüber sprachst.

***

Georg drehte sich im Bett um, sah über den Zimmerboden hin bis zum schmalen Kanapee, darauf August Beckers breiter Rücken ihm zugewandt, von einer grauen Pferdedecke halb zugedeckt. Manchmal fand Georg ihn des Morgens auf dem Boden liegend, die Decke und zwei dünne Kissen unter sich, da die Enge des Kanapees ihn dorthin zwang. Ich kann überall schlafen, sagte August, keine Angst, kein Stallboden ist mir zu schäbig. Georgs Aufforderung, abwechselnd das Bett zu benutzen, stieß auf taube Ohren.

In Gießen mochte man August nicht besonders. Auch unter den Studenten pflegte man kaum mehr Umgang mit dem rotbärtigen, großen Mann, der nach dem Tod seines Vaters das Studium nicht fortsetzen konnte und sich als Hauslehrer durchschlug. Es wunderte kaum noch einen von Georgs Kommilitonen, dass er, dieser verschlossene, bis zur Barschheit abweisende Büchner mit seinem sardonischen Lächeln, fast ständig mit dem Becker zu sehen war, diesen gar bei sich nächtigen ließ.

Beckers abgerissenes russisches Samtbarett, mit dem er sommers wie winters herumlief, hing an einem der beiden Stühle am Tisch. Georg setzte sich auf den anderen Stuhl und lachte August auffordernd zu, als dieser sich räkelnd erhob.

Komm, ich gehe gleich hinunter, unser Frühstück holen.

August rieb sich über Gesicht und Haare. Wie lange kann ich das noch annehmen, Georg?

Ha, solange die Gutmütigkeit der guten Frau Hofmann aus »etwas mehr« eine kleine zweite Portion werden lässt. Dann entscheidet mein Geldbeutel, über den wiederum die Gutmütigkeit meines Vaters herrscht.

Brot, Käse, Milch und Malzkaffee brachte Georg herauf, manchmal auch echten Kaffee, und dieser Duft ließ ihn dann kurz glauben, er sei in Darmstadt oder in Straßburg.

Bist du wirklich wieder ganz hergestellt, fragte August, und Georg spielte mit den Lippen am Rand seiner Kaffeetasse, schaute auf die Straße und antwortete: Dieses Nest bringt mich zwar um den Verstand, jedoch geht es mir wieder gut, ganz gewiss, keine Sorge, wir können heute nach Butzbach laufen.

Butzbach. Einen halben Tag Fußweg. Die Luft war frisch, aber die Sonne schien. Zunächst gingen sie noch alleine, was Georg freute. Beim Laufen erzählte August mehr von sich. Dass er kurz davor war, nach Amerika auszuwandern, und welche Umstände ihn zu solchen Überlegungen getrieben hatten, rührte Georg. Armut und Ekel vor seinem Studium waren es gewesen, erklärte August, jedoch die 100 Gulden für die Überfahrt konnte er nicht auftreiben.

Welch Glück, verzeih mir, August, aber sonst hätte

ich dich nicht, sagte Georg lachend. Wessen Anblick sollte mich hier trösten, wenn die anderen mir auf ihrem Weg vom Wirt nach Hause ein recht herzlich betrunkenes Vivat als »Abschaffer des Sklavenhandels« unter dem Fenster bringen?

Sei ihnen nicht böse, Georg.

Sehe ich aus, als könnte ich über Kindereien böse sein? Kennst du mich noch so wenig? Nein, diese Narrheiten stören mich nicht. Wie sie schon vom Gemeineigentum und der Länderaufteilung sprechen, dies bereitet mir Kummer. Als wäre alles ein Handstreich. In einem Kampf gegen die Armeen, womit wir rechnen müssen, haben wir nichts als eine Handvoll undisziplinierter Liberaler entgegenzustellen. Und davor werden noch einige von uns im Gefängnis vor die Hunde gehen.

In solchen Gesprächen gingen sie ihren Weg, auf dem sich vielleicht noch Trapp ihnen anschließen würde, und kurz vor Butzbach könnte der Küfermeister Schneider auf sie stoßen. Dann würden sie beim Lehrer Weidig klopfen.

Weidig, der sie dirigierte, die Anwerbungen für den »Preß- und Vaterlandsverein« guthieß oder ablehnte. Zu ihm hatte August Georg gebracht, und jetzt sprachen sie über die Menschenrechte und darüber, wie der Staat auszusehen habe, der sie am zuverlässigsten wahren könne.

Sie saßen am Tisch mit Weidig, dessen schmale Augen diese anziehende Sanftmut zeigte, die Frauen und Könige gleichermaßen einnehmen konnte. Ein kräftiges männliches Kinn, mit einem tiefen Grübchen, auf das Georg immer schauen musste, wenn er mit ihm sprach.

Die wünschenswerteste Staatsform, sagte Georg, die die einfachste und dem Naturgesetz angemessene Regierung hervorbringen und halten kann, muss eine Republik sein.

Sein Blick schweifte von Weidigs Kinn auf ein hölzernes Kruzifix über der Tür.

Dies dem breiten Volke begreiflich zu machen, muss die Aufgabe einer Flugschrift sein. Ein blanker Aufruf zur Revolution wird sie schrecken. In welchem Unrecht sie leben und dass dies nicht Gottes Wille sein kann, müssen sie erst verstehen. Die Angst vor dem Blut ist groß.

Weidig senkte seine lange, falbe Tonpfeife, sagte: Büchner, mach uns einen Entwurf, schreib zu, und wir beraten darüber.

Georg fühlte seine Mundwinkel zucken, er lächelte, wie man sein schmallippiges Lachen kannte, er hörte den Zuspruch, ja, so machen wir es, hörte Augusts Begeisterung: Deine Sprache, deine Worte und Sätze, die ein schneidendes Messer sein können, ja, du musst es machen.

Die Gläser wurden nachgefüllt, man stieß an, Georg dankte, fühlte Augusts langen Bart an seiner Wange, ja, lass dich umarmen, fühlte Weidigs sanften Blick, schaute auf dessen Kinngrübchen und musste schließlich wieder zum Kruzifix sehen, als er das Glas mit tiefen Zügen leerte.

***

Die Jahreszeit schlug einen Purzelbaum und veranstaltete einen unwirklichen frühen Sommer. Selbst die Ältesten erinnerten sich nicht, je einen solchen Frühlingseinzug erlebt zu haben. In Darmstadt hatte es bereits zu Weihnachten Veilchen gegeben. Selbst auf dem Vogelsberg schlugen alle Sträucher zwei Monate früher aus.

Gießen, den 8. 3. 34

Der erste helle Augenblick seit acht Tagen. Unaufhörliches Kopfweh und Fieber, die Nacht kaum einige Stunden dürftiger Ruhe. Vor zwei Uhr komme ich in kein Bett, und dann ein beständiges Auffahren aus dem Schlaf und ein Meer von Gedanken, in denen mir die Sinne vergehen. Mein Schweigen quält Dich wie mich, doch vermochte ich nichts über mich. Liebe, liebe Seele, vergibst Du? – Eben komme ich von draußen herein. Ein einziger, forthallender Ton aus tausend Lerchenkehlen schlägt durch die brütende Sommerluft, ein schweres Gewölk wandelt über die Erde, der tief brausende Wind klingt wie sein melodischer Schritt. Die Frühlingsluft löste mich aus meinem Starrkrampf. Ich erschrak vor mir selbst. Das Gefühl des Gestorbenseins war immer über mir. Die Ferien fangen morgen in vierzehn Tagen an; verweigert man die Erlaubnis, so gehe ich heimlich, ich bin mir selbst schuldig, einem unerträglichen Zustande ein Ende zu machen. Meine geistigen Kräfte sind gänzlich zerrüttet. Arbeiten ist mir unmöglich; ein dumpfes Brüten hat sich meiner bemeistert, indem mir kaum ein Gedanke noch hell wird. Alles verzehrt sich in mir selbst. Ich habe Dir's schon tausendmal gesagt: Lies meine Briefe nicht – kalte, träge Worte! Könnte ich nur über Dich einen vollen Ton ausgießen – so schleppe ich Dich in meine wüsten Irrgänge. Du sitzest jetzt im dunkeln Zimmer in Deinen Tränen, allein bald trete ich zu Dir. Seit vierzehn Tagen steht Dein Bild beständig vor mir, ich sehe Dich in jedem Traum. Dein Schatten schwebt immer vor mir, wie das Lichtzittern, wenn man in die Sonne gesehen. Ich lechze nach einer seligen Empfindung, die wird mir bald, bald, bei Dir.

Die warme Luft ist Minna am Tage bis zur Unerträglichkeit lästig, die schlagende Helligkeit der niedrigen Märzsonne verbrennt ihr die Wangen. Nach einem Blick in die Sonne sieht sie hinter den Lidern einen riesigen grün-orangen Feuerball, aber keinen Schatten Georgs. Abends streift endlich der kalte Lufthauch durch das Fenster, der sagt: Noch ist es Winter. Es wird finster.

– Du schreibst von einem unerträglichen Zustand. So ist es. Unerträglich. Und du bist es mir schuldig, dich nicht von Arbeit aufzehren zu lassen. Ja, es ist dunkel in meinem Zimmer. Die Kerze leuchtet einen matten Schein über das Papier. Könnte ich sie nur in mich stellen, damit es mir heller wird. Angst und Schmerz legen sich über meine liebsten Hoffnungen. –

Georg besuchte seine Vorlesungen, er las in den Nächten und schleppte sich durch die Tage. Das Wort »Revolution« war ständig um ihn. Bücher sollten ihm die französische Revolution entschlüsseln. Die eigene brannte in ihm. Irgendwann in diesen Wochen schreibt er die Worte: »Friede den Hütten, Krieg den Palästen«. Ende März hat er die erste Fassung des »Hessischen Landboten« fertig.

Liebster George, Du fragst nach Straßburg und hast schöne Erinnerung an diese Stadt. Ich weiß, es tut mir leid, alles ist mir so gleich, über Politik vermag ich nicht zu schreiben. Ohne Dich ist dies ein trockenes Brot, und ich will darüber nicht nachdenken. Was tust Du denn? Was denkst Du denn? Lauter Sachen, die Deine Nerven angreifen. – Du bist fühllos, kein Schmerz, kein Sehnen? Ich habe genügend davon. Ostern! Die Hoffnung auf ein Wiedersehen? Nein, meine Lippen sind nicht kalt. Ich schreie Dir Antworten jede Nacht ins Dunkel hinein. Du hörst mich nicht. – George, wie lange müssen wir noch diesen Zustand ertragen? Er ruiniert meine Gesundheit, Vater musste den Arzt kommen lassen. Wieder ein Fieber, jedoch nichts Ernstes. So viel Kümmernis in mir ist, so sehr drängt sie nach außen, und alle Leute sehen es mir an. Glaubst Du dies? – Nur ein Heilmittel wüsste ich. Wie lange noch, George? Wie soll ich meinem Vater noch ins Gesicht sehen? –

Den Brief, endlich gefaltet und versiegelt, schiebt Minna unter die Schürze, sie stolpert die Treppe hinunter, da war doch die Türschelle zu hören, gerade so, wie Eugène immer schellt, zweimal kurz, doch es ist der dumme Schusterbub. – Wenn ich mein Schatz nicht rufen darf, muss ich ihm winken, nein, ich muss es ihm schreiben, wenn ich weder rufen darf noch winken. Er wird böse sein, wenn ich es fordere! – Diese vermaledeite Wärme! Der Kopfschmerz sprengt mir den Schädel. – George! Es muss sein, noch dieses Jahr. Ein Heilmittel weiß ich! Vierundzwanzig werde ich heuer, Herrgott, und wann kommt Eugène! – Endlich trifft er ein, noch vor dem Kirchgang. Das Kuvert will nicht aus dem Bund zwischen Schürze und Rock. – Ich habe zu erbittert geschrieben. Er wird böse sein. – Hier, Eugène. – Das Kuvert ist hervor, und leicht bebt Minnas Hand, die es kurz zurückhält, und Eugène schaut konsterniert. Doch, nehmen Sie, Eugène, und tausend Dank.

Jetzt zum Kirchgang die geflickten Sommerstiefel an die Füße und eiligen Schrittes hin zum Gottesdienst, zum Vater in die Kirche, wo der dunkle Sandstein kühle Beruhigung verspricht. Sie bemerkt, wie Eugène sie von der Seite beobachtet und leichten Sinnes singt:

> Gott, ich nehms aus deinen Händen
> als Liebes-Zeichen an:
> Denn in solcher Leidens-Bahn,
> willst du meinen Geist vollenden …

Und Minna singt mit, schaut den Vater nicht an und will ihren Geist nicht im Leiden vollendet sehen.

Warum kann ich nicht einen Mann wie Eugène lieben?

Gießen, um Mitte März 1834

Ich wäre untröstlich, mein armes Kind, wüsste ich nicht, was Dich heilte. Ich schreibe jetzt täglich, schon gestern hatte ich einen Brief angefangen. Fast hätte ich Lust, statt nach Darmstadt gleich nach Straßburg zu gehen. Nimmt Dein Unwohlsein eine ernste Wendung, – ich bin dann im Augenblick da. Doch was sollen dergleichen Gedanken? Sie sind mir Unbegreiflichkeiten. – Dein Schmerz ist alt und abgezehrt, er stirbt, das ist alles, und Du meinst, Dein Leben ginge mit. Siehst Du denn nicht den neuen lichten Tag? Hörst Du meine Tritte nicht, die sich wieder rückwärts zu Dir wenden? Sieh, ich schicke Dir Küsse, Schneeglöckchen, Schlüsselblumen, Veilchen, der Erde erste schüchterne Blicke ins flammende Auge des Sonnenjünglings. Den halben Tag sitze ich eingeschlossen mit Deinem Bild und spreche mir Dir. Du sprachst mir von einem Heilmittel; lieb Herz, schon lange schwebt es mir auf der Zunge, ich liebte aber so unser stilles Geheimnis – doch sage Deinem Vater alles – doch zwei Bedingungen: Schweigen, selbst bei den nächsten Verwandten; ich mag nicht hinter jedem Kusse die Kochtöpfe rasseln hören und bei den verschiedenen Tanten das Familienvatergesicht ziehen. Dann: nicht eher an meine Eltern zu schreiben, als bis ich selbst geschrieben. Ich überlasse Dir alles, tue, was Dich beruhigen kann. Was kann ich sagen, als dass ich Dich liebe; was versprechen, als was in dem Worte Liebe schon liegt, Treue? Aber die sogenannte Versorgung? Student noch zwei Jahre; die gewisse Aussicht auf ein stürmisches Leben, vielleicht bald auf fremdem Boden!

… doch sage deinem Vater alles! Sage deinem Vater alles! – Minna liest, und sie lacht in ihre Faust hinein, auf die Tränen fallen. Sie beißt sich in die Finger, kein Laut darf vor der Tür zu hören sein. Sie beugt sich nach vorne, das unterdrückte Lachen tut weh, zerrt in der Kehle, sie fällt kniend auf den Boden, wirft sich seitlich zurück, streckt sich mitten im Zimmer auf dem Flickenteppich aus. Die Stimme findet Erleichterung, keucht Ach- und Ha-Laute, die Finger suchen den Brief wieder, er liegt halb unter dem Nachtkasten, sie schaut ihn an. – Und nun? – Vater!

Noch mit dem Mut und dem Feuer dieses Tages musste sie zu ihrem Vater gehen. Nur so geht es. Jedes Abwarten hätte Zweifel und Ängstlichkeiten geschürt.

Er sah alt aus, und Minna tat es leid, diese bisherige

Geheimnistuerei. Jetzt nun die Strafe, das schwere Geständnis.

Aber Ihr wollt es doch noch erleben, Monsieur le Papa? Nicht wahr? Dass Eure Tochter, die einzige Tochter …, Papa, seid nicht böse, ich bitte Euch.

Pfarrer Jaeglé hatte sich einen Abendimbiss auf sein Zimmer bringen lassen. Nun schob er seinen Teller beiseite, drückte die Serviette von einer Hand in die andere, legte sie weg, erhob beide Hände, wie vor einer wichtigen Passage in einer Predigt.

Romantischer Firlefanz! Heimliche Verlobungen! Moderner Humbug!

Er kaute noch vor sich hin, trank einen Schluck.

Du hast Glück, mich nach dem Essen aufzusuchen. Du weißt – ja? da bin ich gut gelaunt.

Ja, Papa. Minna sah auf den Boden, während der Vater aufstand und energisch auf und ab ging.

Ich hab ja nichts gegen ihn, mein Kind. Nein, ich nicht. Aber … wie sieht das sein Vater?

Sein fordernder Blick bedrängte Minna, sie kannte keine Antwort.

Ihr wisst es noch nicht, nicht wahr? – Also gut. Dann darf ich dir meine Vermutung anvertrauen: Den guten George hat die Angst vor seinem Vater in die Heimlichtuerei getrieben. Und da sage ich, liebe Minna, als dein Vater – und er tippte energisch mit dem Finger auf die Tischplatte –, das nehme ich ihm übel! Dir ging es schlecht, krank warst du! Wie will er das rechtfertigen? Hm, nun gut. Ich habe so etwas geahnt.

Er setzte sich wieder, sagte: Im Übrigen, wie steht es mit seinem republikanischen Eifer?

Minna antwortete, ohne sich von der Stelle zu rühren:

Oh, Papa, ich mache mir Sorgen. Er kennt Leute – ich weiß nichts Genaues –, Ihr werdet das selbst besser beurteilen können. Aber er wusste Dinge von Plänen, auch von diesem Wachensturm. Und ich glaube, er wird bei dem, was er als »Affenkomödie« der Herrschaften bezeichnet, nicht einfach nur zusehen. Er hat ein … Herz, und, nicht wahr, den ehrlichen Willen … Man kann doch nicht den armen Leuten immer nur aufbürden?

Ja, ja, ja, unterbrach sie Jaeglé ungeduldig. Solange er selbst nichts tut, solange, mein Kind, hat er sich nicht strafbar gemacht. Leute kennen kann jeder, daraus wird keinem ein Strick gedreht.

Sie hörte darin die Warnung ihres Vaters vor dem Leben mit einem, der aus Überzeugung das Gesetz bricht. – Von der Aussicht auf ein stürmisches Leben hatte Georg geschrieben. Und sie wusste nichts und durfte nichts wissen von dem, was ihr Verlobter tat.

Aber du hast dich für ihn entschieden, Minna.

Dies war ein unerwarteter Zuspruch, und im Ton des Vaters lag so viel Bestimmtheit. Nur ein Ja, aber ja, Papa, brachte Minna hervor, sie kam sich bei diesem Gestammel so einfältig vor. Jetzt war es so: Sie war Georgs Braut. Ein stürmisches Leben? – Und meine Ansprüche auf Lebensglück?

In der Karwoche kam sein nächster Brief:

Ich werde gleich von hier nach Straßburg gehen, ohne Darmstadt zu berühren; ich hätte dort auf Schwierigkeiten gestoßen, und meine Reise wäre vielleicht bis zu Ende der Vakanzen verschoben worden. Ich schreibe Dir jedoch vorher noch einmal, sonst ertrag ich's nicht vor Ungeduld; dieser Brief ist ohnedies so langweilig wie ein Anmelden in einem vornehmen Hause: Herr Studiosus Büchner. Das ist alles! Wie ich hier zusammenschrumpfe, ich erliege fast unter diesem Bewusstsein. Ja, sonst wäre es ziemlich gleichgiltig, wie man nur einen Betäubten oder Blödsinnigen beklagen mag!

Wir werden ein bisschen Romantik treiben, um uns auf der Höhe der Zeit zu halten.

Adieu.

***

Der Weidig versteht meine Schrift nicht, August. Ich fürchte schon sein Redigieren. Dabei ist gerade die Wirkung auf das breite Volk das Wichtigste.

Sie standen in Georgs karger Kammer, in der der Geruch ihrer verschwitzten Kleider hing.

Es macht mich unruhig, Georg, wenn du so redest, du, der du doch alle so begeistern kannst.

Georg legte beruhigend eine Hand an den Arm des Freundes. Es ist nur, weil Weidig nicht gefällt, was ich gegen die liberale Partei schrieb. Sollte es jedoch diesen Leuten gelingen, die deutschen Regierungen zu stürzen und eine allgemeine Monarchie oder auch Republik einzuführen, so bekommen wir hier einen Geldaristokratismus wie in Frankreich. Dann soll es lieber so bleiben, wie es ist.

Georg machte eine ausholende Bewegung, bei der er sich im Schwung um sich drehte.

Georg? Wir sind uns doch einig? Alle. Daher die Flugschrift. Ja, und die Masse muss durch ihre Überzahl und ihr Gewicht die Soldaten erdrücken.

Da ließ Georg die Arme fallen, starrte ins Leere. August bekam Angst. Wenn sie schon unter sich nicht in einem Guss und in einer Überzeugung arbeiteten, wie sollte die Wirkung auf das Volk ausfallen? Becker glaubte an jedes Wort, er hatte den Landboten ins Reine geschrieben.

Dann sagte Georg ihm, er müsse nach Straßburg.

Nach Straßburg, Georg?

Georg strich sich mit beiden Händen durch die wirren Locken, suchte fahrig seine Brille hervor. Ich brauche dazu Geld, sagte er noch. Vom Tisch nahm er ein Buch, zog daraus ein Blättchen hervor, während er auf August zuging.

Hier, August.

Becker nahm das Blatt. Es zeigte die Zeichnung einer jungen Frau, das Haar zu einem einfachen Kranz hochgesteckt, breite, dunkle Augenbrauen, ein skeptisches Lächeln, das den fast strengen, klaren Blick auf den Betrachter begleitete.

Das ist Minna, sagte Georg.

August schaute vom Blatt zu Georg. In Straßburg?, fragte er. Du hast ein Mädchen in Straßburg? Er lachte auf und legte ihm anerkennend die Hand auf die Schulter.

Wir sind verlobt.

Georg! Wie kannst du nur? Du hast ein gefährliches Leben vor dir. – Mit dem Finger deutete er auf die Blätter des Landboten auf dem Tisch. Wenn die Regierung erfährt, dass du dies geschrieben hast, dann ist dein Leben so gut wie verloren.

Georg lehnte sich an die Schulter des großen Mannes neben ihm. Aber ich muss zu ihr stehen, zu meinem Wort.

***

Georg schrieb an seinen Vater, um für die Reise in den bevorstehenden Osterferien nach Darmstadt Geld zu erbitten. Dass er nicht nach Darmstadt fahren würde, hatte er bereits entschieden. Unter Vorwänden erbat er eine größere Summe, als für die Reise allein notwendig war. 20 Gulden. Gleichzeitig ersuchte er brieflich seinen Patenonkel Georg Reuss um 22 Gulden. Im Besitz beider Summen, reiste er Ende März nach Straßburg. Seine Eltern glaubten ihn längst auf dem Weg nach Darmstadt.

Aber Minna durfte ihn erwarten. Der Herr Studiosus Büchner! Sie lachte. Sie nahm sich das Recht, glücklich zu sein. Mit welcher Last er in Straßburg ankam, wusste sie noch nicht.

Schweigen zur Verlobung, selbst bei den engsten Verwandten, hatte er geschrieben. Minna wollte keine Kränkung darin erkennen. Ihr Vater ging damit nur unwillig um.

Was denkt er sich? Ihr seid verlobt!

Vater, bitte, seid nicht so streng mit ihm.

Ja, ja, Liebe macht nachsichtig. Der alte Mann zog sich mit einer barschen Handbewegung zurück.

Minna richtete das Haus, Georgs Zimmer, obgleich er in ihm nicht wohnen würde, buk Kuchen und putzte die gute Stube. Nur nicht warten, nicht auf die Uhr sehen. Wann er kommen würde, hatte er nicht angekündigt. Früher Nachmittag war es schließlich, als er durch die angelehnte Haustür trat. Minna sah vom Ende des Flurs den Lichtspalt breiter werden, darin erschien dunkel seine schmale hohe Statur. Er zog den Zylinder ab, pochte sacht an den Türstock. Minna?

Lange standen sie zusammen im kühlen Korridor,

umarmten sich unter der Treppe, hinter Georg die offene Falltür zum Keller hinunter, wo auf der obersten Stufe der Holzstiege eine Maus fiepte. Sie lachten vor lauter glücklicher Verlegenheit.

Was gibt es denn zu weinen, sagte er, wischte sich dabei zwei Tropfen aus den Augenwinkeln, streichelte ihr über den Scheitel. Mein Lieb!

Minna musste schniefen, tupfte sich mit einem Tüchlein das Gesicht ab. Ach, die Freude, die Aufregung. George!

In diesem »Ach« lag so viel Ungesagtes. Für Georg klang es wie Anklage, heimliche Sorge, nicht unberechtigte.

Sie wollte nicht drängen, aber ihr Vater sagte es Georg geradeheraus. Unverzüglich solle er seine Eltern benachrichtigen. Georg versprach es und noch alles, was von einem Schwiegersohn tunlichst erwartet wird. Sicherheit und Versorgung.

Da glaubte man vor einem Jahr noch das Leben völlig offen zu sehen, sagte Minna, und dann steht man vor einem festgefügten Weg.

Sie gingen spazieren, durch die Stadt, zusammen mit Louis-Théodore, der seine Ferien, wie er ironisch Georg zuwisperte, anständigerweise zu Hause bei seinen Eltern verbrachte.

Georg warf seinen Stock leicht in die Luft, fing ihn geschickt auf. Ja, vor einem Weg, bestätigte er Minna. Eine neue Wirklichkeit, die das ist, was bleibt, wenn man durch das Nadelöhr einer Entscheidung gegangen ist.

Minna stellte sich mit einem flinken Schritt energisch

vor ihn. George! Du hast in den letzten Monaten auch andere Entscheidungen getroffen, nicht wahr?

Tauben flogen unerwartet neben ihnen auf, lenkten die Blicke kurz auf sich. Minna nahm seine Hand. George!

Ja, Minna, aber nicht jetzt. Bitte.

Er bot seinen Arm an, sie hakte sich unter. Als sie Louis-Théodore wieder einholten, sagte dieser: Tja, Büchner, mit meiner großen Schwester hast du dir keine Frau ausgesucht, die alles fraglos hinnimmt.

Eine Frau, die das täte, wäre mir auch gleich, Louis. Wäre es nicht entsetzlich langweilig?

Die Spitze seines Stockes kreiste in der Luft, rahmte den Münsterturm ein.

Was tust du, George?

Ein Ziel suchen, Minna, es einkreisen.

Sei vorsichtig dabei, flüsterte Minna.

Sie bogen auf den Fischmarkt ein, eine Windböe trieb die langen Bänder an Minnas Strohschute über Georgs Brust, dann um ihre Schulter. Sie gingen auf das Ufer der Ill zu. Minna fragte: Hast du den Brief bereits geschrieben?

Sie fühlte seinen Arm sich zusammenkrampfen. Seine Lippen verzogen sich zu einem schmalen Strich.

Die Störche!, rief Minna. Ist euch das aufgefallen? Sie schaute in den Himmel. Obwohl das Frühjahr so warm ist, kommen die Störche trotzdem nicht eher aus Afrika zurück.

Dies war einer der wenigen ruhigen Tage, das Osterwochenende. Darauf musste täglich mit Unruhen gerechnet werden. Die Stadt war unsicher, bewaffnete

Aufstände waren geplant. Zum 10. April trat ein Gesetz in Kraft, das die Vereinsfreiheit auch für weniger als zwanzig Mitglieder aufhob, und jedes Mitglied machte sich strafbar, nicht nur die Anführer.

Minna wollte Georg Fragen stellen, aber sie war vorsichtig, sagte: Du willst doch, dass ich Anteil nehme. Was tust du hier? Da ist etwas, ich weiß es.

Du solltest nicht zu viel wissen.

Und was ist das Wenige, das ich wissen darf?

Ich muss sicher sein, wir – ich oder meine Freunde – haben einen gut geplanten Fluchtweg und zuverlässige Unterkunft bei eingeweihten Leuten, falls es so weit kommt.

George? Ihr geht so weit?

Es ist nicht schwer bei den deutschen Gesetzen, zu weit zu gehen.

Sechzehn Tage hielt Büchner sich in Straßburg auf, und bei seiner Abreise schlugen sich die bewaffneten Republikaner mit der Armee. Auf einem Bankett der Republikaner im Hotel »Zum Geist« wurde der Trinkspruch ausgerufen: »Auf die Stunde der Befreiung der Völker und den Tod des letzten Königs!«

Solche Nachrichten machten die Runde. Man rechnete mit allem.

Wenn wir nur in Hessen so weit wären, sagte Georg. Zum Verabschieden war er früh am Morgen von Reussens Neuhof draußen in die Stadt gekommen, reisefertig, die Pelerine über den Arm gelegt.

George, überlegt … nein, überlege du gut, was du tust. Sie mimte ein fröhliches Lachen. Vater Jaeglé fragte nach einem Antwortbrief aus Darmstadt.

Der ist eingetroffen, sagte Georg.

Und? Der sieht nicht so aus, wie ihr es euch gewünscht habt?

Ein stummes Nicken folgte. Aber ich – Georg wollte seiner Stimme Gewissheit geben –, aber ich werde mein Studium zu Ende bringen und für mich tun, was für mein Leben wichtig ist. Und hierzu gehört, Minna zu heiraten. Keiner wird meine Grundsätze durchkreuzen.

Jaeglé hob kurz die Augenbrauen. Gut, lieber Büchner.

Man erwartete am Vormittag Tumulte auf den öffentlichen Plätzen, deshalb durfte Minna nicht mit zur Poststation kommen. Nur eine Umarmung noch, so lange wie möglich, dann im Gehen ein Blick über die Schulter. Georg rief von der Straße: Ich werde ein Revolutionsstück schreiben, Minna. Adieu, piccola mia.

Drinnen lehnte sich Minna mit dem Rücken gegen die Tür, die mit einem metallenen Schnarren ins Schloss rutschte. – Eine gewisse Aussicht auf ein stürmisches Leben. – Oh, George!

1853

Der Buchdeckel ließ sich noch nach drei Jahren mit dieser leichten Widerspenstigkeit öffnen, die neuen Büchern eigen ist. Minna hatte das Buch nicht oft aufgeschlagen, seit es hier stand. Es hatte seinen Platz in ihrem Zimmer, im Regal, mal weiter oben, mal weiter unten, nur nicht auf Augenhöhe, wo sie es oft sehen müsste. Die »Nachgelassenen Schriften von Georg Büchner«, herausgegeben von Ludwig, dem Bruder, ihm, dem sie so viel anvertraut hatte, der Georg so ähnlich war.

Geschickt hatte man es ihr, es als Erfolg bezeichnet, dies geschafft zu haben, auch mit ihrer Hilfe. Minna, ich bin zu Dank verpflichtet, schrieb Ludwig.

Sie blätterte, die Schutzseite, das Deckblatt, das Inhaltsverzeichnis:

Georg Büchner, Seite 1

Dantons Tod, Ein Drama, Seite 51

Leonce und Lena, Ein Lustspiel, Seite 151

Briefe: An die Familie, Seite 237, An die Braut, Seite 281 – Briefe an die Braut. Das bin ich. Ich, die Braut. Die Blätter schlagen sich in leisem Knistern widerständig um, die Hand glättet sie, weiter, da, Seite 281. Briefe an die Braut. Wort für Wort. Alles so abgedruckt, wie sie es Gutzkow vor dreizehn Jahren abgeschrieben hatte. Meine liebsten Worte, vor den Augen aller, aller Menschen ausgebreitet.

Dies war der Bruch, die Auflösung der Freundschaft zu den Büchners.

Bei ihrer Cousine Julie zeigte sie ihren Schmerz ungeniert. Niemand erlebte wie Julie die schluchzende Minna. Vor den Freunden zeigte sich eine untröstlich entrüstete Frau. Niemand soll vor mir jemals mehr von den Büchners sprechen, forderte sie.

Selbst Edouard Reuss, der ganz und gar auf Minnas Seite stand, fand dieses rigorose Verbot übertrieben. Wäre es nicht genug, Minna, fragte er deutlich, lediglich nicht über Ludwig zu sprechen? Aber die Büchners, die Familie, ich bitte dich, wir sind verwandt mit ihnen.

Ach, diese Verwandtschaft, die vor zwei Generationen eine enge gewesen sein mag. Damit wollte sie sich nicht versöhnlich stimmen lassen. Der Name Büchner, der Name, den sie bereits heimlich als Unterschrift geübt hatte – Wilhelmine Büchner – W. Büchner – L. W. Büchner – Büchner – Büchner – auf Löschpapier vier, fünf Mal hintereinander – der Name war ihr durch Ludwig zuwider geworden, als wenn man Galle in ihr Gemüt gespuckt hätte.

Ein Schmerz, ein Verlust, mein Gott, ja, ich werde vergessen können, wenn ich mir vor Augen halte, dass das Buch keinen sehr weiten Umlauf haben wird und die, die es lesen, auch vergessen werden. Wen bewegen die Briefe eines jungen, unbekannten Dichters? – Mich! Und alle, die uns kannten, lesen die Briefe und vergessen nicht! Ich stehe im Hemd vor ihnen!

Und jetzt wieder seit langem ein Tag, an dem sie grübelnd das Buch in der Hand hielt, verlegen blätterte und gar nicht wusste, warum sie sich verlegen fühlen sollte.

Das Gewissen. Sie war zu schroff, gewiss war sie unangemessen wütend gewesen vor drei Jahren. Jetzt ist alles zerteppert, wie ihre Mutter sagen würde. Kein Wort von den Büchners kam mehr, und sie wollte auch nicht schreiben. Wenn sie das Buch weggeben könnte, wenn es aus den Augen wäre, würde das helfen, zu vergessen.

Doch viel mehr schwebte ihr die absurde Idee vor, alle Exemplare zu sammeln, sie den Leuten abzuverlangen, sie abzubetteln unter Vorwänden, wegen Fehldrucks, enthaltener Irrtümer oder gar Lügen.

Sie stellte es zurück ins Regal, diesmal weit oben, schaute prüfend den Platz an. Nein, er hätte sie nicht abdrucken dürfen! – Das Buch weggeben? Sie ahnte, im gleichen Moment hätte sie es bereut. Wenn man vor dieser Entscheidung nur davonlaufen könnte.

Sie ging hinaus, als ob sie wirklich davonlaufen könnte, wie so oft. Sie liebte die Spaziergänge in den Gassen draußen. Ein klein wenig hier so sein, wie Emma Herwegh es überall für sich beanspruchte. Alleine durch die Straßen Straßburgs zu gehen, selbst wenn es keinen Anlass gab, keine Besorgung, keine Einladung. Um eine Restauration aufzusuchen, musste sie sich leider Gottes auf ihre Besuche bei den Verwandten im »Blauen Bauer« beschränken. Mochte Julie-Pauline auch davon wissen – sicher wusste sie es –, Minna gab es vor Eugène Boeckel als Vertraulichkeit aus. Er sollte von ihrem kleinen Aufbegehren gegen die engen Lebensregeln von Nützlichkeit und Anstand wissen. – Nur zum Vergnügen, Sie verstehen? – Er war der Freund. Eugène Boeckel, der ihr Georgs Briefe heimlich übergeben hatte, der nie ein Geheimnis gebrochen hatte.

Vollstes Verständnis habe ich, beste Freundin. Er sagte oft »beste Freundin«. Sie hatte ihm erklärt: Mademoiselle Wilhelmine, das bin ich nicht mehr.

Er sah kurz auf, als suchte er eine pathologische Veränderung in ihrem Gesicht.

Oui, beste Freundin, Wilhelmine, ohne Mademoiselle! Voilá.

So sagten sie »Sie« zueinander, seit ihrem sechzehnten Lebensjahr, als sie sich in Straßburg trafen, er erst fünfzehn, der Sohn des besten Freundes ihres Vaters, Jonas Boeckel. Wilhelmine und Eugène. Für immer: »Sie« und »Ihre beste Freundin«.

Sie begegneten sich oft, denn Eugène liebte die Grand Rue, die Geschäfte, Auslagen und Buden, und wenn Minna von der Rue des Cordonniers direkt in die Grand Rue einbog, sich unter den Leuten in dem Gewirr von wehenden Schürzen und Rockschößen, zwischen Schuten, Zylindern und Spazierstöcken verlieren wollte, für eine Stunde, nur für eine Stunde, bitte, die Zeit, die Briefe, die Büchners und sonst alles vergessen wollte, konnten sich ihre Wege leicht kreuzen. Man kann mit seinem Arzt, seinem ältesten Freund, dem Vertrauten, auf der Straße reden. Er erwähnte dann und wann George, seinen Freund, und bei ihm war es Minna erträglich. Eugène sprach mit nonchalanter Herzlichkeit von der Vergangenheit. Weiß Gott, warum dies so war, weiß Gott, warum er Georgs erster und bester Vertrauter geworden war. Er, Eugène, der Schwätzer, der Plauderer, der Genießer. Immer bei Laune und immer bei Gelde, wie er sich einmal beschrieb in einem Brief. Er, Eugène, wusste als Erster von ihrer Verlobung.

Wie er dastand, gedrungen, kaum größer als Minna,

aber sicher und schwungvoll in jeder Bewegung. Elegant hielt er seinen Stock, den er zuweilen unentschieden schwenkte. Minna lächelte.

Das Flanieren, welche Leidenschaft!, schwärmte Eugène, wie er von allem schwärmte, was bequem und elegant war.

Minna hielt ihren Hut fest, die Beuteltasche an der anderen Hand flatterte im Wind. Die weiten Ärmel ihrer kurzen Mantille flappten ab und zu nach hinten. Der Wind holte das Laub von den Bäumen, wirbelte die Blätter um die Füße, ein trockenes Knistern begleitete die Schritte. Auch Eugène hielt seinen Hut.

Sie lachen, beste Freundin. Seien Sie ehrlich, Sie lachen über mich.

Lieber Freund, wie käme ich dazu! Ich liebe es, mit Ihnen zu parlieren, den Weg zu teilen. Es stimmt mich heiter. Und daher, lieber Eugène, darf ich Sie etwas fragen, was mir seit Tagen auf dem Gemüt liegt?

Grandios! Wer kann schon von sich sagen, ein Frauenherz heiter zu stimmen? Und die Frage?

Den Kopf ein wenig geneigt, gegen den Wind gestemmt, gingen sie vorwärts.

Es geht um mein altes – nein – tiefstes Problem. Sie wissen, das Buch, die Briefe. Ich schäme mich heute noch, gar vor den engsten Freunden, wenn ich daran denke, dass sie sie lasen, die Briefe, die für mich bestimmt waren.

Ach, beste Freundin, mit der Zeit kommt auch das Vergessen.

Jedoch etwas Gedrucktes hält lange stand dagegen, Eugène, und Ludwig ließ Georgs Schriften ja gerade daher drucken, damit sie nicht vergessen werden.

Oui, wie recht Sie haben, aber Ihre Bekannten verstehen Sie alle, dies wissen Sie, waren ebenso entrüstet. Und der Rest der Welt soll Ihnen gleich sein.

Im Gehen sah sie kurz in sein Gesicht, suchte vergeblich nach dem nötigen Ernst in diesen Sachen. Aber gerade sein legerer Geist machte es ja leicht, mit ihm darüber zu sprechen, daher fragte sie weiter: War ich damals zu brüsk, zu aufbrausend? War es angemessen, in solcher Wut zu reagieren?

Nun, beste Freundin, es war die Verletzung durch diese Indiskretion. Man hätte Sie fragen müssen. Da man es nicht tat, ist Ihre Haltung gerechtfertigt.

Georg war so eitel und eigen, wenn es um das Persönliche ging. Meine heiligsten Geheimnisse, sagte er damals nach der Durchsuchung seines Zimmers, in den Händen dieser schmutzigen Menschen! Briefe von mir, von Alexis und von Ihnen, Eugène. Und in diesem Buch nun? Die liebsten, geheimsten seiner Briefe an mich: vor den Augen der Öffentlichkeit! Ist es nicht so, als hätte man das, was George am wichtigsten war, das Geheimnis der Briefe, gebrochen?

Eugène schwenkte seinen Stock. Es hat seine Üblichkeit, Briefe Verstorbener zu publizieren.

Ja, etwas, was mir nie so geheuer war, ich bin von Natur aus nicht allzu neugierig veranlagt.

Sie sah darüber hinweg, dass er ihre Frage nicht beantwortet hatte, und setzte nicht mehr nach.

Unten an der St.-Pierre-le-Vieux sagte er: Und hier wurden Ihre lieben Großeltern getraut.

Sie schauten beide hoch, zu den Türmen, oder eher noch in die fallenden Blätter.

Dieser Wind.

Und dabei ist es so lau.

Oktober, bald November.

Jetzt setzte er den Hut ab, sagte: Was soll's? Auf der Stelle waren seine Haare zerzaust. Trotzdem blieben beide noch etwas im Schutz des öffentlichen Platzes vor der Kirche, um weiter unverfänglich nebeneinanderstehen zu können.

En public, sagte er, ist man oft erstaunlich großzügig unter den Menschen.

Ein Blätterwirbel drehte sich um ihre Füße.

Sie kommen, Eugène? Zu meinem Geburtstag am 15. zum Tee?

***

Zu diesem Geburtstag würde wie jedes Jahr das Unvermeidliche passieren, einer der Gäste wird den Verlobten erwähnen, oder »unseren guten Georg«, oder »Freund Büchner«.

Boeckel trat mit dem Ausruf: Beste Freundin! in das Esszimmer, eilte mit eleganten Schritten auf Minna zu. Dieser Geburtstagstee versöhnt mich mit dem Beginn der dunklen Jahreszeit. – Madame Schmidt. Er verneigte sich, begrüßte dann Charles Schmidt und Wilhelm Baum, der sogleich ankündigte, nicht lange bleiben zu können. Boeckel war spät, wie meist.

Baum! Auf die Konversation mit dir freue ich mich seit Wochen. Wo sollte ich dich sonst treffen?

In meinem Gottesdienst, lieber Boeckel.

Alle lachten. Baum legte sich ein letztes Stück Kuchen auf den Teller, während Boeckel Edouard Reuss und Minnas Cousin Viktor begrüßte.

Meist begann Wilhelm Baum von »Freund Büchner«

zu sprechen, was er aber heute unterlassen hatte, da er riskierte, besonders von Madame Schmidt oder von Viktor Jaeglé barsch zurechtgewiesen zu werden. Die Familie hielt sich geradezu unverbrüchlich an Minnas Verbot, die Büchners und somit auch Georg zu erwähnen.

Baum wollte aufbrechen, ging umher und reichte allen die Hände.

Si diis placet, rief Boeckel, so werden wir uns spätestens nächstes Jahr hier wiedersehen.

Er sagte meist: diis. Gott in der Mehrzahl, denn Gott habe zahlreiche Gesichter, wie er meinte. Der eine samt seiner Lehre reicht mir, rief Viktor unter lachender Zustimmung von Edouard und Charles.

In der verkleinerten Runde, ohne ihren trägen, dickbauchigen »Pädagog« Baum, begann Boeckel von der farbigen und prächtigen katholischen Messe zu schwärmen. Das Auge bekommt dabei etwas geboten, sagte er.

Minna stimmte zu. Es steckt so viel Anschaulichkeit in der katholischen Liturgie, die Menschen fühlen sich angesprochen, buchstäblich eingenommen.

Äußerlichkeiten, sagte Charles, und Julie unterstützte ihren wortkargen Mann. Die Aufforderung, ins innere Gespräch mit Gott zu gelangen, ist dem protestantischen Glauben wichtiger.

Ohne Zweifel, lenkte Boeckel ein, aber er sehe das pragmatischer. Die Nichtigkeiten des Äußerlichen sind wie Spielzeuge, an denen ein Kind lernt. Über das Auge wird unmittelbar die Botschaft an das Herz vermittelt. Nun denn, keine Angst, ich werde unserer Konfession nicht abtrünnig. Dieu merci, wir leben ihn hier in diesem Winkel unbehelligt. Dies war nicht immer so.

So wie er gerne von der Religion plauderte, hielt er es auch mit der Politik. Nur nicht diskutieren, im Plauderton war alles erträglicher.

Von Reisen, ja, von seinen Reisen erzählte Boeckel allzu gerne, von seiner Tour durch die deutschen und österreichischen Städte und Hörsäle, von seiner Beschau der dortigen Professoren und Leichen in der Anatomie.

Es gab einige Aventuren, namentlich auf dem Weg nach Wien, begann er.

Minna kannte das alles. Oh, wovon wird zu meinem Geburtstag geredet! Von den Farben der katholischen Priestergewänder, dem Gespräch mit Gott und Unannehmlichkeiten auf Reisen, deren Ziel es ist, Leichen zu zerschneiden. Aber was wäre die Unterhaltung ohne Eugène?

Eugène hielt die Österreicher unter ihrer Monarchie für das glückseligste Volk, welches daher gar nichts anders zu wollen schien: Abgesehen davon, dass in diesem Staatsgebilde der katholische Glaube sich gut ausmacht und ein hohes Maß an Zusammenhalt vom Balkan bis an die Adria gibt.

Nun ja, warf Charles ein. Die österreichische Monarchie scheut Modernisierung in der Staatsführung wie die Pocken und versäumt im Dornröschenschlaf den Aufbruch.

Eugène holte neu aus: Und wer hat schon einen so ausnehmend schönen, eleganten Kaiser! Eine andere Verfassung wäre der Ruin dieser Monarchie!

Nun denn, lieber Eugène. Minna zeigte sich interessiert. Jetzt haben auch wir einen schönen, eleganten Kaiser und eine schöne Kaiserin dazu. Was hat dies nun zu sagen? Seien Sie mir nicht böse, aber er hat uns ein neues Kaiserreich beschert, doch was das Kaiserreich uns beschert, wird sich noch zeigen.

Dies ist allerdings vorerst nicht zu sagen. Ein neuer Kaiser Napoleon hat längst nicht die Wurzeln, die ein Habsburger hat. Aber ich bin zuversichtlich.

Es war wie immer. Eugène streckte jeder neuen Regierung erwartungsvoll wie ein Kind zu Weihnachten die Arme entgegen, bevor die Geschenke überreicht wurden. Er war wie vor zwanzig Jahren und würde sich wohl nicht ändern. Georg hatte damals gemeint, Eugène sei naiv bis auf die nackten Knochen. Er war es leid, Eugènes Argumente anzuhören und sie anschließend aus den Angeln zu heben, was nicht schwer war, aber bei Eugène nichts bewirkte.

Nein, er war nicht leichtsinnig. Leichtsinn war für Eugène eine Umschreibung für die Fähigkeit, leichten Sinnes zu sein. So meinte er oft: »Wer nicht leichtsinnig ist, soll sich Mühe geben, es zu werden, es trägt viel zu den Annehmlichkeiten dieses Lebens bei.«

Georg war leichtsinniger. Nie leichten Sinnes. Den Leichtsinn verkaufte er den Leuten als unbegrenztes Gottvertrauen. Vor Minna nicht.

Minna wollte gerne das Gespräch beenden, nein, bitte nicht über Staat und Bürger sprechen. Sie mochte es – damals. Nun nicht mehr. Nur eine Stimme wollte sie dazu hören. Was reden die Menschen so daher über Freiheit, Bürgerrechte, Steuern, Macht, Parlamente. Ja, ja, redet nur. Ich rede mit, höre euch, obgleich ich nichts hören will, denn seine Ideen und Hoffnungen haben sich nicht erfüllt. Er hatte recht, die Menschen sind nicht reif für große Republiken, Gemeineigentum, Wahlrecht für alle, Bauern und Frauen eingeschlossen. Alles stockt.

Keine wirkliche Änderung ist in Sicht. Wenn sie doch nur wie Georg von einer »république universelle« reden könnte, von der Utopie, die seine Stimme zum Brennen brachte. – Wie lächerlich sie einmal davon gesprochen hatte. Ihr fehlten die Argumente. Nein, ihr fehlte wohl die wirkliche Überzeugung, dass dies möglich sei. Eine Republik aller Bürger in Freiheit, Gleichheit und – was jedenfalls am meisten fehlen würde, solange es den Reichtum der einen gäbe – Gerechtigkeit. Darüber zu diskutieren, fand Minna seit Jahren müßig, unergiebig, zumal mit ihren Herren Verwandten, den Theologen, die hier zu Gast waren. Das Himmelreich bringt die späte Erlösung, und die Hinwendung zu Gott ist im Leben der rechte Weg, wie sie in ausführlichen Erläuterungen der christlichen Lehre darlegten. Kompliziert und feinsinnig war das Gedankengespinst, und Minna und Julie-Pauline stimmten dem allen freundlich zu.

Das Gute im Kleinen tun, in der Erziehung der Kinder, wie du, liebe Minna. – Ja, dies war ihr Weg. Welcher bliebe sonst? So hat man seinen Platz in der Familie.

Man verabschiedete sich bis auf Viktor, der zu Besuch aus Ageux angereist war, wie öfters im November zu Minnas Geburtstag. Drei Tage konnte er so der praktischen Gemeindearbeit entfliehen, um mit Charles und Edouard im Gespräch sich frischen Geist aus dem Neuen Testament zu holen, wie er keck formulierte, wobei er das Portweinglas gegen das Licht hielt. Die kleinen Freuden, ihr Lieben.

Die gute Stube, das geregelte Leben. Wie sie da sitzen, so restlos zufrieden, dachte Minna und lächelte, da ihr in dieser Runde immer Georgs Ausspruch von den »trockengelegten Sümpfen der Theologie« einfiel. Sie verlor den Anschluss ans Gespräch, sah Julie-Pauline beim Sticken zu und dachte an das Buch oben im Regal.

Seite um Seite reißt sie heraus, reißt sie bedächtig in kleine Schnipsel, die sie in den Kamin fallen lässt. Dies könnte auch ein Weg sein. Oder nur dumme Boshaftigkeit, wie Julie-Pauline sie tadeln würde, die erstaunlich scharfsinnig sein konnte. – Eine Backfischflause, Minna, mit der du nur dich selbst triffst. – Und alles andere, die restlichen Briefe, das Tagebuch, die Manuskripte? Alles in Stücke, in den Kamin, ins Vergessen. Julie, gib mir eine Antwort. Keiner gibt Antworten. Eugène nicht, und wen sonst kann ich fragen. Der Bruder ist in London, Vater ist tot, und der große Vater im Himmel ist stumm.

***

Der Wind wehte nicht mehr wie noch vor wenigen Tagen. Ein metallenes Graublau schwebte am Himmel, hielt die herbstlich klare Stille über der Stadt. Minna stand am Fenster, und wenn Julie nun gefragt hätte: Was denkst du?, dann hätte sie gesagt: An nichts Besonderes. Nichts.

War es etwas Besonderes, über Georg und Eugène nachzudenken? Nichts weiter als ein Faden alter Erinnerungen.

Georgs Erklärung, warum er gerade ihn zum Vertrauten ihrer Liebe gemacht hatte, war ihr einleuchtend gewesen: Weil er zu denjenigen gehört, Minna, die, wenn sie ernst genommen werden, mit ehrlicher Freundschaft danken. Und: Von allem, was mir Eugène sagte und schrieb, ist er überzeugt, er meint es so, wie er es sagt. Er ist ein Genießer, ein Sanguiniker, nenne es, wie du willst, aber er nimmt sich ernst, so wie er ist. Und er nimmt uns ernst. So wie er nicht die Monarchien hinterfragt, so hinterfragt er nicht unsere Zuneigung, deine und meine. Ich sage: Schweige bitte, und schreibe ihm: Gib diesen eingelegten Brief an Minna, und er tut es.

Ja, er tat es, er schwieg, nahm die heimlichen Briefe in Empfang und gab sie weiter.

Der liebe Eugène! War er nicht derjenige, der für seinen wie für Minnas Vater damals (ein wenig, wenn auch in reiner Vernunft betrachtet) nicht ganz unberechtigt den Kandidaten als Minnas Bräutigam abgab? Väter, die sich als alte und beste Freunde bezeichnen, denken sich zuweilen solche Wunschbilder aus.

Aber da war dieser junge Mensch, der eines Tages zu ihnen ins Haus gekommen und tolles Zeug gesprochen hatte. »Ich wusste nicht recht, was er wollte, aber ich musste lachen.« Auch hatte sie sich bald an seine spitze Physiognomie gewöhnt, die stechenden grauen Augen, denn die wurden hell, wenn er in ausführlichen Sätzen begeistert sprach, wobei sein sardonisches Lachen ihn oftmals bei anderen nicht sympathisch machte. Aber gerade in der Aufregung eines Gespräches konnte er das Zucken um die Mundwinkel kaum unterdrücken.

Doktor Ernst Büchner hatte von der zukünftigen Frau seines Sohnes Georg ein anderes Bild als das einer Pastorentochter aus der schlichten Elsässer Verwandtschaft seiner Frau. Sein Zorn auf Georg war übergroß, vielmehr sein Zorn über Georgs Eigenmächtigkeit, über den Kopf des Vaters hinweg eine Lebensentscheidung zu treffen. Hatte Minnas Vater ihr lediglich die Verheimlichung übelgenommen, war Georgs Vater fast so weit gegangen, ihm jede Unterstützung zu versagen und ihn einer ungesicherten Zukunft auszusetzen. Georg hatte Angst vor seinem Vater. Er, ihr George, der in brennenden Sätzen die schmählichen Verhältnisse der deutschen Regierungen anprangerte, war vor seinem Vater ein ängstlicher Junge geblieben.

1834, Darmstadt

Im September sollte es so weit sein. Der Vorstellungsbesuch Minnas in Darmstadt. Gutes Reisewetter konnte man erwarten. Ihre Tante Margareta hatte sie auf der Reise begleitet.

Bei der Ankunft auf dem Luisenplatz fühlte Minna die Aufregung wieder sehr stark. Man hatte sie nicht ohne Vorbehalte eingeladen. Das wusste sie. Ernst Büchner hatte sich zunächst an Edouard Reuss gewandt, beauftragte diesen, quasi dazwischenzutreten und so die unsägliche Angelegenheit aus der Welt zu schaffen. Aber Edouard hatte für Minna gesprochen. Sie sei nicht zu alt, ganz und gar nicht zu einfältig und unpassend. Ganz im Gegenteil entspräche Minnas reifes Wesen durchaus Georgs anspruchsvollem Geist. Gewiss, dass Georg noch nicht im Beruf etabliert sei, sei ein Manko, das brauche aber niemanden als Minna selbst zu bedrücken. Nach Wochen hatte sich der Zorn des alten Büchner so weit geglättet, dass er bereit war, sie zu empfangen.

Ich brauche nichts zu entschuldigen, nichts zu erklären. Mit diesem Gedanken ging sie auf das Haus in der Grafenstraße zu. Und dann war alles leichter und glücklicher als vorausgesehen. Die Augen der Geschwister waren neugierig, die Mutter zeigte eine fast zu gleichförmige liebenswürdige Ruhe. Sie war eine Frau, die sich dreingeschickt hatte, mit der Autorität ihres Mannes zu leben. Liebe konnte in diesem Haus wohl nur sie vergeben.

Und Georgs Vater? Minna wurde ihm vorgeführt, wie zum Schutz von der Mutter zur einen, Georg zur andern Seite flankiert. Eine routinierte, sicher eingeübte Begrüßung.

Es freut mich, Sie als meine Schwiegertochter willkommen zu heißen. Sollen nun alle Disharmonien beseitigt sein. Ich kann nur hoffen, mein Sohn wird Sie nicht enttäuschen.

Es schien, als hätte er an seinem früheren Zorn keine Freude mehr und wollte die Zeichen auf Frieden setzen. Und weil dies nun sein Wille war, sollten es alle so sehen.

Trotzdem oder gerade deswegen zuckten Georgs Lippen ununterbrochen. Die beständige Beschaulichkeit eines Familienidylls spannte ihn an.

Hörst du die Kochtöpfe rasseln?, flüsterte Minna ihm neckend ins Ohr.

Sie scheppern mir ins Gemüt, gab er zurück. Kann man sein Glück nicht endlich unter sich genießen?

Sie begannen gemeinsam zu lesen. Den »Aufruhr in den Cevennen« von Tieck hatte Georg ausgesucht. So könnten sie oft unverfänglich zusammen alleine sein, meinte er. Wenn es ging, saßen sie im Garten.

Nichts Schöneres als unschuldige Offenheit, Minna. Sie hören uns ja nicht.

Letzte Malvenblüten, rote Dahlien und gelbe Chrysanthemen sah Minna beim Blick über den Buchrand. Sie hörte seiner Stimme zu. Sie lasen abwechselnd, dann und wann unterbrochen von den unvermeidlichen Besuchen seiner jüngeren Geschwister.

Es ist, als hätten wir eine große Schwester bekommen, sagte Mathilde zu der für ihr Alter zu kleinen, zierlichen Louise, aus deren Mäuseköpfchen Augen auf Minna schauten, von der gleichen wassergrauen Kühle wie die Georgs. Louise zog ihr Schultertuch über der Brust zu, wobei ihre Verwachsung auf dem Rücken deutlicher sichtbar wurde, und sagte: Ich versuche, ein Gedicht zu schreiben. Nächste Woche sollte es wohl fertig sein.

Louise, du machst mir starke Konkurrenz, sagte Georg in einem Ton, der Minna glauben ließ, er meinte es ernst.

Der Dill stand ausgeschossen über dem reifen Gemüse, metallisch glänzenden Kohlköpfen, daneben skurril gedrehte Rosenkohlgestalten. Minna ließ das Buch in den Schoß sinken, als die Mädchen gingen.

Georg, du bist oft so unruhig, sagte sie. Es war fast alle Tage so, besonders wenn sie abends mit der Familie zusammensaßen. Waren sie zu zweit, schien er ruhig, aber bedrückt.

Das ist doch nichts Neues, mein Lieb. Ich denke an Pläne, an die Zukunft.

Dass sein Bruder Wilhelm der einzige Vertraute hier im Haus war, wusste sie bereits. Mit den Eltern wurde jedes politische Gespräch tunlichst vermieden, zumindest wenn die anderen Geschwister und Minna anwesend waren.

Erzählst du mir von der Zukunft?

Mit einem ergebenen Seufzer lehnte er sich in die Bank.

Ohne grundlegende Änderungen wird immer nur vom Läppchen ins Tüchelchen gewickelt. Dieses verkrustete

System, wie soll es aufgebrochen werden? Nur die Masse kann und muss es hinausschreien, dem Staatsapparat die Stirn bieten, ihm die Waffen zeigen.

Minna betrachtete aufmerksam sein Gesicht.

Die Masse, George. Und ihr möchtet die Masse dazu bewegen. Dies war keine Frage, sie wusste es, und sein Nicken schien ihr wie das Geständnis eines Buben, der Streichhölzer gestohlen hatte.

Er erzählte. Von allem, was in Gießen und bei Weidig in Butzbach geschehen war, wollte er sich befreien.

Sonst erdrückt es mich, sagte er. Aber … es ist so gefährlich, zu wissen.

Georg, erzähle weiter, forderte Minna. Da ist noch etwas! Und weißt du, mit einem Geheimnis ist es wie mit einem Schatz: Wenn man ihn alleine hüten muss, findet man Tag und Nacht keinen Schlaf.

Lächelnd beugte er sich zu ihr, ließ den Kopf hinunter in ihre Hände sinken. Du bist ja meine kluge Frau.

Diese Schrift hier?, wisperte Minna. Die Dunkelheit war schnell gekommen. Georg hatte neben der Öllampe noch zwei Kerzen angezündet, damit sie besser lesen konnte.

Ja, dies sind der Anfang und erste Entwürfe. Wir haben … nun, es wurde noch einiges geändert.

»Der Hessische Landbote«, las Minna, blieb dabei vor dem Schreibtisch stehen. Und dein Freund Minnigerode wurde verhaftet, als die ersten Exemplare fertig waren?

Gleich am 1. August, am Selterstor, gerade als er in Gießen mit einem Teil der Drucke eintraf. Ich hatte auf seine Ankunft gewartet. Von meinem Zimmer aus kann man die ganze Straße überschauen. Es war entsetzlich, das anzusehen. Zwei Gewehre auf ihn gerichtet, wie sie ihm die Hände auf den Rücken banden. Mein Gott! Es gab Verrat. Verstehst du das: Verrat!

Mit langsamen, aber nichtsdestoweniger energischen Schritten begann Minna im Zimmer auf und ab zu gehen. So konzentriert hatte Georg Minna noch nie gesehen. Kein Jammern, kein Warnen, kein Heulen.

Ihre Stirn lag angespannt in Falten, als sie fragte: Weiß dein Bruder Wilhelm davon?

Aber ja, sonst wäre ich hier längst dem Wahnsinn verfallen.

Er hockte sich auf einen Stuhl, die Hände mit verschränkten Fingern vor dem Gesicht, der Blick ins Leere. In solcher Haltung, in tiefer Sorge müssen die Menschen wohl das Beten ersonnen haben, dachte Minna.

Sofort nach der Verhaftung des Freundes hatte Georg Gießen verlassen, um alle anderen in Butzbach und Offenbach zu warnen. Bei seiner Rückkehr vier Tage später hatte er sein Zimmer durchsucht vorgefunden, die Tür versiegelt.

Sie konnten nichts entdecken, Minna, nein, ich habe dort nichts Verräterisches hinterlassen. Aber sie nahmen Briefe mit, stelle dir vor, von dir, von Alexis, von den Eltern. Meine heiligsten Geheimnisse in den Händen dieser schmutzigen Menschen!

Es wurde gegen ihn Haftbefehl hinterlassen, aber der Universitätsrichter Georgi konnte keine Beweise beibringen, zudem hatte Georg gerade Briefe vorlegen können, die bewiesen, dass er mit Eugène in Frankfurt im Hotel »Zum Schwan« verabredet gewesen war.

Ich habe mich vor diesem versoffenen Fürstendiener, vor Georgi, mit der höchsten Empörung beschwert. Georgs Stimme klang heiser vor Verachtung. Ja, ich habe mich vor ihn gestellt, in seine glasigen, triefenden Augen gesehen. Man darf sich nicht ducken!

Jetzt musste Minna sich festhalten, ließ sich auf dem Hocker ihm gegenüber nieder. Mit matter Bewegung hielt sie ihm die Blätter entgegen.

George, dies hast du geschrieben! Dies sind deine Worte! Sie würden dich dafür über Jahre in eine Zelle setzen, wenn sie dich überhaupt je wieder … Bei Gott!

In ihrem Gesicht lag nur noch ein Schatten der überlegenen Klarheit. Sie wusste, von nun an, solange Georg noch in diesem Land war, würde sie keine ruhige Minute mehr finden. Wie eine eiserne Spirale hatte jedes Wort seiner Erzählung in ihr die Anspannung hochgeschraubt. Sie wunderte sich, wie sie diese Nacht ohne Tränen überstand, in einem steinernen Schlaf.

Und am Morgen dann eine Sonne, die zügig die frühen Nebel vertrieb, den Tag warm werden ließ. Die Tante meinte, Minna sehe schlecht aus, aber Minna redete sich heraus, der Abschied sei so nahe. Im Garten veranstalteten die Vögel ein trällerndes Szenario, als begännen sie nochmals zu brüten. Die Bank lag im vollen Sonnenschein, als sie das Buch aufschlugen, eine Weile lasen, bis Minna fragte: Der Fluchtweg nach Straßburg ist gesichert?

So gut es geht, ja, Minna. Es wäre mein Tod, wenn ich in Gefangenschaft geriete.

An der Hauswand gab der rotgeränderte wilde Wein den untrüglichen Hinweis, dass es Herbst war. Sie sah zu seinem Fenster hoch.

Und ebenso mein Tod, George.

Ohne Pathos kam der Satz aus ihr, es war eine reine Feststellung. Sie lasen weiter.

***

An diesem Fenster wird Georg gemeinsam mit Wilhelm vier Monate später eine Leiter für seine Flucht bereitstellen. Georg wird sie benutzen, nachdem er im Februar zwei Vorladungen des Untersuchungsrichters nicht nachgekommen war. Am 6. März 1835 verlässt er Deutschland, überquert bei Bergzabern als Weinhändler oder Gerber getarnt die Grenze und reist über Wissembourg nach Straßburg.

In diesen Monaten hatte Minna gebetet, bis ihr die Worte ausgingen, und begonnen, die Politik und den Staat zu verfluchen.

Ich kenne mich selbst kaum noch, sagte sie Georg bei seiner geglückten Ankunft in Straßburg. So ruhig und gelassen blieb sie, dass man sich wunderte.

Jetzt hatte auch sie diese Methode einschleichen lassen, die Mädchen mit Bibelstunden zu beschäftigen. Gut, man konnte auch sagen, sie lernen lesen. Aber ist die Bibel eine so leichte Lektüre?

In der Rue des Cordonniers warteten die Stühlchen auf die Schülerinnen. Minna war ungeduldig, fühlte sich schlecht vorbereitet. Sie blätterte noch im »Magazin des Enfants«, quasi Handbuch der Gouvernanten, fast jede Seite des Buches war ihr vertraut. Wie lange noch, fragte sie in das leere Zimmer hinein, wird es mein Leben täglich bestimmen? Wie um es loszuwerden, legte sie es kurzerhand auf dem kleinen Teetisch ab, rieb mit den Handflächen ihr Gesicht. Es wird sich dann schon eine Geschichte finden, bei der guten alten Madame Beaumont, eine phantasievolle, die sie vorlesen wollte. Es war eben das ideale Buch, sie besaß die französische wie die deutsche Ausgabe, und so konnten sie die Texte parallel lesen. Die älteren Mädchen sollten selbst ein Stück vortragen. Danach Stricken und Zierstiche für die Geschickteren. In der zweiten Unterrichtshälfte Bibeltext. Mein Gott, welcher? Minna lief kurz auf und ab, die Linien des Teppichmusters vor Augen. Es war so bequem, eine Stunde mit Bibellesen zu füllen. Dabei hatte es für Minna eine Zeit gegeben, während der sie diese Pflichtstunde aus Oberlins Statuten verachtete, und in den ersten Jahren in ihrer eigenen Kleinmädchenschule hatte sie diese Stunde oft entfallen lassen. Es war, als ob Georges Geist um sie war, er mit ihr redete, ihr die klare, ungeschönte Sicht beibrachte: Man könne die Zustände nicht nur beklagen, sondern man müsse sie auch ändern! Mit der Bibel, der Rede von Gottes Ordnung sollten die armen und einfachen Menschen mundtot gehalten werden. Ein Hoffen auf die Erlösung im Himmelreich müsse ihnen genügen.

Die ersten Schritte auf der Treppe waren zu hören.

Und jetzt war sie oft so müde, war es leid, die Grundübungen des Rechnens nochmals und nochmals wiederzukäuen, die Grammatik vor den großen, fragenden Augen zu erklären, sich Beispiele auszudenken.

Kommt herein, sagte sie. – Bonjour, Mademoiselle Mimi. – Zwei Stimmen unisono.

Wenn sie gute Sätze lesen konnten, würden sie sie auch leidlich schreiben. Und dann den Glauben behalten, eines der Mädchen würde einmal mehr als ihre Besorgungszettel, ihr Ausgabenbuch oder ihre Rezepte und kurzen Pflichtbriefe zu Papier bringen. Welche? Madeleine, Justine, Hanna, Magret, Ida? Minna musste sie bei Laune halten, ihnen ein Gefühl geben, dass Lernen doch sinnvoll ist.

Das Zimmer füllte sich. Heute waren alle da.

Wofür ist Rechnen gut, Mademoiselle Mimi?

Nun, wenn du groß bist, musst du deine Ausgaben zusammenzählen, musst prüfen, ob die Rechnung stimmt, die dir der Handwerker gestellt hat, solltest dir auch ausrechnen können, wie viele Ellen Stoff du für ein Hemd oder einen Rock benötigst.

Und?

Dein Mann wird böse sein, wenn du mit dem Haushaltsgeld nicht zu Rande kommst.

Und?

Ach, ich weiß nicht …

Mein Bruder sagt, er will Sterne erforschen und lernen auszurechnen, wie weit die Sterne voneinander entfernt sind.

So, kann man das? Ja, ich glaube. Aber ich bin eher froh, solche Dinge nicht ausrechnen zu müssen.

Alles wurde erforscht und ausgerechnet, die ganze Welt, schier alles wurde entdeckt. Die Materie hält ihren Siegeszug. Ludwig Büchners Buch machte eine Reise durch alle Länder. Kraft und Stoff erhalten die Welt am Leben. – Ein einfacher Kreislauf, hatte George gesagt. Das Herz pumpt das Blut durch Lunge und Körper, ein zweigeteilter, ununterbrochener Kreislauf. Das Bild vom Herzen, und seine Hand, die das Zusammenziehen und Entspannen des Muskels nachahmte. – Minna schaut ihre Faust an, die mehr und mehr hervortretenden blauen Adern unter der dünnen, langsam welkenden Haut. So vieles hatte sie sich von George erklären lassen wollen. Alles hatte sie wissen wollen. – Alles? Das geht doch gar nicht, lieb Kind. – Er redete von Politik, sie vom täglichen Leben.

Und jetzt bereitete sie ihre Bibelstunde vor. Was ergab Sinn, woran konnte sie etwas Lebensnahes erklären? Sie entschied sich für die Geschichte von den beiden Männern, von denen einer sein Haus auf Sand, der andere auf Fels erbaut hatte. Und George hatte gesagt, man solle sein Leben lang auf der Hut sein, sein Herz nicht in ein hohles Frommsein nach den Glaubensbüchern fallen lassen. Dabei ist es doch nur ein Muskel, der Blut durch den Körper pumpt.

Ach, George.

Du seufzt?

Ich hatte lange geseufzt. Zwei Jahre lang heimlich verlobt zu sein! Davon die letzten Monate, mehr als ein halbes Jahr, allein, ohne dich. – Jetzt muss ich nachdenken. Einer baut sein Haus auf Sand, der andere auf Stein. Genügt allein dieses Bild als Aussage? Ich muss sie fragen: Wie ist Sand beschaffen? Wie ist im Gegensatz dazu Stein?

Sand? Wie kann man auf Sand bauen? Wo ist so viel Sand? Zwei der Mädchen konnten sich einen Boden, der über und über mit Sand bedeckt ist, nicht vorstellen. Also erst die Erklärung, wo es Länder gibt, in denen weite Teile des Landes von Sand bedeckt sind. Die Landkarte aufhängen, den Kindern das Heilige Land zeigen. Hier das Mittelmeer und da das Rote Meer. Der blaue Fluss ist der Jordan, an dem unser Herr Jesus getauft wurde.

Die Mädchen saßen nun in einem Halbkreis vor der Karte, Minna brauchte nichts mehr zu sagen, wenn eine Karte an den Nagel zwischen den Bildern gehängt wurde, stellten sie gleich ihre Stühlchen um.

Bon, hier das Heilige Land, es ist sehr trocken dort, und je weiter man nach Süden kommt, umso mehr findet man auch im Landesinneren weite sandige Gebiete und Wüsten. Hier die Sahara, in Afrika, aber davon ist auf dieser Karte nur wenig zu sehen, hier sind Unmengen von Sand zu Dünen aufgeweht. – Wer kennt Dünen? Wer war am Meer? Ja. Du, Madeleine?

Madeleines Vater war Arzt, und ihre Mutter stammte aus Marseille. Sicher, das Kind hatte schon Dünen gesehen.

Seht ihr, am Mittelmeer, hier war Madeleine, neben dieser Stadt, und in allen Ländern rings um das Mittelmeer findet man Strand, Sand, einfach Sand und Dünen.

Aber hier im Heiligen Land und in Ägypten gibt es noch größere Mengen an Sand, nicht nur am Meer. Und stellt euch nun vor, am Strand baut jemand ein Haus.

Die Mädchen nickten.

Und dann kommen die Wellen und Wind.

Dann wird das Haus zerstört.

Oui, und baue ich mein Haus auf einem festen Felsengrund, gebe ich ihm ein gutes Fundament, auf dem mein Leben gedeihen kann.

Einige Mädchen schaukelten mit den Füßen. Minna duldete es. Wenn es sein musste, reichte ein leichtes Berühren des Knies, ein eindringlicher Blick. So ist es recht. Ein junges Mädchen wippt nicht mit den Beinen.

Ich bin doch noch ein Kind, Mademoiselle Mimi.

Nun gut, ja, ein Kind, aber bald …

Und wie ein Haus auf festem Felsen ein gutes Fundament hat, sicher steht, so sollen wir den Glauben und unser Leben auf unseren Herrn Jesus bauen.

Die Kinder schauten, lächelten. War dies nicht alles geradezu grotesk? Wie sollen sie das verstehen? Auf einen Menschen bauen?

Ida glaubte noch nicht, dass es solche Mengen Sand geben könne in einem Land. Sie kannte nur Straßburg, Häuser neben Häusern in gepflasterten Straßen. Ihre Eltern arbeiteten in der Tabakfabrik, und Minna verlangte kaum Schulgeld von ihnen. Daher drückte sie ein schlechtes Gewissen, und sie wollten Ida aus der Schule nehmen. Minna hatte sie beruhigt, Ida solle lieber in den Unterricht kommen, statt fast den ganzen Tag alleine zu

Hause zu sein. Ihr elfjähriger Bruder machte Gelegenheitsarbeiten, Brote austragen für einen Bäcker, ganz früh, wenn es noch dunkel war, oder Zeitungspapier sammeln. Daher ging er selten in eine Schule.

Im letzten Winter war Ida öfters zu spät in den Unterricht gekommen. Da war sie zuvor mit ihrem Bruder einem Kohlenwagen hinterhergegangen, die Bröckelchen und Krümel einzusammeln, die beim Ausladen und Schleppen der Kohlensäcke herunterfielen. Ida kam mit schmutzigen Händen und schwarzer Schürze an. Oberlin und auch die Rauscherin hatten die Kinder, die nicht sauber in die Schule kamen, heimgeschickt. Sie sollten sich erst waschen gehen. Die Erziehung zur Reinlichkeit. Innere Reinlichkeit bedinge auch eine äußere. Aber Ida wohnte eine halbe Stunde Fußweg entfernt. Hier war kein Dorf. Minna hatte der Kleinen ihre Waschschüssel gegeben und das schmutzige Kittelschürzchen beiseitegelegt.

Leiden sei all mein Gewinnst, kam Minna der Text eines Kirchenliedes in den Sinn. Den würde sie nicht singen mit den Kindern. Jetzt musste es dieser sein:

> Eine feste Burg ist unser Gott,
> darum will ich ihn loben.
> Er rett' und hilft in aller Not,
> obgleich die Welt tut toben.

Sie sangen zusammen. Minna ging dabei im Raum auf und ab, ihr blauer Rock raschelte leise in die Melodie hinein. Sie führte eine Hand sacht hinter ihren Kopf, an die in Flechten ineinander verschlungenen Haare. Eine Nadel drückte. Heute Abend müsste sie die Haare lösen, morgen neu richten. Gewöhnlich schlief sie zwei Mal mit der Frisur, jeden Tag konnte sie das Hausmädchen nicht um Hilfe bitten.

Als sie wieder vor den Mädchen saß, fragte sie: Was heißt es nun, auf jemanden zu bauen? – Nein, die Großen sollen nicht antworten, die Kleinen sollen es herausfinden. Auf wen kannst du dich verlassen, wer sorgt für dich, Hanna?

Papa und Mama.

Oui, dies sind die Ersten, denen wir vertrauen, auf die wir bauen können. Und so wie unsere Eltern, unsere Familie der Felsen sind, auf dem unser Leben steht, ist der Herr eine feste Burg für unsere Seele.

Einen Augenblick überlegte Minna, wie sie antworten sollte, wenn eine fragen würde, wirklich nachfragen würde, woran man dies sehe, dass der Herr unsere Burg ist. Hatte er nicht viele Familien verlassen, und sie konnten sich nur selbst helfen? O Gott, du machst es uns so schwer!

Die Mädchen fragten nicht, die Welt blieb in Ordnung mit dem Glauben an Gott als feste Burg, dem Elend auf der Erde und der Hoffnung auf Erlösung im Jenseits. Alles blieb jämmerlich, und keinem konnte man es sagen. Im Himmel dürfen die armen Leute dann fronweis donnern helfen.

Die Mädchen schwangen die Füßchen. Bei mindestens zweien von ihnen war es fraglich, ob jeden Tag zu Hause eine anständige Mahlzeit auf den Tisch kam. Zwei, das ist doch von sieben nicht viel. Sollte sie das trösten? Nein, erst wenn alle satt würden, wollte Minna zufrieden sein. Erst wenn jeder Bauer seine Kartoffeln schmälzen kann, ein Huhn im Topf hat! Zuvor gibt es keine Ruhe, hatte George gesagt. Mästet die Bauern, und die Revolution bekommt die Apoplexie!

Minna konnte sich nicht blenden lassen, wusste sie doch, in ihren Unterricht schickten eher die Leute, denen es gutging, ihre Kinder. Aber es gab genügend von diesen »Kinderverwahranstalten«, wo eine einfache Frau, meist alt und verwitwet, eine Schar von Kleinkindern gegen geringes Geld in ihrer bescheidenen Wohnung hütete, sie stricken und Lumpen zupfen ließ und eine Bibelstelle nach der anderen heruntergeleiert wurde.

Du bereitest vor mir einen Tisch im Angesicht meiner Feinde. Du salbest mein Haupt mit Öl und schenktest mir voll ein.

Ja, so manchem wurde voll eingeschenkt, Not und Hunger zur Genüge. – Minna, komm zurück zu dir. Hier, jetzt ist Unterricht. Nicht abschweifen in Gedanken.

Die Füße der Mädchen pendelten weiter, beharrlich, auffordernd. Spielen wir Afrika, Mademoiselle Mimi?

Vor einigen Wochen waren sie darauf gekommen. In Afrika gab es Menschen, die das ganze Jahr keine Schuhe brauchten, hatte Minna erzählt. Es kam die Frage, ob die Menschen so arm seien. Dies wollte Minna nicht bestätigen, die Menschen trügen aus Tradition keine Schuhe, es sei ja dort beständig sehr warm. Sie suchte Bilder eines Afrikaners. Mit Mühe fand sie eine klägliche Zeichnung.

Wie es wohl sei, so ganz ohne Schuhe? So haben sie es alle ausprobiert. Längst hatte sich Minna abgewöhnt, an eventuell unangenehme Nachfragen der Eltern zu denken. – Sie haben im Ernst den Kindern erlaubt, Schuhe und Stümpfe auszuziehen? Und Sie, Mademoiselle, zogen auch Ihre Strümpfe aus? Mon Dieu, warum? – Diese Fragen kamen nicht. Die wenigsten kümmerten sich wirklich um das, was hier geschah. Den Kindern hatte es Freude bereitet.

Mademoiselle, wie weich der Teppich ist, wie kalt der Boden ist. Huch, hier kitzelt es.

Der Sinn zur Heiterkeit, einen Sinn für seinen Körper zu haben, dies gehörte nicht zur Regel der christlichen Unterweisung, die man ihr selbst beigebracht hatte. Minna erklärte trotzdem, barfuß zu gehen sei gesund. Das hätte schon Papa Oberlin gesagt.

Obgleich sie dies von ihm wirklich nicht wusste. Eher schon von ihrem Vater. Doch konnten die Eltern dem auf den Grund gehen? Dass Minna Oberlin kannte und bei seiner Tochter unterrichtet wurde, brachte ihr Verehrung ein. Auf dieser Ehre konnte sie sich etwas ausruhen und gewiss sein, man würde noch lange gerne Kinder zu ihr schicken.

Auf das Drängen der Kinder, und die Versuchung war groß, zog auch sie wieder Schuhe und Strümpfe aus. Ja, angenehm war es, dieses Gefühl. Und Oberlin konnte auf seiner Sittsamkeit heruminsistieren, wie er wollte. Inzwischen waren andere Zeiten gekommen. Man hatte die Natur und die Empfindung entdeckt. Und Fröbel hatte andere Werte in den Kindern wecken wollen. Man schimpfte ihn einen alten Narren, der mit Kindern spielte. Nun, seine Ansichten brachten ihm nicht wenig Ärger. Dass sie selbst Fröbels bekanntes Buch, die Mutter- und Koselieder, besaß und auch Werke über sein Erziehungsideal gelesen hatte, musste niemand wissen.

Sie ging mit den Mädchen im Kreis herum, und sie sangen ein Frühlingslied.

Einige Jahre hatte Minna an der Entwicklung der Kindererziehung teilgenommen. Sie wollte nicht stehenbleiben bei dem, was sie bei der Rauscherin gelernt hatte, was in den althergebrachten Büchern der großen französischen Gouvernanten, bei Madame de Genlis und Madame Campan, stand, oder auch bei Caroline Rudolphi in ihrem »Gemälde weiblicher Erziehung«. Alles unbrauchbar für Kinder einfacher Leute.

In Darmstadt hatte sie Julius Fölsing erlebt, der dort gerade eine Kleinkinderschule für die Kinder aus höheren Ständen und eine draußen vor dem Jägertor als Schutzhort für Kinder von Taglöhnern, Feldarbeitern und Gewerbsleuten gegründet hatte. Der hielt es für durchaus nachteilig, wenn man im religiösen Eifer fast nur mit gefalteten Händen auf die zarten Gemüter der Kinder losging, jedes heitere, freundliche Gedicht und Spiel wie Feuer gemieden wurde. Da hatte Minna für sich eine Entdeckung gemacht: In allem, was sie bei Fröbel und Fölsing las, fand sie die Berechtigung, die Kindererziehung als eigenes Handwerk zu sehen. Die Erzieherin war nicht einfach das Werkzeug, mit dem das Seelenheil der Kinder gerettet werden sollte. Ein Mensch sollte herangebildet werden. Eine Einsicht, die sie vor ihrer Zeit bei den Müfflings noch nicht gewonnen hatte. Dort hatte sie erst den hohen Wert ihrer Arbeit erkannt. Die kleine Pauline von Müffling war ein aufgewecktes Kind, sollte natürlich zur zukünftigen Gattin eines Offiziers, eines Adligen oder reichen Kaufmanns erzogen werden. Das Nötigste an geistiger Bildung, hatte Paulines Vater gesagt. Einen klaren Geist wünschte sich die Mutter. Dies war vorsichtig ausgedrückt. Ein klarer Geist hieß durchaus, Einsichten zu haben, das Leben erkennen und begreifen zu wollen. Minna versuchte ihr Bestes, und dies hieß in der Regel, alles brav so anzuwenden, damit ein gutes Maß an Bildung zur Grundlage für die weitere Erziehung zur jungen Frau geboten wurde. Pauline war ja »nur« das jüngste Kind Müfflings, aus seiner dritten Ehe. Eine eigene Gouvernante zu haben, war ein Luxus, der Pauline offensichtlich auf Wunsch der Mutter gewährt wurde. Die wollte für ihr Töchterchen »mehr«. Aber was? Wie es erreichen, Madame von Müffling? Wo ist mein Handwerkszeug dazu? Bin ich gut genug dafür?

Minna hätte Gouvernante bleiben können, die Freifrau von Müffling hätte ihr eine glänzende Empfehlung ausgestellt. Aber Minna hatte an sich gezweifelt, es fehlte an Mut. Die Aufgabe als Erzieherin war so groß, fast unfassbar. Einen jungen Menschen ins Leben begleiten! Wer sollte von sich sagen können, er schaffe dies leicht? Und immer unter Fremden leben, nicht ganz als Tochter, nicht ganz als Dienstmädchen, geachtet, aber täglich in merkliche Schranken gewiesen. Für ein oder zwei Kinder da sein, ständig dieselben Probleme, Verantwortung von früh bis spät, bis der Abend den Rückzug in ein bescheidenes Refugium erlaubte. Nein, dies nicht noch einmal. Sie war zurück nach Straßburg gegangen, eröffnete ihre »école libre de filles«. Die Kinder sollten zu ihr kommen, sie konnte sie aussuchen, die aus ärmlicheren und die aus besseren Verhältnissen zusammenbringen und ihre Entwicklung verfolgen. War der Unterricht zu Ende, dann hinaus mit ihnen, und hier war wieder ihr eigenes Heim. Sie wollte nicht mehr selbst in der Nacht noch das Gefühl ehrfürchtiger Dankbarkeit haben müssen, weil sie unter einem reinen, duftenden Plumeau schlafen durfte.

So lebte sie wieder in Straßburg, einen Steinwurf von ihrem Geburtshaus entfernt, keine andere Stadt hatte ihr ein neues Leben angeboten. – Zürich! Die einzige Reise dorthin war schon das Ende dieses Lebens gewesen.

Dann war sie noch nach Offenbach und Darmstadt gereist. Und Mainz natürlich, wo sie vier Jahre lang lebte. Die vier Wochen Sommeraufenthalt mit den Müfflings in Ostende nicht zu vergessen. Dies war alles. Sie sei ja geradezu eine weitgereiste Frau, hatte einmal die Gattin eines gutsituierten Beamten gemeint. Es stimmte, ja, die meisten Frauen konnten keine Handvoll solcher Reisen aufweisen.

Nun ja, meinte Minna da scherzhaft, mein Vater ist eben Sohn eines Postillions. Da liegt es mir wohl im Blut. Ich reise durchaus gerne, aber aus Lust und Laune reiste ich nie, stets aus Pflicht.

Eilig zog Minna ihre Strümpfe wieder an, band sie notdürftig fest. Das Spiel war zu Ende. Sie wollte ihre Füße verstecken, das feine, blaurote Aderngespinst um ihre Knöchel, die hornhäutigen Fersen. Nichts war mehr mit »Mademoiselle jolis pieds et jolies mains«. Die Jahre zeichneten so erbärmliche Spuren in die Haut. Um die Augen Krähenfüßchen, die prallen Lippen sanken allmählich in sich zusammen. Dass ihr Hals und Dekolleté nicht zu Falten neigten, verdankte sie ihrer rundlichen Statur, die sie nicht zur Karikatur einer dürren Vogelscheuche von Lehrerin werden ließ.

Jetzt noch eine halbe Stunde Schreiben und Lesen, danach soll es gut sein für heute.

Hanna, lies bitte vor. Hier.

Als sie dem Kind das Buch reichte, fiel ihr ein, wie lange sie nicht in den Schriften Fröbels gelesen hatte. Oder auch bei Betty Gleim.

Die dünne Stimme des Mädchens füllte kaum den Raum. Minna ging wieder auf und ab, schaute auf die Uhr auf der Anrichte. Das leichte Kratzen der Kreide auf den Schiefertäfelchen begleitete die letzten Minuten. Dann durften die Mädchen gehen. Die Täfelchen blieben zurück, wurden aufgeräumt, die Stühlchen zurechtgestellt. Wie brav sie waren. Nun, nicht immer, was etwas Beruhigendes hatte. Der eigene Wille soll noch zu erkennen sein. Aber das wurde in den Büchern beileibe nicht vermittelt. Die Erziehung von Mädchen war eine Gratwanderung, gerade genug Bildung, wie zur Einsicht in Leben und Gesellschaft notwendig war, um die Pflichten als Frau zu erkennen. Mehr nicht. War es ihr daher lieb und recht gewesen, »nur« die kleinen Mädchen zu erziehen, wo es lediglich um die Grundkenntnisse ging? Lesen und Schreiben, Rechnen, Sticken, Stopfen, Stricken, Heimatkunde, Singen, etwas Geografie, denn Gottes Welt war ja groß, und natürlich Bibelstunde, die christliche Seele pflegen, und ein reinlicher Leib sollte der Schatz eines jeden Mädchens sein.

Bei den größeren Mädchen kamen die Zweifel und die Frage: Warum dies alles und wohin? – In die Ehe. – Und wenn nicht?

Den Männern gefallen ist zu wenig, hatte Betty Gleim schon vor Jahrzehnten geschrieben. Minna hockte sich vor das Bücherregal, suchte das Buch. »Über die Bildung der Frauen und die Behauptung ihrer Würde in den wichtigsten Verhältnissen ihres Lebens. Ein Buch für Jungfrauen, Gattinnen und Mütter«. Sie blätterte. Wie alt das Buch war. Aber es gab nicht viele vergleichbare Bücher. Die Gleim war weit gegangen in ihren Gedanken. Sie referierte alles mit großer Selbstverständlichkeit, ohne etwas verteidigen zu wollen. Als junger Frau war Minna daher alles so sicher erschienen, und inzwischen mussten Kindergärtnerinnen und Lehrerinnen um jeden Funken Anerkennung kämpfen, als würde die Welt untergehen, wenn Frauen einen eigenen Beruf ergriffen. Minna hatte den Vorteil, als Erzieherin in Frankreich einen guten Ruf zu genießen, ohne als Blaustrumpf verdächtigt zu werden. Hier stand sie in der großen Tradition der französischen Gouvernanten, die in ganz Europa angesehen und gesucht waren.

Mit dem Buch in der Hand lehnte sie sich im Sessel zurück, obgleich sie wusste, Julie würde um diese Zeit unten auf sie warten. Müde war Minna nicht, aber von einer seltenen Gelassenheit getragen. Die wollte sie sich noch einen Augenblick erhalten. Endlich rückte sie die Haarnadel in eine andere Position. So, jetzt ist es gut. Im Buch fand sie ihre alten Markierungen, eingelegte Zettelchen mit Notizen.

Ja, sie wusste auch um ihren Vorteil, französische Bildung und Sprache mitzubringen und gleichzeitig Protestantin zu sein. Eine Konstellation, die ihr in Deutschland und England genügend Möglichkeiten für hervorragende Anstellungen eingebracht hätte. Warum blieb ich dann in Straßburg? Sie tippte mit dem Zeigefinger auf das Buch. In London hätte sie durch ihren Bruder Louis-Théodore einen eigenen Anteil an gesellschaftlichem

Umgang erlangen können, hätte in den besten Haushalten Zugang gefunden. Möglicherweise lag es an Theo. Der gute Junge. Ihn als seine ältliche Schwester in seinem Londoner Leben als Familienvater und beschäftigter Leiter einer Chemiefabrik zu behelligen wäre doch fast – na – taktlos. – Was soll das? Taktlos? Mutlos war ich! Nur das und müde, so entsetzlich müde, als hätte ich in Mainz vier Jahre in einem Bergwerk gearbeitet, im Bergwerk der Menschenfindung eines Mädchens, von morgens bis abends geschürft und geformt, den Verpflichtungen innerhalb einer Familie ausgesetzt, der man nicht angehörte, und erst als ich zurück war, kam der Zusammenbruch. Eh bien, so blieb ich in Straßburg, immer wieder Straßburg.

Ich werde wiederkommen, hatte auch George gesagt bei seinem ersten großen Abschied im Sommer 1833. Er liebte Straßburg. Minna war hier nur zu Hause. – Du schätzt Straßburg zu wenig, hatte George sie gerügt.

Ja, du hast recht, aber nun, was man so ganz und gar kennt …

So, du kennst Straßburg ganz und gar, mein lieb Kind, du kennst nur diesen Winkel, das Münster, die öffentlichen Plätze und die Häuser der Bekannten.

Ja, und? War dies nicht genug? Minna war mit dem Buch in der Hand aufgestanden, ging nachdenklich umher. Du nimmst mir noch die schöne Gelassenheit, mit deinen Kommentaren. Diese Erinnerungen. Sie war bei diesem Gespräch damals eifersüchtig geworden, ja, es war Eifersucht, auf die Burschen, die alles durften, jeden Winkel und alle Orte kennenlernten, von denen ein Mädchen in der eigenen Stadt nichts wusste. Die Burschen fühlten die Stimmung einer Stadt im Dunkeln, nach Mitternacht, die sie nur am offenen Fenster erleben durfte. Den Kopf durfte die Frau in die Welt stecken, in Bücher und Landkarten, fortkommen durfte sie nur selten, und selbst im Geist weit zu kommen, galt meist schon als anrüchig. Und wandern, das durften die Burschen auch. Nicht nur spazieren gehen, den Weg hier, oh, wie hübsch, fahren wir hinaus in die Wanzenau, die Linden blühen gerade. Georg machte mit seinen Kommilitonen tagelange Wanderungen in den Vogesen.

Du hast leicht reden. Was soll ich in dieser Stadt mehr kennen als das, was ich kennen darf.

Ihm hatte ihr Ärger gefallen, als sie sich in ihre Kammer zurückzog.

Nein, mir gefiel mein Ärger damals gar nicht, es war ja kein Ärger, es war Betroffenheit, ich war deprimiert.

Oh, Julie! Sie musste hinunter, das tägliche kleine Mittagsmahl mit ihr einnehmen. Aber Minna fühlte nicht die geringste Lust, dem Hunger oder der Pflicht nachzukommen. Sie setzte sich wieder leger zurecht. Wie sie es bereits als junges Mädchen gerne hatte, zog sie die Füße zu sich auf den breiten Sessel, lehnte bequem auf ihren linken Arm gestützt. So hätte sie verharren mögen bis weiß Gott wann. Meist kam diese Stimmung erst abends über sie, wenn keine Aufgaben mehr riefen und die Ruhe Einzug hielt. Sie war dann in Gedanken versunken, jedoch ohne Linie und Richtung. Ein willkürlicher Reigen von Bildern wanderte ihr durch den Kopf. Minna wusste, dies hatte wohl mit der Melancholie zu tun, die man den Alleingelassenen nachsagte. Zu wenig Ansprache. Keine Kinder. Keine Familie. Familienstand ledig. Nun ja, sie hatte Julie und Charles, aber nein, Familie – Familie war etwas anderes. Wenngleich die beiden gerade unten auf sie warteten. Minna war es egal. Sie hielt sich am Buch der Gleim fest, las ein paar Seiten.

Wie flach der Geist werden kann, wenn ihm die Anregung fehlt. Fast wie wenn die Lunge nach einer Bettlägerigkeit nur noch eine flache Atmung zulässt, bei jeder Anstrengung warnt. So ruderte sie mit leichtem Boot durch das seichte Gewässer einer Alltäglichkeit. Und was kommt noch? Warten auf das Dahinsiechen? – Fürchterliche Gedanken! Mitten im Leben. Was hieß das schon? Sie wusste genau, George hatte solche Gedanken bereits mit zwanzig Jahren gehabt. Ganz im Gegensatz zu ihr. Ihr Geist war voll von Lebensdurst und Gier nach Anregung durch Georgs Worte, seine Gedanken, seinen Witz. Sie wollte ihn in seiner tiefen Stimmung oft nicht verstehen, die er notdürftig in Ironie und Sarkasmus kleidete. Was zerrte und nagte in seinem Kopf?

Dabei sagte er einmal: Manchmal glaube ich, mein Kopf ist wie ein Buch ohne Buchstaben, mit nichts als Gedankenstrichen. Ist das nicht ein konfuser Gedanke, Minna?

Und sie hatte geantwortet: Du hast zu viel im Kopf, mon cher, und für mich bleibt kein Platz darin. Alles purzelt dir durcheinander vor lauter Denken. Und übrig bleiben nur Gedankenstriche.

Eine plötzliche Beklemmung am Herzen ließ Minna auffahren. Sie atmete hastig, lehnte sich zurück. Immer wieder kamen diese Attacken. Nicht so häufig wie damals, nach dem Streit mit Ludwig wegen seiner unseligen Veröffentlichung ihrer liebsten Briefe. Briefe von

Georg an sie, die eindringlichsten und schönsten hatte sie für Ludwig abgeschrieben. Und er? Er gibt sie der Öffentlichkeit preis! Seitdem tauchten diese Beschwerden auf. Ein Druck unter dem Brustbein. Eugène Boeckel konnte keine Anomalität finden. Wenn Sie sich sonst gut fühlen, beste Freundin, sagte er, dann gibt es keinen wirklichen Grund zur Sorge. Viel Bewegung in frischer Luft, dabei gut durchatmen.

Natürlich konnte er nichts finden. Ein Körper lebt mit seiner Seele, und die ist wahrhaftig ein unbekanntes Land.

Der Druck ließ nach. In ihren Augen standen Tränen. Nicht von dem Schmerz. Der war selten so beißend gewesen. War es immer noch der Zorn gegen Ludwig? Durch ihn hatte sie die Familie Büchner gänzlich verloren. Keine Briefe mehr von und an Louise oder Mathilde, die Mutter. In der Trauer waren sie verbunden geblieben und wie entspannt war der Blick des Vaters auf sie gerichtet gewesen, ohne Argwohn. Alles vorbei. – Oder die Sehnsucht nach George lockte die Tränen, wieder und wieder. Wirklich jetzt noch? – Ein Buch mit lauter Gedankenstrichen. Ist das nicht ein netter Gedanke, Minna?

1835 bis 1836

Die Ankunft Georgs im März war für Minna lang ersehnt und fiel dann geradezu unvermittelt in den Alltag ein, da die vorherigen Kümmernisse noch die Gedanken beanspruchten. Da stand sie in Schürze und mit Einkaufskorb und sollte begreifen. Das Billett kam per Boten, auf der Rückseite nur ein großes G. als Absender, einfach gefaltetes Papier ohne Siegellack, vorne ein mit fahriger Feder hingesetztes »Mad. Jaeglé«. Keine Postbeförderung. Ein, zwei Herzschläge waren kraftvoller. Dann die Nachricht, seine schnellen, schluderigen Buchstaben. George! Er ist da. Hier in Straßburg. Die Flucht hatte somit sein müssen.

Papa, rief sie nach oben, ohne jeden Zweifel, ob wirklich alles gut verlaufen war. Er war hier, seine Schrift bewies es. Papa! Er ist da.

Das Papier war nicht sorgfältig aus einem Bogen herausgerissen worden. Warum erinnert man sich an solche Kleinigkeiten?

Wie sich der Vater dann die Brust hielt, als er das Billett gelesen hatte, das wusste Minna auch noch.

Gut, hatte der Vater gesagt, nun ist auch das überstanden.

In seinem Gesicht ein Ausdruck, der sagen mochte: Warum muss ich im Alter noch solche Aufregungen mitmachen?

Minna tat er leid, aber ihr war, als müsste sie tanzen. Wohnen, ja wohnen durfte George hier unter einem Dach mit ihr nicht mehr. Armselige Anstandsregeln.

Frische Regenluft wehte vom offenen Fenster herein, und seitdem erinnerte sie dieser bestimmte Geruch von Frühlingsregen immer an diesen Tag.

Georg hielt sich zunächst im »Rebstöckl« auf, wo die meisten deutschen Flüchtlinge die erste Unterkunft fanden. Später kam er in einem Haus an der Place St.-Pierre-le-Jeune unter. Bei den Behörden melden konnte er sich aber erst nach einem halben Jahr unter der Adresse Rue de la Douane No. 18.

***

George, mein Junge! So begrüßte ihn Pfarrer Jaeglé nun oft, sagte dann und wann sogar: mein Sohn.

Magst du das, wenn er dich so nennt?, fragte Minna. Georg antwortete mit einem monotonen Laut, schien hinter seinen Brillengläsern wieder einmal hundert Jahre weit entfernt, als er anfügte: Man möchte so oft einen anderen Vater.

Nun, ich nicht, fuhr es aus Minna heraus. Sie unterdrückte ihren Groll gegen solche Reden. Doch hatte sie nicht Ernst Büchners Strenge und Unbeugsamkeit zur Genüge erlebt, um Georg zu verstehen?

Ihr Vater hatte ihnen beiden gerade ein Buch geschenkt, »Aus den Werken der vorzüglichsten deutschen Kanzelredner«. Darin, so wies Jaeglé ausdrücklich hin, sei Schleiermachers erste Predigt zur Ehe.

Seine Art ist ja sehr in Mode bei euch jungen Leuten.

Georg hatte verdutzt dreingesehen, aber Minna hatte ihm mahnend die Hand gedrückt und sich artig bedankt.

Georg meinte dann, das Buch sei bei ihr auf dem Zimmer gut aufgehoben.

Aber Georg, wir müssen es zusammen lesen.

Nein. Ich habe nichts mit dem Schleiermacher im Sinn.

Vater wird uns danach fragen.

Ach was. Minna, ich muss schauen, was ich aus dem Lenz nun für ein Stück zimmern kann, und das ganze medizinische Marterwerkzeug liegt mir auch im Genick.

Was hatte sie darauf geantwortet? Minna konnte sich nicht entsinnen. Jedenfalls brachte sie ihn dazu, kurz in die Predigt zu schauen. Dass diese schon seit Jahren nicht mehr »in Mode« war bei jungen Verlobten, bemerkte ihr Vater dann doch.

War es nicht eben noch so? Kinder, bin ich schon so alt?

Nein, Papa, nur die Zeit vergeht.

Das Zimmer mit der grünen Tapete war zu dieser Zeit nicht frei gewesen, das war gewiss. Wahrscheinlich hatte Minna es mittlerweile dem kleinen Lucius gegeben, der noch im Hause wohnte, aber eigentlich nicht mehr »klein« war. Ein hochgeschossener blonder Kerl von siebzehn Jahren war er da schon. Oder hatte das Zimmer ein anderer Student bekommen? Mit der Zimmerbewirtschaftung wollte der Vater gänzlich nichts zu tun haben. Zudem war er oft unterwegs und Louis-Théodore wegen seiner chemischen Studien auf Reisen.

Ich bin Hausherrin, nicht wahr? Und mein Zimmer ist mein Zuhause. – Ich werde wohl entscheiden, wann ich mit George beisammen bin! – So hatte sie gedacht und es auch getan.

Dort hatte er ihre Haare offen gesehen, wie sie über ihren Rücken fielen, die Bewegung ihrer Schultern spiegelten, über die Wangen nach vorne glitten, auf Georgs Gesicht fielen und wo er im dunklen Vorhang nach ihren Wimpern suchte, den dunklen Brauen, die wie bei einer Spanierin waren.

Piccola mia! – Auf seiner Brust eine sanfte Grube in der Mitte, wo blonde Locken sich kräuseln, eine zarte dünne Haarlinie in Richtung Bauchnabel. Muss sie ihn nicht immerfort ansehen, in der hohen Stirn, im blassen Insektenblick seine Abwesenheit lesen und abfangen, seine Regungen einsammeln?

Da wird nun dein Drama gedruckt, sagt sie, worauf er wieder aus dem Haarvorhang auftaucht, sich zurücklehnt, und ja, da ist wieder der junge Mann mit dem tollen Zeug im Kopf.

Weißt du noch, als du mit Muston vom Münster zurückkamst?

Minna lacht, während der Name Muston Georgs Mundwinkel weicher werden lässt. Ja, Minna.

Völlig durchnässt wart ihr! Reckt euch über die Brüstung auf dem Turm, wenn es hagelt! Hätten euch doch die eisigen Schloßen das Gemüt gekühlt. Aber nein, wie aufgepeitscht kamt ihr zurück ins Haus. Nichts als eure Revolutionsdramen hattet ihr im Sinn.

Fast ein Jahr lag dieser Hagelschlag zurück, während Georgs kurzem Aufenthalt hier zu Ostern, und dann stand unvermittelt Freund Alexis Muston vor ihm, und aller Gram um die Zukunft und Zweifel am Sinn der

Flugblattunternehmung waren verflogen. Mit solchen Menschen um sich muss ja alles gut werden. Minna und Alexis sowie nun die Schulzens und in Gießen der August Becker. Will man es nicht so glauben?

Herrgott!

Was, George?

Da hat man in etlichen fleißigen Stunden sein ganzes Herzblut aufs Papier gekritzelt, und dann kommen die anderen mit ihren Rücksichten, dampfen den Saft der Worte ein. Der Weidig schreibt mir den »Landboten« ins zahme Philisterdeutsch um, und der Gutzkow rupft mir den »Danton«, will die »Veneria heraustreiben«, wie er schrieb.

Nun, der »Saft« war ja im »Danton« arg deftig gehalten.

Das Stück ist auch nicht für junge Damen geschrieben.

Oh, la, la, Monsieur, sollte das Stück aber nicht ebenso den jungen Damen zugänglich sein? Wenn es nun wegen Unflätigkeit sogleich verboten würde …

Mit einem unwilligen Stöhnen wirft sich Georg zurück aufs Kopfkissen.

Lass, Minna, lass, bitte.

Und es ist noch genügend Saft im »Danton«.

Ja, im »Danton« schon. Er stößt sein kurzes Hohnlachen aus. Aber das Stück ist eine »Ruine der Verwüstung«.

Übertreibe nicht.

An einigen Zeilen hatte er ihr die Verwüstung gezeigt, Minna hatte herzlich gelacht und ihn bestätigt, jedoch auch Gutzkows Beweggründe verteidigt.

Es ist doch noch ordentlich Kraft und von mir aus

auch Saft in dem Stück. Allein die Koketterie im ersten Akt. Das Kartenspiel, die Halbweltdamen.

Ist die Anspielung zu verstehen?

Oh, quelle allusion piquante, Monsieur l'auteur? Welche der Anzüglichkeiten? Minna lehnt sich amüsiert vor Georg in den Kissen zurück.

Carreau. Das schöne Karo zwischen den Beinen der Frau.

Er beugt sich Minna zu.

Hier. Und er rahmt mit dem Finger das Dreieck ihrer Scham nach. Minna hört sein sachtes Ausatmen durch den Mund, sieht seinen verlorenen Blick, die sich schließenden Augen, als er sich neben sie legt. Ein Kuss auf seine Stirn, und ihre Lippen verweilen still dort. Nun war er nicht hundert Jahre weit fort, sondern dieser aufquellende Blick, dieses Atmen, eher ein schmerzliches Keuchen, gehört nur ihr, sein ganzes wonniges Verzücken von Körper und Geist. – George. – Wir müssen vorsichtig sein, mein Lieb. – Ja.

Hatte er ihr nicht versprochen, sie vor der Heirat nicht zu schwängern, und dabei weiß er nicht einmal, wie ehrlich er dies Versprechen halten kann. Gehört er wirklich zu den jungen Laffen, die sich brüsten, auf raffinierte Weisen der Natur überlegen zu sein?

Der Rest ist Gottvertrauen, sagt Minna.

Nein, piccola mia. Es ist Zufall, was dem Einzelnen widerfährt, und es sind Menschen, die über ihn richten.

***

Dann schrieb er den »Lenz«. Gutzkow in Frankfurt wartete darauf, wollte das Stück in sein Blatt aufnehmen. Es wurde kein Drama, wie Minna lange gedacht hatte. Nur diese todtraurige Geschichte vom Lenz im Steintal. Die Worte flogen vor sich hin, setzten sich wieder zusammen, klagten Lenzens Leid und Gottes Unzulänglichkeit an, stolperten und hechelten im Takt mit seinen kranken Sinnen.

Die Schulzens, die bereits seit Januar hier als Flüchtlinge unter dem Namen Fischer lebten, waren begeistert. Minna stockte eher das Blut, wenn Georgs Worte dieses Dahinkümmern des kranken Mannes schilderten. George hat das geschrieben. Mein George! Er fühlt mit Lenz!

Er bräuchte einen Freund. – Mit diesem einfachen Satz wandte Minna sich an Caroline Schulz, als spräche sie über einen Jungen. Auf deren Abschiedsfeier im Juni war es gewesen, im »Tiefen Keller«. Caroline war verwundert.

Aber Minna, woher der Gedanke?

Caroline, Sie wissen, es gibt wenige Freunde, die Georges Geist wohltun, ihm genügen. Und nun gehen Sie und Ihr Mann. Schulz ist Georg ein wirklicher Verbündeter, für das Politische ein beruhigender und für das Herz ein vertrauter Geist.

Die Rührung, die Caroline bei so tiefer Zuwendung fühlte, zeigte sich in kleinen Tränenteichen in den Augenwinkeln. Sie nahm Minnas Arm, rieb ihn aufgeregt und hastig.

Minna, mein Gott, was soll ich sagen. Ja, Ihr George ist uns sehr lieb. Und niemand bedauert mehr als mein Mann, dass wir Straßburg verlassen müssen. Oh, ich wünschte … ach, es muss eben sein. Diese Flucht, sie bringt mich noch ins Grab.

Sie zog Minna ein wenig abseits von der plaudernden

Gesellschaft, die sich aufzulösen begann, und schenkte Bowle nach, musste dabei die fast leere Schüssel kippen. In ihren Gläsern schwamm je ein Pfefferminzblatt.

Ihr George schreibt überwältigend und eindringlich.

Ja, er schreibt so beängstigend nah an seinen Gedanken.

Diese Zeiten brauchen solche Gedanken.

Ja, so wird es wohl sein.

Minna fischte das Blatt aus dem Glas, kaute es, ließ den bitterscharfen Geschmack lange auf der Zunge.

Der Druck des »Danton« wird ihn noch weiter anspornen, sinnierte sie.

Ist er nicht mit diesem Verleger wieder in Verbindung?

Ja, er soll von Hugo die »Lucrèce Borgia« und die »Marie Tudor« übersetzen. Das ist Arbeit und sicheres Geld.

Daran musste sie nun denken, ans Geld! Wie kleinlich die Welt ist. Dabei kam ihr das Bild vor Augen, wie Georg mit Alexis vom Münster zurückgekommen war, Haare und Stirne kalt, doch rote Wangen, die Cravates und Revers hatten getrieft. Kein Unwetter würde sie zurückhalten, das zu tun, was sie wollten.

Es bleibt mir gerade noch der Boeckel, sagte Georg dann auf dem Weg nach Hause über das holperige Gassenpflaster. In den Straßen hing eine süßlich-laue Sommerabendluft. Hinter ihnen Jaeglé mit dem Vater der Stoebers in ein Gespräch vertieft. Minna rief ihnen zu, sie ginge mit Georg voraus.

Ja, der Boeckel, mit seinem quirligen Lebensmut, sagte Georg. Auch der gute Baum in seiner Herzenswärme. Doch selbst dein Bruder Louis ist nicht mehr hier, um mich mit seiner nackten Wissenschaft zu trösten. Und Alexis? Auf der Flucht wie ich, durchstreift er wohl Frankreich.

George? Und ich? Du kennst mich, Georg.

Georg lachte auf und freute sich über ihr Zitat aus dem »Danton«, und er antwortete wie dieser: »Ja, was man so kennen heißt. Du hast dunkle Augen und lockiges Haar und einen feinen Teint und sagst immer zu mir: lieb Georg.«

***

Kannte sie ihn? Viele Tage lang meinte Minna, ja, er sei der unermüdliche Wirrkopf, ihr Wortheiliger, und sie war tief erschrocken, wenn er des Abends, nach einem hitzigen Gespräch mit dem Vater oder den Besuchern, urplötzlich vor Erschöpfung zusammensackte.

Die Anspannung, sagte er dann, die Anstrengungen, Minna, das Leben. Es ist eine Folge der Krankengeschichte von vor zwei Jahren. Dieser Anflug von Hirnhautentzündung, kurz nachdem ich in Gießen ankam. Dieser Ort hat mich fast zum geistigen Krüppel gemacht. Ich hatte nur mich und die blanke Verzweiflung. Dann fand ich den August Becker. Eine gleichgesinnte Seele braucht man.

Jemanden, der die Sorgen teilt, sagte Minna.

Ja, aber was sind schon unsere Sorgen? Sorgen um ihr Leben haben die Armen, die nicht wissen, was aus ihren Kindern wird, deren Schlaflied der eigene knurrende Magen ist. Es ist leicht, ein ehrlicher Mann zu sein, wenn man täglich Suppe, Gemüse und Fleisch zu essen hat.

George, du sagst, du willst mich kennen. Und ich muss dich kennen. Ja? So erzähle mir, was habt ihr getan?

Was haben wir schon getan? Dies sind Äußerlichkeiten, Treffen, Reden, Worte, die zu erzählen nebensächlich wäre. Und: Wir? Wer ist das? Jeder Einzelne von uns hatte seine Vorstellungen, und jeder Einzelne ist schon eine unbekannte Person für sich.

Das waren die Geschichten aus seinem Verborgenen, diesen Untiefen, die ein anderer besser nicht betreten sollte. Sie hätte ihn an sich reißen mögen in solchen Momenten. Waren sie allein, nahm sie seinen Kopf in beide Hände.

Dass ich nicht doch durch deine Augen in deinen Kopf sehen kann! Was ist in dir? Was macht dich zuweilen so fremd, so kalt? Müsste ich wirklich deine Schädeldecke brechen …?

Er aber schüttelte die Locken, und das Wasserblau seiner Iris fieberte vor sich hin, wurde noch blasser, und er täuschte Tatendrang vor oder scherzte.

Den »Lenz« fabrizierte ich mit leichter Hand, das elende medizinische Werk muss ich mir aus den Gehirnwindungen pressen. Und die Sprache der Philosophie stimmt mich traurig. Sollte man nicht für menschliche Dinge auch eine menschliche Sprache finden?

So wie du an deiner Arbeit fieberst, George, müsstest du sie täglich ausschwitzen oder gebären.

Er lachte, küsste sie, arbeitete, schrieb die Abhandlung über die Flussbarben, seine Übersetzungen und dann ein Lustspiel. Wenn er ruhte und Minna bat zu singen, unten in der Küche, wie zu Zeiten, als sie noch ihr Geheimnis hüteten, fühlte er sich wie ein Knabe, der sinnlosen Spielen nachging.

Du bist schon die Frau im Haus, sagte er nachdenklich, hast einer Haushaltung vorzustehen. Ich war gerade noch Student und bin jetzt nichts. Ein Flüchtling, nicht einmal ein Narr, nun, mag sein, ein wenig.

Minna stützte sich auf dem Wasserbottich ab, in dem sie Kartoffeln wusch, schien ernst, zog die Brauen zu grimmig ein, um wirklich ernst zu sein.

Einmal, George, für einen Tag nur, möchte ich tauschen, da möchte ich du sein, und du solltest hier in der Küche stehen und früh die Betten machen und auf den Markt gehen. Und ich will mich einmal wie ein studierter Mann bei der Arbeit fühlen. Und du sollst mir dann sagen, wie du dich in der Küche fühltest.

Sie nahm eine Kartoffel und tat, als werfe sie ihm diese an den Kopf. Ein paar Wasserspritzer erreichten ihn, der ganz entzückt schien.

Welch hübscher Gedanke! Oh, Minna, mir wird die Seele ganz offen, fühle mich wie in meinem Lustspiel.

Er war aufgestanden, trat zu ihr, sank langsam vor ihr auf die Knie.

Einmal du sein, dein Inneres spüren, deine Glückseligkeit! Nein wirklich, dies ist im Ernst ein schöner Wunsch.

Mit beiden Armen umfasste er ihren Leib, drückte seine Wange an ihren Schoß.

Minna lachte, doch wollte sie seine Umklammerung lösen.

Wenn jemand kommt, George, bitte!

Herrgott, schnaubte Georg abrupt auf. Wenn jemand kommt! Wenn jemand kommt! Es kommt niemand!

Verzeih mir, aber ein bisschen Tändelei muss einem doch bleiben. Was haben wir denn sonst!

Minna schluckte. Ja, George, gut, du bist ein Schelm, und ich liebe dich. Aber versprich mir, wenn deine Mutter und Mathilde zu Besuch kommen, solche Reden …

Ich habe ganz im Ernst dir sagen wollen, wie schön es ist, dich bei der Arbeit zu sehen, und dass ich ein Nichts bin.

Seine vor ihr in der Luft ausgebreiteten Handflächen sollten ihr dieses Nichts oder seine kindliche Hilflosigkeit beteuern.

Oh, George, sei froh dafür, wie ich den Weg zum Scherz fand! Die Arbeit als Hausfrau ist hart und lang, und komme mir nicht mit den Armen, die noch härter arbeiten! Ich arbeite für Vater und … ach!

Ungehalten und eine Hand abwehrend erhoben wandte sie sich wieder dem Bottich zu.

Georg, das hilflose Kind weiterspielend, streichelte sanft ihren Arm, umfasste ihn schließlich, tat ernst, wollte es wohl auch sein, aber sein Kopf konnte es nicht.

Wenn die Mutter mit Mathilde kommt, dann sind wir schön artig, scheppern mit den Kochtöpfen, halten Händchen mit züchtigen Blicken und denken uns Namen für unsere Kinder aus.

Du scheußlicher Mensch, du! Minna wand ihren Arm aus seinen Händen, und Georg sah, jetzt war es genug. Er trat zur Seite.

So, ich gehe dann … dorthin, wo mein Bett steht, was aber nicht zu Hause genannt werden kann.

Kommst du zum Essen zurück?

Nein, erst zum Abend.

Moment, George, warte, hier. Und sie holte aus der Anrichte zwischen den Tassen einen Brief hervor.

Von Boeckel, in der gestrigen Post.

Ein Murren über die späte Übergabe erübrigte sich, Eugènes Briefe waren eher unterhaltend als wichtig, aber er stutze nach einigen Augenblicken, faltete den Brief auf und wieder zu, hielt ihn gegen das Licht, als wollte er darauf etwas finden.

Nun, es war ein einliegender in einem Kuvert an mich, wie schon der letzte.

Er las im Stehen. Minna, es sind medizinische Gegenstände darin besprochen.

Ach? Du meinst, er könnte mich damit in Verlegenheit bringen?

Was hat er solche Dinge an ein Frauenzimmer zu richten!

Der Brief ist an dich, wies ihn Minna energisch zurecht. Oh, du glaubst doch nicht …! Nun war jeder Spaß vorbei und ihr anzusehen, sie würde keinen weiteren Scherz vertragen.

Glaubst du, ich würde deine Briefe öffnen! Ihre Hand umfasste eine Kartoffel, zog sie aus dem Wasser und warf sie nun ohne jedes Zögern nach Georg, der sich nicht ducken wollte, nur eine Hand schnell vor sein Gesicht hielt. Die Kartoffel traf seine Schulter, kullerte über den Boden, dem eintretenden Pfarrer Jaeglé direkt vor die Füße.

Herrgott, Kinder!

Herbst 1836 bis Februar 1837

Unterdessen ging der Sommer zu Ende. Alles geriet ins Rollen. Die falsche Nachricht, Büchner sei bereits in der Schweiz, kursierte erfolgreich. Aber tatsächlich musste er seine Einreise in die Schweiz noch vorbereiten.

Der 21. September 1836. Der Polizeikommissar Pfister hatte das Führungszeugnis ausgestellt. Es wurde Georg zugestellt, und wie einem Jäger, der endlich die Beute hält, wurde ihm die Hand schwach, erschöpft von der Anstrengung und Spannung. Na also, flüsterte er sich in die hohle Hand, die träge übers Gesicht strich. Die Sätze für den weiteren Schritt formten sich bereits vor: »Euer Wohlgeboren« – ja, wie immer diese Wohlgeborenen, so muss man dienern. Also: »Euer Wohlgeboren werden, wie ich hoffe, einen Fremden entschuldigen, der sich die Freiheit nimmt, in einer für ihn höchst wichtigen Angelegenheit Ihre Güte in Anspruch zu nehmen.« Das Dienern nur nicht übertreiben! Man hat einen Anspruch, jawohl, auf Achtung, wenn es auch nur auf die Beachtung eines Briefes hinausläuft.

Georg ging in die Rue Guillaume, wedelte, wieder gestärkt, fast übermütig mit dem Führungszeugnis herum.

Es ist da, rief Minna, dem Herrgott sei Dank!

Er drückte Minna an sich. Die Anrufung des Herrgottes im Nachhinein ist zwar unökonomisch, sei dir aber in diesem Fall verziehen. Na, nun muss dein Verlobter, der zum Doktor der Philosophie zu Zürich gekürte Narr, noch etwas kriechen vor den Behörden. Noch die eine Hürde und ich kann in die Schweiz, und die ist eine Republik.

Dann beriet er sich mit Vater Jaeglé in der Stube über die Formulierungen für den Brief an den Züricher Bürgermeister Hess. Unverfänglich und überzeugt muss der Brief klingen, meinte Jaeglé. Minna setzte die Adresse auf das Couvert und las dann die Beteuerung seiner politischen Abstinenz.

»Das beiliegende Zeugnis kann beweisen, dass ich seit der Entfernung aus meinem Vaterlande allen politischen Umtrieben fremd geblieben bin ...« Wieder quoll in ihr die Frage auf: War dies wirklich so? Wenn Georg auch äußerst vorsichtig war, die Wahrheit lag anders, das wusste sie. Und ihr Vater? Er stellte nie Fragen dazu.

Ein paar Tage später schrieb Minna für Georg in ihrer gleichmäßigen Schönschrift das Gesuch an den Erziehungsrat in Zürich, die Bitte um Zulassung zu der erforderlichen Probevorlesung. Noch einmal etwas gekrochen vor Amts- und Würdenträgern, aber mit Eifer, ging es doch um den Lebensplan, wie Georg es nannte, und so endet man einen Brief:

»Mit der größten Hochachtung und Ergebenheit
Straßburg d. 26. Sep. 1836 G. Büchner Dr. phil.«

Und jetzt warten, sagte er, während Minna den Siegellack auftrug. Sie konnte seine reglose trockene Stimme nicht deuten. Warten war ihm verhasst.

***

Oktober. Alles war erreicht. Bis hierher. Die Probevorlesung in Zürich musste noch überstanden werden. Dies war aber der kleinste Teil. Mit seinem Esprit vorgetragen, würde der Erziehungsrat ihn mit Kusshand an sich binden wollen. Alle bestätigten es ihm zu seinem Geburtstag. Die Freunde, die Verwandten. Zu den Glückwünschen gesellten sich die Gratulationen zur Aufnahme in Zürich als Privatdozent. Gläser wurden gehoben, die Gesichter hitzig. Minna trug einen Kuchen nach dem anderen auf. Georgs Augen, dieses Flackern, die Unruhe. Warum, George? Alles war gut geworden. Sie hatte nie daran gezweifelt.

Aber du, nicht wahr? Sie sah seine Lippen zucken unter dem angestrengten Lachen. Die Feier wurde zu lang.

Ja, ich zweifle immer.

In dem, was du deinen Lebensplan nennst, war so früh eine Ehefrau nicht vorgesehen. Ich weiß es.

Du bist klug. Du wirst mich vor Torheiten bewahren. Ich werde mit dir besser auf mein Leben schauen müssen, auf das der Galgen eh schon ein Auge geworfen hat.

Minna schenkte von dem einfachen Riesling nach, forderte ihn zum Anstoßen auf.

Auf dass ich genügend Kraft haben werde, dich vor dem Galgen zu bewahren.

Nun, auf dich, Minna. Weißt du, die Zeiten brauchen Mut, und es gibt genügend Ehemänner, die doch nichts anderes als raffinierte Müßiggänger sind. Bewahre mich auch davor, ein solcher zu werden.

Jemand rief: Hoch die Gläser! Auf das glückliche Paar!

Es klirrte sachte, man trank, ein verhaltener Applaus.

Noch dieser Abend. Noch eine Nacht. Am nächsten Morgen die Abreise nach Zürich.

***

Wieder November. Ein weiterer Geburtstag Minnas, den sie ohne Georg verbringen wird, und der Tag wird wie so oft im Nebel ersticken, ein paar Platten und Tassen werden geleert, und der Himmel bleibt grau und ist am Ende vielleicht auch leer. Kein Gott darin zu Hause. Doch was kümmert sie das! Zu Ostern wird sie nach Zürich reisen und übers Jahr Frau Büchner sein.

»Du kommst bald?«, schrieb er ihr Ende Januar. Sie musste lachen. Er bekäme alsbald ein Zimmer zu mieten, ein großes, elegantes vor der Stadt, bei einem Wirt, welcher aussähe wie ein betrunkenes Kaninchen. Von dort könne er den See betrachten, und von allen Seiten seien die Alpen zu sehen. Aber dahin kam er nicht mehr.

»Ich muss mich bald wieder an Deiner inneren Glückseligkeit stärken und Deiner göttlichen Unbefangenheit und Deinem lieben Leichtsinn und all Deinen bösen Eigenschaften, böses Mädchen. Addio, piccola mia!«

Drei Wochen später musste sie nach Zürich reisen. So bald schon, so hastig. Am 18. Februar traf sie ein, durfte ihn kurz sehen, am 19. Februar blieb sie allein. Die zurückgelassene Braut. Noch dreiundvierzig Jahre lang.

Addio, piccola mia.

1871 bis 1875

Der Krieg ging zu Ende, und Straßburg war wieder deutsch. Wieder, ja, und der Sieger hatte an der Stadt gründliche Spuren seiner Gewalt hinterlassen. Eine barbarische Kriegsführung, so hörte man nicht wenige Straßburger in ihren in Schutt und Asche gelegten Straßen schimpfen. Da habt ihr das Elsässer Wein- und Krautfass wieder zu deutschem Boden gemacht. Preußische Gesetze, Uniformen allenthalben. Die Mailuft schwanger von Blütenduft und Misstrauen.

Sie kamen gesund zurück, Minna zusammen mit Julie und Charles Schmidt. Auf dem Land draußen bei Verwandten hatten sie Schutz vor dem Bombardement gefunden, das Straßburg bedroht und auch getroffen hatte. Schutt, zerbrochene Fenster, Verluste an Hausrat, Schmuck, Gemälden und was sonst noch das tägliche Leben verschönerte. Und Tote. Alte und Frauen, erzählte man, und sogar Kinder sind darunter, hört ihr. Nein, wir haben keinen Grund, die Besatzer zu mögen.

Die Rue des Cordonniers unbeschädigt. So weit war alles erhalten, das Haus stand noch. Sie konnten sich einrichten, der Rest fand sich. Die Familienbilder, die Fotografien in den glatten, etwas klapprigen Holzrähmchen, bekamen wieder ihren Platz.

Wir werden neue Rahmen besorgen, sagte Julie, rieb mit dem Ärmel über die Glasscheiben, ihre dünne Schulter hob und senkte sich ruckartig. Schöne moderne. Versilberte? Was meinst du, Minna?

Ach, du mit deinen Bildern.

Jetzt sollte sie erneut täglich ihr Portrait ansehen. Nun ja. Du siehst mich doch jeden Tag, was braucht es das Bild? Von deinen Kindern, ja, stell die hin.

Es nutzte nichts.

***

Ihre Stimme. Minna hörte genau auf ihre Stimme. Sie wurde rau und brach manchmal. Altweiberstimme. Dem Unterricht nicht förderlich, und es könnte sich verschlimmern. Gott bewahre.

Minna machte sich auf, suchte alle Familien auf, deren Kinder sie unterrichtet hatte, vor dem Aufbruch aufs Land. Flucht, sagte Julie. Minna mochte das Wort Flucht nicht. War das schon eine Flucht?

Vor den Kanonen, Minna, entrüstete sich Julie. Vor denen mussten wir flüchten. Die Krupp-Kanonen von diesem Bismarck. Zig Kilometer sollen sie reichen.

Vier, meine Liebe, nur vier, berichtigte Charles sie. Aber immerhin, noch nie hat eine Kanone so weit gefeuert.

Auf ihrem Weg begegneten Minna überall Menschen, die aufräumten und Karren mit Möbeln zogen oder schoben. Zwei Kinder konnte sie bereits für ihre Schule zurückgewinnen. Vor dem Haus Nummer 17 in der Rue des Moulins blieb sie stehen, rief zu einem offenen Fenster hinauf: Madame Hickel? Sind Sie da? Madame Hickel? Hier ist Mademoiselle Mimi.

Ein preußischer Offizier, der fünf Schritte hinter ihr ging, sah sie an, grüßte mit leichtem Diener, Hacken zusammen, Hand am Tschako. Gnädige Frau, guten Tag.

Darf ich Sie darauf aufmerksam machen, in aller Bescheidenheit, Sie dürfen nun die gute deutsche Anrede »Frau« verwenden.

Minna stutzte, musterte fragend den Uniformierten von oben bis unten. Sie meinen? Wieso Frau?

In Minna dämmerte nun ein Verstehen, und sie packte ihren Schirm energisch um die Mitte, zeigte damit vage in seine Richtung.

Frau? Noch nie habe ich eine Dame simpel Frau genannt. Wie klingt denn das!

Äh, nun die französisierten Umgangsformen … Der Offizier hob sein Kinn, kräuselte die Lippen, suchte passende Begründungen. Das Französische ist bei uns in Berlin weitgehend und auf dem breiten Lande ohnehin … nun, aus der Mode, gnädige Frau …, Verzeihung.

Ich heiße Jaeglé, Mad… Sie stockte. Wie sollte dieser Herr eine Mademoiselle in ihrem Alter auffassen, wo diese Anrede in Deutschland nur eine kesse Koseform für ganz junge Mädchen ist. Lächerlich? Aber noch schlimmer: Ihr kam das grausam verniedlichende Wort »Fräulein« in den Sinn. Sie war somit in Deutschland ein »Fräulein«, diese hässliche Nebenform von »Frau«.

In Berlin, so? Hier ist nicht Berlin. Sie entschuldigen. Damit ging sie entschlossen in die Hofeinfahrt des Hauses. Ihre Hände. Sie schwitzten. Ihr Atem ging schnell, noch als sie Madame Hickel begrüßte.

***

Es musste noch gehen, die Treppe hinauf, diese schmale Wendeltreppe zu ihrer Wohnung. Jeden Tag glaubte sie, Blei in den Röcken hängen zu haben, so schwerfällig kam sie sich vor. Sie musste dort oben unterrichten. Die übrigen Räume im Haus waren ungeeignet, mitten unter den anderen, und sie brauchte ihre Zimmer für sich. War das zu viel verlangt?

Die Miete. Aus dem Kredit, den sie vor Jahren einer Bauernfamilie gegeben hatte, brachten die Zinsen ein kleines sicheres Polster. Aber es reichte nicht für alles. Also unterrichten. Solange es geht, die Stimme und die Augen es erlauben.

Die Nachricht, nach preußischem Recht dürften Lehrerinnen, sobald sie eine Ehe eingingen, nicht weiterhin ihren Beruf ausüben, löste bei Minna einen heimlichen Groll aus, der sich in sporadischer nächtlicher Unruhe zeigte. Ein inneres Disputieren machte sich in ihrem Kopf breit, das leider am Tage gegenüber Julie kaum einen gelebten Ausgleich fand, da Minna träge und müde war.

Haben wir uns alle damit abzufinden, Julie?

Ihre Cousine stellte sich offenbar solche Fragen nicht. Julie mochte das Wort »abfinden« nicht.

Ich mag es doch auch nicht, dachte Minna, hörte dann Julie etwas von den Kaufleuten und Juristen murmeln, von Erbrecht und Besteuerungen, dass sich alles ändern würde. Eine Kiste mit Büchern hatte Julie vor Monaten noch im Keller gefunden, packte diese nun mit langen Pausen und anekdotischen Erklärungen zu jedem Buch aus. Dabei sang sie verhalten »Ein Mädchen oder Weibchen wünscht Papageno sich«.

Abwechselnd reichte sie Minna ein Buch oder Charles, ob sie es zu sich nehmen wollten. Charles neckte seine Frau, sie solle lieber dem älteren Text entsprechend »Üb immer Treu und Redlichkeit« singen. Nein, Julie wollte durchaus nicht.

Mir ist nach Mozart. Da reichte sie Minna ein weiteres Buch, verkratzte Goldlettern auf Leinen, Minna las: »Die Frauen und ihr Beruf – Luise Büchner«, wollte danach greifen, stockte, ließ ihre Hand sinken. Büchner. Dieser Name.

Warum hast du das Buch noch? Und was soll ich damit?

Charles, der von jeher ein besseres Gefühl dafür zeigte, den Namen Büchner vor Minna nicht ans Tageslicht zu ziehen, in welcher Form auch immer, der ihre abgrundtiefe Antipathie den Büchners gegenüber nicht vergaß, zog die Brauen hoch. Julie, gib es lieber mir.

Aber die Luise hat doch mit dem Ludwig Büchner nichts …

Doch Julie, auch sie hat sicher die Veröffentlichung seiner Briefe an Minna befürwortet. Minna braucht sich nicht wieder mit ihnen zu befassen.

Jetzt lasst es sein, pack es weg und gut damit. Minnas Hände krallten sich in den abgeschabten Samt der Sessellehnen, ihre Schultern wiegte sie vor und zurück. Büchner. Dieser Name.

Was soll noch alles kommen? Sie bemerkte nicht, dass sie diese Frage tatsächlich aussprach. Charles sah sie an. Julie zuckte mit dem Mundwinkel.

Entschuldigt mich, die Gedanken, sagte Minna fahrig.

Auf die Lehrerinnen kam dann Julie zu sprechen, die ja jetzt an den öffentlichen Schulen geregelte Stunden haben würden.

Hm, gut, gut, und wenn sie heiraten, müssen sie den Beruf aufgeben. Das sind nun preußische Gesetze. Zu hoch wurde Minnas Stimme, brach im Satz ab. Was sonst noch käme, hatte ihr Charles schon vor Wochen mit der Umschreibung der »preußischen Schulordnung« angedeutet.

Was denn noch alles? Schulpflicht ab sechs Jahren für alle Kinder. Die mussten dann an die öffentlichen Einrichtungen. Kein Platz mehr für kleine Privatschulen, schon gar nicht bis zum achten Geburtstag der Kinder.

Ab wann, Charles? Ist dies nun sicher? Minna packte ihr Schultertuch, ihre Handarbeitsmuster, alles allzu umständlich zusammen, die Nadeln und Fäden hingen kreuz und quer, Stricknadeln kullerten zu Boden.

Ja, ja, sagte Charles, bückte sich nach den Nadeln, kam langsam wieder empor, vor Minnas kleiner Gestalt gebückt auf Höhe ihrer Augen, der dicken Tränensäcke.

Ja, vom nächsten Schuljahr an, alle Kinder ab sechs Jahren. Er richtete sich wieder auf. Minna schaute in das Gesicht mit der Brille, auf seine Züge, dachte an den Namen Büchner und: wie er, groß, schmal, hohe Stirn. Mein Gott, was hab ich alles vergessen. George! – Dann gab sie sich einen Ruck, wollte den Tag beenden und wusste nicht, ob sie sich über Ludwig Büchner echauffieren sollte oder über die preußischen Gesetze. Die Nacht würde lang werden. Wenn man wach liegt, dauern die Stunden doppelt.

Mein ganzes Leben ein einziges Verfolgtwerden von den Büchners! Erst bin ich jahrelang das gute Erinnerungsstück an den verlorenen Sohn, dann die Lieferantin für Briefe, die ihnen seine tiefsten Seelenregungen preisgeben, und Ludwig veröffentlicht sie! Übertreibe ich? – Sich umdrehen, weil die Schultern schmerzen. Die Augen starren in das matte Quadrat des Fensters. Durchkreuzter Lichtschimmer. – Muss ich mich denn ärgern! Jetzt noch! Und die Kinder nehmen sie mir weg.

Nicht alle, die Hälfte der Mädchen bleibt. Die ganz Kleinen. Das heißt Unterricht in den Grundzügen des Schreibens und Rechnens, Häkeln, Stricken, Bibelstunde. Es ist kein gutes Werk, aus Bequemlichkeit die Kinder in der Bibel lesen zu lassen.

Trotzdem wird sie es weiterhin tun. Aber die Kraft ließ nach, und die jungen Mütter sagten: Mademoiselle Mimi, Sie haben schon so lange Jahre unterrichtet, gönnen Sie sich im Alter Ruhe.

Alter? Vierundsechzig, ja, das ist alt.

Es gab zu viele Sachen, Nippes, Papiere, Dokumente. Dabei war doch im Krieg einiges verlorengegangen. Und wieder alles voll. Minna kramte, schaute oft auf die Uhr, da sie leicht die Zeit vergaß. Ein Tag war so kurz geworden und die Nächte zu lang. Hier die Vergissmeinnichtornamente, die ihr einige Mädchen geschenkt hatten, runde Papierbögen, darauf im Kreis Papierblütenblätter angeordnet. Diese wurden zur Hälfte angeklebt und umgeknickt, um darunter schöne Erinnerungen aufzuschreiben. Oft kurze Worte in ungelenken, fast unleserlichen Buchstaben. Ein Mädchen hatte auf die Rückseite geschrieben: ich wünsche Mad. Mimi ein langes Leben. Ida. – Die Ida mit der schmutzigen Schürze, vom Kohlenstaub. Eine, die Minna nie vergessen hatte.

1877

Sie musterte den Brief erst einige Augenblicke, nachdem Charles ihn ihr aus der Tagespost überreicht hatte. Fragend hielt sie ihn weg von sich, hob das Lorgnon an die Augen, entzifferte die Anschrift. An Mad. W. Jaeglé. Doch, für sie. Da es wenige gab, zumal außerhalb Straßburgs, die ihr noch Briefe schrieben, lag über diesem der Hauch von Unangenehmem, und die Abwehr gegen alles Neue und Fremde hatte sich in den Jahren in ihr verhaftet. Die Schmerzen im Rücken zwangen sie, sich langsam in ihrem Sessel niederzulassen.

Eine gleichförmige, aber energische Schrift forderte sie auf, die Güte zu haben, ihm, einem Herrn Franzos aus Wien, der sich als Zeitungsschreiber vorstellte, Abschriften aller Schriftstücke aus der Hand ihres verstorbenen Verlobten Georg Büchner zu überlassen oder ihm gar diese zur besseren Bewahrung und Nutzung zu übergeben. Von einer moralischen Verpflichtung schrieb er, diese Schriften einem öffentlichen Kreis zugänglich zu machen.

Alles an ihr schien ihr mit einem Mal zu eng, das Korsett, der Kragen, die Ärmelbündchen. Der Kopf, ein Nest von Nesseln. Sie fingerte am Hals, fand die Knöpfchen nicht. Auf das besorgte Fragen von Julie hielt sie den Brief ihr wedelnd entgegen.

Nimm ihn, und mein Hals … ich muss … der Kragen.

Julie ließ das Blatt einfach fallen, half Minna den Kragen zu öffnen, während Charles den Brief aufhob, und Minna röchelte: Lies, lies ihn bitte vor, Charles.

Sie verscheuchte Julie von ihrem Hals, aus ihrer Nähe, denn sie wollte nichts an sich fühlen, schon gar keine Hände, keine Wärme. Ihre Haut brannte.

Ja, ja, ist schon gut, Minna. Julie trollte sich missmutig, hörte ihrem Mann zu, der mit senkrechten Stirnfalten über den Brief blickte, las und las, und die Worte kamen fremd, sehr fremd zu ihnen, denn der Name Büchner war lange, lange nicht mehr gefallen, und so stammelte Minna: Jetzt noch? Jetzt noch? Was wollen sie von mir?

Unversehens beginnt sie in Gedanken bereits, das Verbliebene von Büchners Schriften zu suchen. In der Schreibkommode? Oder in Kisten, vom Krieg noch im Keller. Nein, das war doch alles ausgepackt. Wo? Wo, Julie?

Du musst darüber nicht nachdenken, Minna.

Nein, ich muss nicht. – »Das *muss* ist eins von den Verdammungsworten, womit der Mensch getauft worden.« George Büchner! Solche Sätze, die kamen nur aus deiner Feder und aus deinem Mund. Und jetzt wollen sie von mir den Rest deiner Worte, alles, alles soll vor die Öffentlichkeit gezogen werden. Was ist daran, an deinen Worten? Tolles Zeug, Gedankenspielerei, das Sezieren der innersten Regungen, und dabei hast du doch immer nur von dir selbst geschrieben. – »Es muss ja Ärgernis kommen, aber wehe dem, durch den es kommt«. – Durch mich? Durch dich, du Wortheiliger! Ha, und jetzt durch diesen Franzos! Ludwig hat ihn geschickt, oder wahrscheinlicher noch dieser Gutzkow, dieser Nachlassmarder! Nun, sie wollen noch mehr von mir, und da Ludwig nie wieder vor mich treten kann, kommt dieser Schreiberling. –

Lasst mich aufstehen, ich gehe hinauf.

Wenn es dir schlechtgeht, Minna, dann rufe, oder besser, ich schicke das Mädchen alle Stunde zu dir.

Aber nein. Dieses Brennen und Kribbeln, ich kenne es schon, hatte ich bereits als Kind. Nesselausschlag. Ist nur die Aufregung, hat schon die Mutter gesagt.

Aber wie sie sich damals gegen die Behauptung der Mutter, es sei nur die Aufregung, sträubte, so bäumte sich diesmal ihr alter Körper weiter auf, holte ein Fieber hervor, Schmerzen im Kreuz, in der Brust. In den Fingern und Zehen ein Stechen und Hacken, dass es die Knöchelchen zu sprengen schien. Schlaflos blieben die meisten Nächte.

Eine wirkliche Besserung wollte nie mehr erfolgen.

Lasst mich doch alle in Ruhe! Dieser Satz bebte beständig in ihr, wurde manchmal trotzig den Eintretenden entgegengeworfen.

Warum jetzt noch? Georg Büchner, auferstanden aus den verschütteten Winkeln ihres Geistes durch die drängende Aufforderung eines Wiener Zeitungsschreibers. Eine moralische Verpflichtung? Woher soll er das Recht haben, mich so zu bedrängen? Eine Nötigung. Ja, und Charles bestätigte es ihr. Du brauchst nicht zu antworten, sagte er, schon gar nicht, solange du krank bist.

Gesund werde ich nicht mehr, und sie richtete sich auf, ging nervös umher und schließlich nach oben, in eine weitere schlaflose Nacht.

***

Gedanken, immerzu Gedanken im Kopf, und keiner kann sie einem nehmen. Wie ein Fliegenschwarm. Lästig! Wenn man sie verjagen oder den Herrgott oder den toten Vater herbeizerren könnte aus ihren Wolken und sie fragen könnte, was richtig sei zu tun. Antworten bekommt man nicht aus dem Himmel, so sagtest du immer, George. Jetzt steh nicht so da und schau mich an, mit deinem spitzen Insektengesicht. Du bist jung gestorben, was weißt du schon vom Leben, und ihre wehen Finger begannen in der Schreibkommode zu kramen, waren doch in der Bewegung die Schmerzen leichter zu ertragen, fast vergessen. Wer kann schon ständig liegen, und dieses Ruhen tat nicht gut. Sie fand die Schriftstücke, von denen sie wie eh gewusst hatte, sie waren noch da, bei ihr. Das Tagebuch aus Zürich und einige Manuskripte, die Schrift aus einem anderen Leben, seinem, welches nie das ihre wurde. Sie las ein Stück.

Mein Gott, George, du bist ein Schmierfink.

Schelte mich nicht, ich musste schnell schreiben, im Gedankenfluss.

Sei still, ich bitt dich. Ich muss jetzt diesem Menschen in Wien antworten.

In aller Ruhe holte sie einen Bogen Papier hervor, das Tintenfass, und setzte die Feder an:

Straßburg, 2. April 1877

Geehrtester Herr!

In Ihrem geehrten Schreiben vom 17. Februar reden Sie von der moralischen Verpflichtung, die ich habe, durch Mitteilung derjenigen Papiere G. Büchner's, die in meinen Händen sind, die Herausgabe seiner Werke zu befördern.

Hierauf habe ich die Ehre, Ihnen zu antworten, dass ich durchaus keine moralische Verpflichtung fühle, die besagten Papiere zur Öffentlichkeit zu bringen; teils sind es solche, die nur mich persönlich angehen und die es eine Indiskretion wäre, drucken zu lassen, teils sind es unvollständige Auszüge und unvollendete Notizen. Das Andenken an Georg Büchner ist mir zu teuer, als dass ich wünschen könnte, etwas Unfertiges von ihm der Kritik der Rezensenten auszusetzen. Durch schwere Krankheit verhindert, Ihnen früher zu antworten, musste ich es bis heute aufschieben.

Sie werden mich, geehrter Herr, verpflichten, wenn Sie sich für die Zukunft mit dieser Erklärung genügen lassen wollten.

Hochachtungsvoll zeichnet
L. W. Jaeglé.

Sie faltete den Bogen und versiegelte ihn in einem Kuvert.

So, nun hat dies ein Ende. Franzos' Anschrift schrieb sie eilig, aber nichtsdestoweniger akkurat. Dann sortierte sie ein letztes Mal alle Briefe und Schriftstücke von Georg. Sie schnürte sie zusammen mit dem Band, welches bisher allein die Briefe gefasst hatte, und daher reichte es gerade auf den letzten Zentimeter für zwei Knötchen. Soll es nun gut sein, sagte sie, und ihr war, als würde er gar nicht zuhören. Saß er nicht im Sessel, zur Seite geneigt mit lax hängenden Händen, sah fiebrig zum Fenster hin?

Wo bist du nur wieder, George?

Sing doch ein Lied, Minna. Du weißt, wie ich es mag.

Ein Lied? Ein Lied, nun denn, aber mir fallen nicht alle Strophen ein. Mir entfällt so vieles.

Minna begann zu summen, legte dabei den geschnürten Packen zurück in die Kommode, nicht, um ihn wiederzufinden, nur um zu wissen, alles war bei ihr, wie all die Jahre.

Ob ich gleich kein' Schatz mehr hab,
Werd ich einen finden.
Ging die Straßen auf und ab,
Bis zu den Linden.

»Schatz, wo ich gewesen bin,
Kann ich dir wohl sagen:
Bin gewesen in fremdem Land,
Habe viel erfahren.«

»Was du da erfahren hast,
Kannst du mir wohl sagen?«
»Hab erfahren, dass junge Leut
Bei einander schlafen.«

So, weiter weiß ich nicht mehr. Nun wird es kurios still. Auch so eine Wendung von dir. Nun lass mich ruhen.

Die Melodie verfolgte sie noch eine Weile, im Sessel, tief versunken zwischen Wachen und Schlaf, hörte sie aus einem Eck nicht weit von ihr seine junge Männerstimme, die oft nicht zu dem passte, was er gerade sagte. Es war aber nur das Ende der letzten Strophe:

Nun ade, herztausiger Schatz,
Jetzt komm ich nicht wieder.

1880

Er kam oft an den Nachmittagen, sagte: Beste Freundin, setzte sich zu ihr ans Bett, der gute Eugène. Er ist ja mein Arzt, sagte sie dann vor sich hin und fragte ihn, wie spät es sei. Meist sagte er: Es ist gegen zwei Uhr. Oder: Würde sagen, gegen drei. Er nahm es ja nie so genau, der Boeckel. Lebhaft war er noch, dabei war er nur ein Jahr jünger als sie, schwatzte von anderen Patienten, auch wenn er nur noch wenige behandelte.

Unauffällig nahm er ihre Hand, fühlte den Puls, aber sie bemerkte es durchaus, meinte: Dann hören Sie auch gleich das Herz ab.

Sicher, durchaus, und nur nicht zu lange liegen, beste Freundin, und er nahm sein Hörrohr, legte es auf die von ihren nestelnden Fingern freigelegte Haut, in die senkrechten Falten zwischen den Brüsten, über die Saat von bräunlichen Flecken, machte sein gläubigstes Arztgesicht, dem die Diagnose partout nicht abzulesen war. Was sollte schon sein? Es ist wie seit langem. Nichts, nichts Auffälliges, sagte er so auch heute. Und oft bewegen, wenn es möglich ist. An die frische Luft. Sollten Sie nicht unten im Parterre Quartier nehmen? Dann wäre es leichter, nach draußen zu kommen. Denn nur keine Lungenentzündung holen!

Minna winkte mit einer Hand in der Luft, was heißen konnte, so soll es sein, nur zu, oder mir ist es gleich.

Ich weiß doch genau, wie das Herz arbeitet, bemerkte sie dann bestimmt. Die Herzkammern. Der Blutkreislauf. Er hat es mir erklärt. Das Einzige, was er mir von den medizinischen Dingen wirklich erklärt hat. Weiteres dazu wollte auch er nicht sagen, zu einer Frau, die das nicht wissen sollte. Die Körperlichkeit. Welch elende Rücksichten.

Boeckel waren diese Sätze bekannt, und er wie die Schmidts blieb nicht mehr verwundert stumm, wenn Minna unvermittelt eine Bemerkung machte, eine Episode erwähnte, von »ihm« sprach, meist ohne den Namen zu nennen, als spreche sie von einem kürzlich Verstorbenen.

Nach all den Jahren auf einmal dieser Frieden. Woher dieser Gleichmut?, fragte Boeckel Charles Schmidt. Ob wir es unter diesem freudigen Stimmungswandel wagen könnten, Mademoiselle Jaeglé von dieser Veröffentlichung zu erzählen?

Er meinte die Franzos-Ausgabe »Büchner's sämmtliche Werke«, frisch erschienen. Ein hübsches Bändchen.

Doch Charles zeigte sich völlig ablehnend. Gott bewahre, entsetzte sich Julie. Niemand soll meiner Cousine jemals mehr mit derlei Dingen kommen. Soll sie den Zorn und die Verbitterung noch einmal fühlen, wie vor Jahrzehnten? Ihre innigsten Angelegenheiten ans Licht gezogen! Nein, nein, glauben Sie mir, ich sorge dafür, niemand soll etwas von ihr wollen oder gar bekommen.

Damit machte sich die gebückte graue Gestalt hinauf zu Minna, rief auf halber Treppe zurück: Daran würde sie sterben.

Boeckel gab sich geschlagen. Aber als ob den Alten und Siechen ein sechster Sinn eigen wäre, den man auch

Kindern nachsagte, die wussten und rochen und ahnten, worum es ging, war Minnas erster Satz, nachdem Julie eintrat: Er fragte manchmal, ob wohl das Münster wieder je ganz auf deutschem Boden stehen würde. Na, nun hat er es! Und was ist gut daran?

Minna, wir sollten dein Bett machen.

Sie wissen doch gar nichts von ihm. Uns, uns müsste man fragen, die ihn hier kannten! Ob das dieser Mensch aus Wien weiß? Der Boeckel? Hat er den Boeckel auch gefragt? Der erzählt ja gerne.

Minna setzte sich nach Julies Mahnen hin auf. Ja, ja, ist ja gut. Bald sind wir hier ein Siechenhaus.

Sie lachte. Julie begann zu weinen.

***

Das Bett steht in anderem Winkel zum Fenster, die Entfernungen zu Tisch und Sessel sind weiter, es riecht zu klar nach frischem Leinenzeug und Bohnerwachs, nicht wie oben nach Tee, Holzkohle und Staub in den Teppichen. Sie meinen es gut, halten alles sauber. Das wenige an Veränderung genügt und die ganze Welt ist fremd. Gewiss, Minna kennt den Weg hinaus, bemüht sich redlich nun endlich, da der Weg kurz und treppenlos geworden ist, die Gottesdienste zu besuchen. Aber nur wenige Wochen geht dies ohne Begleitung, dann wollen die Füße nicht mehr so gut. Ein Sturz genügte ja, einen zweiten sollte man vermeiden. Julie, wo bleibt sie? Man sagt ihr, Julie müsse ebenfalls das Bett hüten.

Das Hausmädchen schaut nach Minna, oft, sooft es geht.

Adele?

Nein, Mademoiselle, ich heiß nicht Adele.

Das Badewasser. Es ist Zeit, Adele. Kann ich baden?

Darauf folgt keine Antwort, aber ein Lappen, mit lauwarmem Wasser getränkt, fährt ihr übers Gesicht, dann die Arme entlang, den Rücken, und alles darunter kommt zum Schluss. Es ist kühl. Jemand sagt: Sie wird bald siebzig. Das muss die Ida sein, die zu Besuch kommt und hilft. Siebzig ist eine runde Zahl, sagt Minna, somit wird es November sein. Geburtstag, und die Adele, die nicht die Adele sein will, nickt eifrig.

Vor ihrem Fenster ist der braun belaubte Ast einer Buche zu sehen. Heuer hält sich das Laub lange an den Bäumen. Der Blickwinkel hinaus zu den Ästen ist dem aus ihrem Zimmer in Barr ähnlich, und sie sagt: Ich sollte nach Barr reisen, dort ist es hübscher, und ich muss auf dem Friedhof meine Schwester besuchen. Es ist aber der Gedanke an Nebel und Wind, der sie niederdrückt in ihre Kissen. Nein, die Reise sollte verschoben werden.

Sie möchte hinten in den Obstgarten hinaus, wo über den Ästen ein Streif Himmelblau lockt, in Barr, hinauf zum Kirchhof, an den Weinstöcken vorbei zum Gottesacker. Der Vater sagte gern Gottesacker. Es hatte sie belustigt, dieses Bild, der Herrgott als Bauer mit Pflug über dem Acker. Vater, was redest du? Weinberg, so sagt man auch, im Weinberg des Herrn arbeiten. Das Gleichnis von den Arbeitern, die alle den gleichen Lohn erhielten. Darüber hatte sie immer gern gesprochen.

Auch die, die nur eine Stunde gearbeitet hatten, sagt sie, bekamen einen Silberling.

Die freundliche Antwort kam von dem jungen Menschen, einem Arzt, der oft mit Boeckel vorbeischaute, den Minna aber nicht leiden mag. Es passen keine neuen

Menschen in meinen Kopf hinein, erklärt sie so rücksichtsvoll, als es ihr möglich ist mit der gebrochenen, krächzenden Stimme. Ich lasse keinen mehr hinein, habe die Grenzbäume fest verschlossen, auch kein Flüchtling kommt hindurch, sollte er noch so jammern.

Der Wilhelm Baum, sagen Sie, Boeckel, wie lange ist der schon tot?

Zwei Jahre schon, sagt der Freund und verabschiedet sich, und als sie wieder fragt, ist Baum noch immer zwei Jahre tot. Es gibt keine Zeit mehr. Womöglich wird bald der hohläugige Christus vom toten Weltgebäude herab eine Rede halten und verkünden, dass der Himmel leer ist. Wir mochten solche Geschichten, mein Bruder und ich, aber der Vater sollte das nicht wissen. Louis-Théodore, der gute Theo, der zerlegte dann die Welt in ihre chemischen Einzelteile. Auch ein spaßiges Ideal, wenn man sonst die Langeweile nicht vertreiben kann, meinte der Bruder. Aber nein, das mit der Langeweile war der andere, der mit der hohen Stirn und den wirren Locken. Der meinte, manche Menschen würden aus Langeweile beten. Ich sah es ihm nach, da er leider recht hatte, wenn man es bedenkt. Seit der zu uns ins Haus kam, war es heiter, und ich nannte ihn bald George. Es war unser Geheimnis, er liebte es so.

Drei Streifen Licht brechen draußen durch die Äste, die Sonne ist noch nicht ganz ausgeblasen, reicht sogar in die schmale Gasse. Und der Lichtschein dahinter? Mögen es Lichter in den Scheiben dort drüben sein. Es ist so dunkel, das Jahr geht auf die Wintersonnenwende. Ist dann die Christmesse, wollen wir sehen, ob sie die alte Mademoiselle Mimi noch in die Kirche bekommen. Ob sich die Leute hier bald die Zitronen unter die Nase halten müssen, interessiert mich einstweilen nicht. Man verläuft sich ja so leicht, besonders im Weinberg. Die Rebstöcke, gerade mal so hoch, seht ihr, da konnte ich selbst mit zehn Jahren noch nicht drüberschauen, und wenn alles um einen herum nur Laub und Blatt und Traube ist, wenn da die Mutter nicht gekommen wäre! Besser, man geht nicht weg, nein, das Reisen ist zu aufwendig. Ich bleibe. Hier in Straßburg. Immer wieder Straßburg. In meinem Leben ist nichts passiert. Nur einmal war ich verlobt, mit diesem jungen Mann, der tolles Zeug redete. Jetzt ist im Fenster das Licht in eine Ecke gerutscht, ein roter Streif, dahinter geht ein weißes Leuchten auf, das bläulich glänzt und wogt zur anderen Seite. Jetzt geht es. So hatte ich es auch in Zürich gesagt, als das Nordlicht vorbeiging. Als es von einer dunklen Kugel zerschnitten wurde, und nach Mitternacht war es vorbei. Der Morgen war dunkel, und am Nachmittag ging das Leben zu Ende.

Die Schmerzen sind vorbei. Alles taub. Alles still. Es ist nur das Herz. Das Herz mag nicht mehr. Es wird stehenbleiben. Auch nur ein Tod von vielen.

Addio, piccola mia.

Am 14. Dezember 1880 starb Minna.

Nachwort

Gibt es über die Frau neben oder hinter einem historisch bedeutsamen Mann genügend Material, wird sie ans Licht der Wissenschaft gezogen, in der Regel aber nur, um Zusätzliches über die »eigentliche« Person zu erfahren. Sind die Nachrichten über sie dürftig, begnügt man sich nicht selten mit ebenso dürftigen Klischees.

Dies gilt auch für Minna Jaeglé, die sich 1832 mit Georg Büchner verlobte. Als »Büchners Braut« gehört sie zu seiner Biographie, eine Komparsin seines Lebens, Lieferantin einiger der wichtigsten Schriften Büchners, nicht zuletzt seiner »Brautbriefe« an sie.

Geboren wurde Minna am 15. November 1810, abends um 10 Uhr, wie es ihr Vater im Taufregister für sein erstes Kind vermerkte, in der Rue de la Chaine No. 1 in Straßburg. Ihr Vater taufte sie und trug als ihren Namen Louise Wilhelmine ein.

Seine Pfarrstelle hatte Jaeglé in Scharrachbergheim inne, einem kleinen Ort, fünf Stunden Fußweg westlich von Straßburg. Später bekam er Ämter in Goxwiller und Barr zugewiesen, südlicher und dichter an den Vogesenausläufern gelegen. 1826 zog die Familie endgültig nach Straßburg, wo der Vater an der Wilhelmerkirche sein letztes Pfarramt antrat.

Jahre später, als keiner mehr aus der Familie um sie war, lebte Minna vier Jahre in Mainz als Gouvernante. Dieser Beruf bot bürgerlichen Frauen ihrer Zeit die Möglichkeit, außerhalb der Familie ein eigenes Stück Sicherheit zu ergattern. Sonst ist nichts darüber bekannt, dass sie sich längere Zeit außerhalb Straßburgs aufgehalten hätte.

Es ist wenig passiert im Leben der Minna Jaeglé, und so war ein Hinweis von Ann-Marie Hickel in Barr sehr wertvoll. Während der Amtszeit ihres Vaters in Barr an St. Martin wurde Minna vom Vikar Rauscher unterrichtet. Dessen Frau war eine Tochter Johann Friedrich Oberlins und führte den Kleinkinderunterricht nach den von ihrem Vater festgelegten Statuten seiner Anstalten. Es liegt nahe, dass Minna hier ihre grundlegenden Kenntnisse zur Kleinkindererziehung erhalten hat und als »Monitorin« eingewiesen wurde.

Das Leben Minna Jaeglés wird nach Georg Büchners Tod nicht in einer permanenten Tristesse erstarrt sein. Sie hatte, bevor sie Büchner begegnete, ein Leben in einem Pfarrhaushalt geführt, der ihr ein weit größeres Spektrum an Bildung bot, als es allgemein für Mädchen üblich war. Nach den Quellen müssen wir uns Vater Jaeglé als sehr volksnahen und über die Theologie hinaus belesenen Mann vorstellen, der seine Kinder offensichtlich über den Bereich der protestantischen Leitlinien hinaus erziehen wollte. Seine Sympathie für den zukünftigen »revolutionären« Schwiegersohn können wir aus dem Brief des Büchner-Freundes Wilhelm Hoffmann ersehen, der geschrieben hatte, Büchners Tod sei für Pfarrer Jaeglé ein solch schwerer Schlag, dass er ihn »in das Grab führen« könnte. Tatsächlich starb Jaeglé wenige Monate später.

Für all die Unbekannten, die Minnas Leben begleiteten und von denen wir nichts wissen, mögen die fiktiven Personen Jean und die Schülerin Ida stehen.

Zu dem Tag und Nacht verpflichtenden Alltag als

Gouvernante konnte ich mir eine Vorstellung aus anderen Lebensberichten bilden. Diese Arbeit scheint Minna nach vier Jahren nicht weiterhin als Broterwerb für sich gesehen zu haben, obgleich sie ideale Voraussetzungen dafür mitbrachte und in diesem Lebensabschnitt viele unverheiratete Frauen diese Einkommensquelle wählten. Vielleicht war die Möglichkeit, im vertrauten Kreis der Familie ihrer Cousine Julie-Pauline eine »école libre de filles« zu führen, verlockender. Hierzu konnte sie den Abschluss einer Mittelschule vorlegen, der mit dem 7. März 1845 datiert ist.

Eventuell hat sie schon davor in ihrer Wohnung unterrichtet, jedenfalls noch vor der in der 2. Republik erforderlichen offiziellen Genehmigung im Sommer 1851: Georgs Bruder Ludwig stattete ihr während seines Wintersemesters 1844/45 Besuche ab und berichtet in Briefen von »den Stühlchen« für die Kinder und über »die Rechenmaschine«, die ihm aus ihrer »behäglichen Wohnung«, zu der eine Wendeltreppe hinaufführte, in Erinnerung geblieben waren.

Hier beginnt das lange gleichförmige Leben, das wir uns schnell als nur langweilig, sogar einsam vorstellen. Die Mär von der zurückgezogenen alten Jungfer schwebt uns vor, da wir nichts Belebendes, keine Gerüchte, keine Anekdoten, keine Pikanterien über sie überliefert bekamen.

Nichts lag mir ferner, als diese Jahre mit künstlicher Spannung zu bereichern, mit erfundenen Begebenheiten auszuschmücken.

Die Bekanntschaft mit den Herweghs in Ostende gilt als wahrscheinlich, da von Caroline Schulz initiiert: »W. Jäglé, die Braut Büchners, ist in Ostende; sucht sie ja auf. Sie ist mein Ideal.« Eine Begegnung mit Friedrich Engels kann zumindest angenommen werden, da dieser dort zur gleichen Zeit Gespräche mit Herwegh führte.

Zum Bruch mit der Familie Büchner kam es durch die Veröffentlichung von Georgs »Brautbriefen« aus den Jahren 1833/34 durch Ludwig Büchner in den »Nachgelassenen Schriften«. Einem wortgetreuen Abdruck hatte sie nie zugestimmt. Dass dies trotzdem geschah, muss sie als ungeheuerlichen Vertrauensbruch und als tiefe Verletzung empfunden haben. Aus diesem Streit ergab sich für die deutsche Literaturwissenschaft ein herber Verlust: Hatte Minna bis dahin tatkräftig und wohlgesonnen alle Veröffentlichungen der Schriften ihres Verlobten unterstützt, hielt sie ab sofort alles zurück, neben weiteren Briefen vermutlich die Originalmanuskripte von »Leonce und Lena« und »Lenz« sowie eine von Caroline Schulz erwähnte Art »Tagebuch«, welches »reiche Gedankenschätze« enthalten haben soll. Die Legende von der halsstarrigen, bigotten Verlobten entstand und wurde durch die Behauptung Ludwig Büchners verstärkt, Minna habe »alles in ihrem Besitz befindliche Manuskript Georg Büchners vernichtet«. Ob dies so war, ist bis heute nicht gesichert.

Es sollte etwas mehr von Minna bleiben als die Geschichte mit dem jungen Mann, der im November 1831 zu Jaeglés ins Haus kam, der tolles Zeug sprach und sich schließlich heimlich mit ihr verlobte. Die Frau, die sich mit Georg Büchner einließ und an der Georg Büchner Gefallen fand, war offensichtlich mutig. Aus allem, was man ihr nachträgt, ist lediglich zu lesen, sie war sehr stolz, wenn es um den Nachlass ihres Verlobten ging, und schützte zu guter Letzt den Rest ihrer liebsten, intimsten Erinnerungen.

Über Georg Büchners letzte Tage ist von Caroline Schulz alles berichtet. Dass Minna mit ihr zusammen der Beerdigung fernblieb, ist das Letzte, was wir aus diesem Bericht erfahren. Von Minna Jaeglé ist nicht einmal überliefert, wie und wo sie genau starb. Die Vermutung, sie habe auch nach dem Deutsch-Französischen Krieg in Straßburg bei den Schmidts gelebt, liegt nahe. Ihre wenigen privaten Dinge verblieben bei der Familie Schmidt, und es soll nach Auskunft eines Nachfahren der Schmidts dort noch heute Schriftstücke und Dokumente Büchners aus Minnas Besitz geben, wie es vor Jahren dem Büchner-Biographen Jan-Christoph Hauschild mündlich bestätigt wurde.

Es gibt den Rahmen von historischen Fakten, Geburts- und Sterbedaten, von Ereignissen, Reisen und Briefen. Innerhalb dessen bewegt sich die Geschichte der Minna Jaeglé in diesem Buch. Es bleibt lediglich der Versuch, mit den Mitteln einer Romanbiographie einer Person näher zu kommen, als es die reine Aufzeichnung ihrer Lebensfakten vermag.

Zitate aus dem Quellenmaterial, insbesondere der Schriften und Briefe Georg Büchners und seiner Zeitgenossen, habe ich im Sinne einer Romanbiographie verkürzt wiedergegeben, ohne auf eine historisch-kritische Ausgabe zurückzugreifen und Auslassungen kenntlich zu machen. Diese Zitate wurden weitgehend der heutigen Rechtschreibung angepasst.

Für die kritische und unterstützende Begleitung zu diesem Buch danke ich zuallererst meinem Mann Wolfgang Weinkauf, für die Jahre der Geduld und gemeinsamen Arbeit, dann unseren nimmermüden Freunden Ute und Ickes Kretschmann. Dank auch an Ann-Marie Hickel in Barr für die spontane Öffnung ihrer Unterlagen, an Prof. Heinz Fischer für den Zuspruch, das Interesse und die fachlichen Ratschläge, an Dr. Jan-Christoph Hauschild, ohne dessen Arbeiten dieses Projekt kaum möglich gewesen wäre.

B. K., München im März 2013

Personenverzeichnis

Minna Jaeglés Eltern und Geschwister

Jäckel, Johann Jakob/Jaeglé, Jean Jacques – 16.3.1763–21.10.1837, Sohn eines Straßburger Postkutschers aus dem cour du Corbeau (Rabenhof). Studierte ab 1780 Theologie, bereiste als Erzieher der Töchter von Richard Wynne 1789–1798 Europa, besonders Italien, war 1799–1802 Erzieher bei der Familie Battaja in Padua. Pastor in Uhrwiller ab 1804, in Scharrachbergheim ab 1808, in Goxwiller ab 1814, in Barr ab 1818 und in Straßburg an der St. Wilhelmskirche vom 11.9.1826 bis zu seinem Tod. Veröffentlichte Gedichte, u.a. 1798 in Schillers Musenalmanach »Das Meer«, 1799 »Gedichte Nach Englischen Originalen« und 1830 »Der Cypressenhain«. Der Katalog seiner Bibliothek wies 1838 anlässlich des Verkaufs 971 Titel aus.

Jaeglé, Margarethe Salome, geb. Strohl – 15.10.1793–3.11.1828, Pfarrerstochter aus Nonnenweier im Breisgau, in Straßburg aufgewachsen, heiratete J.J. Jaeglé am 11.9.1806. Tante von Julie-Pauline Schmidt.

Jaeglé, Jacques-Jules – 17.2.1824–Febr. 1828, Minnas jüngerer Bruder.

Jaeglé, Julie-Adelaide – 1819–1821, Minnas einzige Schwester.

Jaeglé, Louis-Théodore – 3.8.1812–6.2.1856, Minnas ältester Bruder; ging um 1840 nach London, leitete dort eine Chemiefabrik.

Georg Büchners Eltern und Geschwister

Büchner, Ernst Karl – 3.8.1786 –19.5.1861, mit 15 Jahren Chirurgischer Gehilfe bei der holländischen Armee, studierte in Leiden Medizin, erwarb 1802 in Würzburg die Doktorwürde, ab 1816 Amts- und Stadtchirurg in Darmstadt, ab 1817 Assessor und außerordentliches Mitglied am Großherzoglichen Medizinalkolleg. Bereits sein Großvater (gest. 1749) war Chirurg, dessen Vorfahren seit dem 16. Jh. Bader. E. Büchner gab ab 1827 im Stadthospital anatomische und physiologische Kurse, bei denen ihn sein Sohn Georg unterstützte, von dem er die Fortführung dieser Berufstradition mit Disziplin und widerspruchsloser Unterordnung verlangte wie später dann auch vom Sohn Ludwig. Er wird als Mann von »scharfem klarem Verstand« und kalter Vernunft beschrieben, der als strenges Familienoberhaupt auftrat.

Büchner, Caroline, geb. Reuß – 19. 8. 1791–3. 3. 1858, stammt aus einer Familie von Hofbeamten in landgräflichen Diensten. Als drittes Kind des Hofrats Georg Reuß in Pirmasens genoss sie im Haus des Pfarrers Johann Reck eine ausgezeichnete Erziehung. Mit 21 Jahren heiratete sie Dr. E. Büchner. Sie wird als das genaue Gegenteil ihres Mannes beschrieben, als freundlich-heitere Person, die sanft und nachsichtig die Erziehung der Kinder führte.

Büchner, Alexander (Alex) Karl Ludwig – 25. 10. 1827–7. 3. 1904, Jurastudium, trat 1848 als radikaler Demokrat auf, mit Georgs Freund August Becker Redakteur der Zeitschrift »Der jüngste Tag«. Wegen »staatsfeindlicher Haltung« 1851 aus dem hessischen Staatsdienst entlassen, ging er 1855 als Lehrer nach Frankreich und lebte seit 1867 als Professor in Caen.

Büchner, Elisabethe Luise Emma – 12. 6. 1821–28. 11. 1877, poetische und historische Schriftstellerin. Ihr Buch »Die Frauen und ihr Beruf« (1856), in dem sie u. a. eine Reform des Unterrichts für Mädchen und Frauen forderte, fand besonders in der Frauenbewegung Beachtung. In dem Romanfragment »Ein Dichter« porträtierte sie ihren Bruder Georg.

Büchner, Friedrich Karl Christian Ludwig (Louis) – 19. 3. 1824 bis 30. 4. 1899, Medizinstudium, 1848 promoviert, zunächst praktischer Arzt in Darmstadt. Als revolutionärer Demokrat von 1848/49 blieb er zeitlebens sozialer Republikaner. Nach Erscheinen seines weit über Deutschland hinaus erfolgreichen Buches »Kraft und Stoff« an der Tübinger Universitätsklinik entlassen. Einer der populärsten philosophisch-naturwissenschaftlichen Materialisten und Atheisten des 19. Jh. 1850 gab er die »Nachgelassenen Schriften« seines Bruders Georg heraus, worin er auch die Brautbriefe an Minna drucken ließ, was zum völligen Bruch zwischen Minna und der Familie Büchner führte.

Büchner, Mathilde Louise – 20. 4. 1815–30. 8. 1888, die Einzige der Büchner-Geschwister, die nicht durch ihre Arbeit an die Öffentlichkeit getreten ist. Sie führte ihrer ebenso unverheiratet gebliebenen Schwester Luise den Haushalt.

Büchner, Wilhelm Ludwig – 2. 8. 1816–14. 7. 1892, nach einer Lehre als Apothekengehilfe und einer Labortätigkeit bei Liebig in Gießen gründete er eine chemische Fabrik, entwickelte dort das Ultramarinblau, das sein Unternehmen zu großem Erfolg führte. 1850 demokratischer Abgeordneter im hessischen Landtag, 1877–1884 im Deutschen Reichstag.
Als Einziger der Familie war er in die politische Arbeit seines Bruders Georg eingeweiht, stand 1834 selbst der »Gesellschaft der Menschenrechte« nahe und half ihm bei seiner Flucht.

Minnas Straßburger Verwandte und Freunde

Baum, Wilhelm – 1809–1878, Theologe, Mitglied der »Eugenia«, Hauslehrer und Studienleiter am Straßburger Studienstift »Collegium Wilhelmitanum«, scherzhaft »Pädagog« genannt. Ab 1836 Pfarrer an St. Thomas in Straßburg, später Professor. Büchner bezeichnete ihn zusammen mit Eugène Boeckel im Brief vom 5. 5. 1835 als »fortwährend meine intimsten Freunde«.

Boeckel, Eugène – 13. 3. 1811–17. 11. 1896, zunächst Theologie-, dann Medizinstudium, Kommilitone und einer der engsten Freunde G. Büchners. Führte diesen in die »Eugenia« ein. Er wurde als Erster von Büchner in die heimliche Verlobung mit Minna eingeweiht. Ab 1840 Arzt, später Professor in Straßburg. Seine Briefe bilden einen großen Teil der erhaltenen Büchnerkorrespondenz und zeigen einen lebensfrohen Feingeist und Genießer von offensichtlich anderem Charakter und mit unterschiedlichen politischen Ansichten als Büchner.

Boeckel, Jonas – 1864–1834, Vater von Eugène Boeckel, Freund und Kommilitone von Minna Jaeglés Vater. Ab 1820 Pfarrer an St. Thomas. Seine Schwester war mit Christian Brion verheiratet, Friederike Brions Bruder.

Jaeglé, Viktor – 1801–1871, Minnas Cousin; Theologe, Mitglied der »Eugenia«, ab 1833 Pfarrer in Ageux.

Reuss, Edouard – 18. 7. 1804–15. 4. 1891, Cousin von Büchners Mutter und Minna Jaeglés Vater, unterrichtete am protestantischen Seminar, später bedeutender Theologe und Bibelübersetzer. Beim zweiten Straßburgaufenthalt 1835/36 mied G. Büchner den Großonkel wegen »politischer Antipathien«.

Schmidt, Charles – 1812–1895, Theologe und Kirchenhistoriker, heiratete Minnas Cousine Julie-Pauline. Studienfreund von Büchner und Alexis Muston. Seit 1843 Professor in Straßburg. Im Haus der Schmidts lebte Minna seit ihrer Rückkehr aus Mainz, wo sie vier Jahre Gouvernante bei den Müfflings war.

Schmidt, Julie-Pauline – 1812–1895, Minna Jaeglés Cousine mütterlicherseits. Aus dem Familienalbum der Familie Schmidt stammt die Fotografie, die Minna mit etwa 50 Jahren zeigt.

Schmidt, Margareta Salome, geb. Lichtenberg, Minna Jaeglés Tante, die sie im Februar 1837 nach Zürich zum erkrankten G. Büchner begleitete.

Georg Büchners Freunde

Becker, August – 17. 8. 1812–26. 3. 1871, Pfarrerssohn aus Biedenkopf, musste sein Theologiestudium nach dem Tod des Vaters abbrechen, Hauslehrer im Vogelsberg, galt in Gießen als »Faulenzer«, »Tagedieb« und »verlottertes und verlumptes Genie«. Als engster Freund und Vertrauter Büchners in Gießen brachte er diesen in den Butzbacher Widerstandskreis um F. L. Weidig. Becker war nach E. Boeckel der zweite Freund, dem Büchner von der Verlobung mit Minna Jaeglé erzählte.

Gutzkow, Karl – 17. 11. 1811–16. 12. 1878, Sohn eines Berliner Maurers und Stallmeisters, Schriftsteller, Dramatiker, Journalist, Verleger, sorgte für die Veröffentlichung von »Dantons

Tod« im »Phönix« (1835). In seiner von ihm geplanten literarischen Wochenschrift »Deutsche Revue« sollte Büchners »Lenz« erscheinen. Ab 1838 gab er den »Telegraph für Deutschland« heraus. Sein Nachruf »Ein Kind der neuen Zeit« auf Büchner erschien im Juni 1837 im »Frankfurter Telegraph«. Er und Büchner sind sich nie persönlich begegnet. Minna fertigte 1837 für ihn Abschriften von »Lenz«, »Leonce und Lena« und einige Briefauszüge an.

Muston, Alexis – 11.2.1810–6.4.1888, Sohn eines waldensischen Pastors, begann im November 1831 in Straßburg das Theologiestudium, das er in drei Jahren einschließlich Promotion absolvierte; studierte nebenher Medizin, verfasste Zeitschriftenbeiträge, zeichnete und dichtete. Sein Revolutionsdrama »Pauline« dürfte Büchners »Dantons Tod« beeinflusst haben.

Schulz, Caroline, geb. Satorius – 1801–1847, Verlobung mit W. Schulz am 1.5.1819, Heirat erst neun Jahre später. In der Nacht vom 30. auf den 31.12.1834 konnte sie ihren Mann mit einem abenteuerlichen Plan aus der Festung Babenhausen befreien. Während ihres Straßburger Exils befreundeten die Schulzens sich mit Büchner und Minna Jaeglé. Der Briefwechsel zwischen beiden Frauen hielt bis zu Carolines Tod an. Auch mit Schulz' zweiter Frau, Katharina Bodmer, einer Freundin Carolines, hatte Minna Kontakt. Caroline pflegte in Zürich den kranken Büchner und notierte tagebuchähnlich auf drei losen Oktavbögen vom 2.2.1837 an seinen Zustand, den Fortgang seiner Typhuserkrankung und Tagesereignisse. Die Aufzeichnungen enden am Beerdigungstag, dem 21.2.

Schulz, Wilhelm – 13.3.1797–9.1.1860, hessischer Offizier, schloss sich den Brüdern Follen und den »Gießener Schwarzen« an, nach dem Studium (Promotion über »Das zeitgemäße Verhältnis der Statistik zur Politik«) verkehrte er im Darmstädter Oppositionskreis, der nicht auf radikalen Umsturz aus war, sondern zu passivem Widerstand wie Steuerverweigerung aufrief. Wegen seiner Schriften »Frag- und Antwortbüchlein« (1819) und »Deutschlands Einheit durch Nationalrepräsentation« (1832) als Demagoge verurteilt. Nach seiner Flucht nach Straßburg, wo er Büchner kennenlernte, emigrierte er in die

Schweiz und wirkte von dort als freier politischer Schriftsteller. 1848 in die Frankfurter Nationalversammlung gewählt, gehörte er zur Linken. Er schrieb einen Nachruf auf Büchner (»Zürcher Zeitung« vom 28. 2. 1837) und eine Kritik zu den »Nachgelassenen Schriften von G. Büchner« (1851).

Stoeber, Adolph – 7. 7. 1810 – 8. 11. 1892, und *Stoeber, August* – 9. 7. 1808 – 19. 3. 1884, beide Theologiestudenten, Mitglieder der »Eugenia«, Dichter und Herausgeber dtspr. Blätter im Elsass (die »Brüder Grimm des Elsasses«). Sie gehörten zum engsten Freundeskreis Büchners in Straßburg. Im Haus des Vaters Ehrenfried Stoeber, dem »Drescher«, fanden die Treffen der »Eugenia« statt. Der Onkel, Notar Christian Gottlieb Stoeber, war Sekretär der »Gesellschaft der Volksfreunde«. Im Besitz der Familie Stoeber befand sich der »Rechenschaftsbericht« Oberlins zu Lenz' Aufenthalt bei ihm im Steintal. Dieser und besonders August Stoebers Aufsatz »Der Dichter Lenz« sowie die Oberlin-Biographie von Ehrenfried Stoeber begründeten Büchners Interesse am Schicksal des Jakob M. R. Lenz.

Weitere Personen

Franzos, Emil – 25. 10. 1848 – 28. 1. 1904, österr. Schriftsteller und Publizist. Herausgeber von »Georg Büchner's Sämmtliche Werke und handschriftlicher Nachlaß« (März 1880), das erstmals auch das Stück »Woyzeck« enthielt (damals noch aus Büchners Handschrift als »Wozzeck« gelesen). In geduldiger Arbeit holte er von Familienmitgliedern, Freunden und Bekannten Büchners Auskünfte zu dessen Leben ein und versuchte weitere Briefe und Schriftstücke zu sichten. Minna lehnte sein Ansinnen in einem Brief vom 2. 4. 1877 ab. Franzos' Witwe berief sich später auf einen im Nachlass nicht erhaltenen Brief Ludwig Büchners an ihren Mann vom 24. 6. 1877, in dem dieser angab, Minna hätte »alles in ihrem Besitz befindliche Manuskript Georg Büchners vernichtet«.

Herwegh, Emma, geb. Siegmund – 10. 5. 1817 – 24. 3. 1904, Tochter des Berliner Kaufmanns und Hoflieferanten Johannes G.

Siegmund, heiratete am 8. 3. 1843 Georg Herwegh. Das Vermögen ihres Vaters ermöglichte den Herweghs während ihres Exils einen aufwendigen Lebensstil, u. a. führte Emma in Paris und Zürich Salons mit den wichtigsten Protagonisten der revolutionären 1848er Bewegung. Caroline Schulz teilte ihr am 29. 7. 1843 brieflich mit: »W. Jäglé, die Braut Büchners, ist in Ostende; sucht sie ja auf. Sie ist mein Ideal.« Ob dieses Treffen stattfand, ist mangels weiterer erhaltener Korrespondenz nicht festzustellen.

Herwegh, Georg – 31. 5. 1817–7. 4. 1875, politisch-revolutionärer Dichter. Theologiestudium. Seine »Gedichte eines Lebendigen« machten ihn berühmt (darin »Zum Andenken an Georg Büchner, den Verfasser von Dantons Tod«). Nach seiner Ausweisung aus Preußen lebte er mit seiner Frau Emma bis 1866 hauptsächlich in Frankreich und der Schweiz. Er wurde für das kinderlose Ehepaar Schulz nach Büchners Tod ihr zweiter mit Bewunderung umsorgter junger Freund.

Lucius, Philipp Ferdinand – 1818–1885, Gymnasiast, später Theologiestudent in Straßburg, wohnte bereits als Schüler bei Jaeglés.

Müffling, Wilhelm Freiherr von – 1778–1858, seit 1821 Kommandant und ab 1834 Vizegouverneur der Bundesfeste Mainz, und seine dritte Frau, *Müffling, Auguste Friederike Therese Ferdinande Leopoldine Freifrau von, geb. Freiin von Nordeck zur Rabenau* – 1798–1848, stellten Minna Jaeglé als Gouvernante für ihre jüngste Tochter Pauline (1833–1896) ein. Die Anstellung wurde vermutlich über Büchners Eltern oder andere Darmstädter Freunde vermittelt.

Oberlin, Johann Friedrich – 31. 8. 1740–1. 6. 1826, Theologe und Sozialpionier, ab 1767 Pfarrer in Waldersbach im Steintal, wo er für die geistige wie die materielle Entwicklung seiner Gemeinde wirkte. Aus den »Strickstuben« wuchs mit der Zeit ein nach seinen »Statuten« wirkendes Schulsystem, das 1794 vor dem Nationalkonvent vorgestellt wurde und auf die Entwicklung des religiösen Bewusstseins und die Förderung der »industrieösen« Gesinnung der Kinder im Sinne der Erziehung zu Disziplin, Fleiß und Betriebsamkeit zielte. Die Geschichte des Schülers Joseph Neuvillers findet sich in einer seiner Biographien. Minna Jaeglés Vater war mit ihm seit jungen Jahren befreundet, führte sein Begräbnis und hielt am 5. 6. 1826 die Totenrede.

Rauscher, Ludwig Friedrich – 1807–1840, Sohn des Vikars in Barr während Jaeglés Amtszeit. Sein Elternhaus, das Schulhaus der Gemeinde St. Martin, lag gegenüber dem Pfarrhaus, und Minna Jaeglé muss zumindest zeitweise gemeinsam mit ihm den Unterricht bei seinem Vater besucht haben. Rauschers Mutter war eine Tochter Oberlins, die in der Gemeinde den Kleinkinderunterricht nach den von ihrem Vater festgelegten Unterrichtsplänen und Statuten abhielt. Büchner besuchte Rauscher im Sommer 1833 in St. Martin während einer Vogesenwanderung mit Freunden und erhielt von ihm Hilfe bei den Nachforschungen zum Dichter Lenz.

Weidig, Friedrich Ludwig – 15. 2. 1791–23. 2. 1837, Theologe, Pädagoge, Publizist, Lehrer in Butzbach, maßgeblicher Protagonist des Vormärz. Innerhalb des von ihm organisierten Widerstandskreises wurde der »Hessische Landbote« konzipiert, verfasst und gedruckt. Über den Text gab es zwischen ihm und Büchner Differenzen. Der endgültig gedruckte Text ist die Version nach Weidigs Überarbeitung. Kurz zuvor hatte er die Flugschrift »Leuchter und Beleuchter für Hessen oder der Hessen Nothwehr« in Umlauf gebracht, worin er die Regierung angriff. Er wurde im April 1835 im Zuge des Verrats, der auch andere Freunde Büchners ins Gefängnis brachte, verhaftet und beging vier Tage nach Büchners Tod in Zürich in seiner Zelle Selbstmord.

Literaturverzeichnis

Zu Georg Büchner

Büchners Werke in einem Band. Ausgewählt und eingeleitet von Henri Poschmann, Berlin und Weimar 1984.

Georg Büchner, Werke und Briefe. Hrsg. von K. Pörnbacher u. a., München 1988.

Georg Büchner, Briefwechsel. Kritische Studienausgabe von Jan-Christoph Hauschild, Frankfurt/M. 1994.

Georg Büchner. 1813–1837. Revolutionär, Dichter, Wissenschaftler. Der Katalog. Ausstellung Mathildenhöhe Darmstadt, Basel u. Frankfurt/M. 1987.

Georg Büchner. Bilder zu Leben und Werk. Begleitbuch zur Ausstellung des Heinrich-Heine-Instituts zum 150. Todestag. Hrsg. von Jan-Christoph Hauschild, Düsseldorf 1987.

Georg Büchner. Leben, Werk, Zeit. Katalog zur Ausstellung zum 150. Jahrestag des »Hessischen Landboten«, Marburg 1987.

Georg Büchner Jahrbuch. Bd. 1–10, Marburg, Frankfurt/M. 1981–2000.

Fischer, Heinz, Georg Büchner und Alexis Muston. Untersuchungen zu einem Büchner-Fund, München 1987.

Grab, Walter/Mayer, Thomas Michael (Mitarb.), Georg Büchner und die Revolution von 1848. Der Büchner-Essay von Wilhelm Schulz aus dem Jahr 1851. Text und Kommentar, Königstein/Ts. 1985.

Hauschild, Jan-Christoph, Georg Büchner. Biographie, Berlin 1997.

Das evangelische Pfarrhaus. Eine Kultur- und Sozialgeschichte. Hrsg. von Martin Greiffenhagen, Zürich 1984.

»Gebildet, ohne gelehrt zu sein«. Essays, Berichte und Briefe von Luise Büchner zur Geschichte ihrer Zeit. Hrsg. von Margarete Dierks, Darmstadt 1991.

Geschichte der Mädchen und Frauenbildung. Bd. 2. Hrsg. von Elke Kleinau, Claudia Opitz, Frankfurt/M. 1996.

Geschichte des Kindergartens. Bd. I u. II. Hrsg. von Günter Erning, Karl Neumann, Jürgen Reyer, Freiburg/B. 1987.

Göckenjan, Gerd/Taeger, Angela, Matrone, Alte Jungfer, Tante. Das Bild der alten Frau in der bürgerlichen Welt des 19. Jahrhunderts. In: Archiv für Sozialgeschichte, Bonn 1990.

Hardach-Pinke, Irene, Bleichsucht und Blütenträume. Junge Mädchen 1750–1850, Frankfurt/M. 2000.

Dies., Die Gouvernante. Geschichte eines Frauenberufs, Frankfurt/M. 1993.

Hübener, Johannes, Die christliche Kleinkinderschule, ihre Geschichte und ihr gegenwärtiger Stand, Gotha 1888.

Kuhn, Bärbel, Familienstand ledig. Ehelose Frauen und Männer im Bürgertum (1850–1914), Köln 2000.

Kurtz, John W., Johann Friedrich Oberlin. Sein Leben und Wirken, Metzingen/Württemberg 1982.